Amore in ufficio

Amore nel Maine

alia smith

BAL
KON
media

AMORE NEL MAINE
Pubblicato da Balkon Media

Edizione brossurata ISBN: 978-1-916970-39-7
Disponibile anche in e-book

Editing a cura di Hanna Elizabeth

Illustrazioni e grafica di copertina: graphichouse123

www.aliasmithbooks.com

Amore in ufficio

The Plus-One Clause (Novella)

Bookish with Benefits

The Maine Event

The Midnight Meet-Up

Hot Off the Press

Mind the App

UNO

Faccio un respiro profondo ed entro a passo deciso nella sala riunioni, con i tacchi che risuonano secchi sul pavimento lucido. L'aria è pregna dell'odore di caffè costoso e di uno scetticismo a malapena celato. Una dozzina di dirigenti di fast food siede intorno all'elegante tavolo di vetro, con le braccia conserte e lo sguardo carico di aspettativa. Non credono che riuscirò a convincerli. Che tenerezza.

Sfodero il mio miglior sorriso da riunione e appoggio la mia cartella sul tavolo con un secco *tonfo*.

«Signori. Immaginate un hamburger vegetale che non solo abbia un sapore fantastico, ma che si allinei anche perfettamente con l'impegno del vostro marchio per la sostenibilità», dico, con voce chiara e forte. «La nostra campagna posizionerà la vostra nuova offerta come la scelta d'elezione per i consumatori attenti alla salute e all'ambiente.»

Una pausa. Un dirigente solleva un sopracciglio, come se avessi appena proposto di iniziare a servire frullati di cavolo riccio.

Sostengo il loro sguardo e continuo. «Non è solo un altro hamburger... è l'hamburger che cambia le carte in tavola.»

Mentre mi addentro nei dettagli della strategia di marketing proposta per il loro nuovo menù salutare, vedo i dirigenti annuire, e ogni obiezione che avevano pianificato di sollevare si scioglie come neve al sole. Metto in evidenza i punti di forza: il sapore delizioso dell'hamburger, i suoi benefici nutrizionali e il suo potenziale di attrarre una nuova fascia demografica di clienti. Si sviluppa una sorta di sesto senso per capire se la proposta sta andando a segno con il pubblico e, senza volermi vantare troppo... dopo sette minuti, mangiano tutti dal palmo della mia mano.

«Collaborando con influencer nel settore del benessere e sfruttando i social media, genereremo interesse e stimoleremo la domanda per la vostra opzione vegetale», spiego, indicando le slide colorate proiettate alle mie spalle. «Questa è un'opportunità per affermare il vostro marchio come leader nel passaggio dell'industria del fast food verso offerte più sane e sostenibili. In poche parole, io e il mio team posizioneremo il vostro prodotto come un hamburger che fa bene a voi, al pianeta e agli affari.»

Il capo dei dirigenti, un uomo dai capelli argentati con un'eterna espressione accigliata, si schiarisce la gola. «Questo è... notevole.»

Ci puoi scommettere.

Il cortese applauso mi dice che ho fatto centro. Rispondo alle domande con facilità, mantenendo le mie risposte concise e strategiche.

Questo è il mio campo da gioco, e sono io a dettare le regole.

Proprio mentre stiamo concludendo, un uomo a cui non avevo prestato molta attenzione – un dirigente alto, dai capelli scuri, con la disinvoltura sicura di chi è abituato a ottenere ciò che vuole – si fa avanti, sorridendo.

«Ottima presentazione.» Mi porge la mano. «Lyle.»

Gliela stringo, con una presa ferma ma breve. «Rachel Holmes.»

«È evidente che sa il fatto suo. Mi piacerebbe discuterne

ulteriormente. Magari a cena?» Il suo sorriso è mellifluo, come se conoscesse già la risposta.

Lo ricambio, ma il mio è professionale, incrollabile. «Ho la regola di non mischiare affari e piacere.»

La sua espressione vacilla per una frazione di secondo prima che si riprenda. «Beh, è un peccato.» Mi porge il suo biglietto da visita. «Ma in ogni caso, non vedo l'ora di lavorare con lei.»

Infilo il biglietto nella mia cartella, già proiettata oltre. Mentre percorro il corridoio a passo svelto, la familiare scarica di adrenalina del successo mi pulsa nelle vene. Un passo più vicino a ottenere questo cliente. Un passo più vicino a diventare socia. La mia vita personale potrà anche essere un deserto desolato, ma la mia carriera? *Inarrestabile.*

La verità è che sono sempre stata più brava a gestire i marchi che le persone. Creare narrazioni e vendere idee mi viene naturale come respirare, ma costruire relazioni? È lì che le cose si complicano. Al lavoro, tutto segue una strategia: obiettivi, risultati, esiti misurabili. Se una proposta non va in porto, posso individuare il perché, imparare la lezione e riprovarci. Ma nella mia vita personale? Non c'è nessuna ordinata presentazione in PowerPoint a guidarmi attraverso il caos delle connessioni umane.

Ho passato anni a perfezionare la mia immagine professionale: la donna competente, sicura di sé, sempre preparata, che può vendere qualsiasi cosa a chiunque. So come fare colpo, come lasciare una stanza che brulica di idee e possibilità. Ma fuori orario, quando le luci dell'ufficio si spengono e sono sola nel mio appartamento immacolato e solitario, sento il peso di quella patina lucida schiacciarmi.

Penso ai miei vecchi amici, quelli che si sono lentamente allontanati mentre io scalavo la gerarchia aziendale. Messaggi di compleanno rimasti senza risposta, inviti a cena rifiutati a causa di scadenze e riunioni. Ora, anche se volessi riaccendere quelle amicizie, non saprei da dove cominciare. Mi sono avvolta nella mia ambizione come in una coperta di Linus, convinta di non aver bisogno di nessuno.

Ma a volte, solo a volte, mi sorprendo a scorrere i social media, soffermandomi su foto di persone che conoscevo un tempo. Che ridono in bar affollati, si tengono per mano durante vacanze al mare, guardano i loro figli muovere i primi passi: che si godono la vita. E mi colpisce, acuto e inaspettato: ho costruito una vita così perfettamente curata che io stessa non ci entro più.

Scaccio via il pensiero, concentrandomi invece sull'euforia della vittoria ottenuta con la presentazione. Non c'è spazio per l'autocommiserazione oggi. Li ho conquistati, e questo è ciò che conta. Festeggerò più tardi, magari con un bicchiere di qualcosa di costoso e un brindisi silenzioso a me stessa. Dopotutto, chi altro lo farebbe?

Mentre percorro il corridoio, ancora sull'onda del successo della presentazione, intravedo Helen attraverso le pareti di vetro del suo ufficio. Il mio capo è l'immagine dell'autorità disinvolta, impeccabile in un tailleur blu navy, con le dita curate intrecciate. Ma la sua espressione è indecifrabile, e questo, *questo*, è inquietante.

«Rachel, si sieda.»

Mi lascio cadere sulla sedia di fronte alla sua scrivania, ancora euforica per la presentazione. «Che succede? La riunione è andata bene.»

«Sì, è andata bene», concorda lei. «Anzi, è andata così bene che la costringo a prendersi una vacanza.»

Sbatto le palpebre. «Mi scusi. Mi sta *cosa*?»

Helen si appoggia allo schienale, studiandomi come un puzzle che ha appena risolto. «Non si prende un solo giorno libero da diciotto mesi. Ha bisogno di una pausa prima di crollare. Due settimane. Niente obiezioni.»

«Ma...»

Lei alza una mano. «Non è negoziabile. Vada a leggere un

libro, a riallacciare i rapporti con la sua famiglia. Diavolo, si trovi un hobby.»

Apro la bocca, poi la richiudo. Helen è una delle poche persone al mondo più testarda di me. Potrei oppormi, ma perderei. E la verità è che non c'è nessuno nella mia vita che reclami il mio tempo. Nessun partner. Niente figli. Perfino le mie amicizie sono svanite sotto il peso del lavoro.

Una comoda scusa per non affrontare quella realtà.

«E va bene» sospiro. «Ma non ne sono felice.»

Helen fa un sorrisetto. «Non mi aspetto che lo sia. Ora esca dal mio ufficio prima che inizi a sospettare che a Lei *piaccia* stare qui. E chi lo sa? Magari si sorprenderà e si divertirà davvero.»

Entro con la chiave che mia sorella Claire tiene nascosta sotto una finta roccia di plastica che, francamente, è un insulto al concetto di mimetismo. Tecnicamente, è la casa di Claire e Richard, una grande residenza moderna che hanno comprato dopo la nascita di Lily. Poco dopo hanno invitato la mamma a trasferirsi da loro. Era sola da decenni, ancora nella casetta in cui siamo cresciute tutte, e a loro non piaceva l'idea che se ne stesse lì da sola. Questa casa aveva lo spazio necessario, e la logica era semplice: più aiuto con la bambina per loro, più compagnia per lei.

Eppure, nel momento in cui metto piede dentro, odora di casa di mamma: lavanda e biscotti appena sfornati. Un profumo così profondamente nostalgico che quasi mi travolge.

Un calore familiare mi avvolge, risvegliando ricordi che pensavo sepolti da tempo. La disposizione è diversa, certo, ma la sensazione è la stessa. E il tocco di mamma è ovunque: i cuscini a fiori, il plaid lavorato a maglia sullo schienale del divano, la poltrona dove legge ancora il giornale con il suo tè, proprio come quando eravamo bambine.

A quei tempi, mi ero convinta che essere la migliore — a scuola, in atletica, persino alla fiera della scienza annuale — fosse l'unico modo per contare qualcosa. Mamma non mi ha mai spinta a essere perfetta, ma io bramavo la rassicurazione dei voti massimi e dei trofei come prova che stavo facendo qualcosa di giusto. Una volta, dopo aver vinto il campionato regionale di dibattito, mamma mi aveva abbracciata così forte che pensai di spezzarmi, sussurrandomi quanto fosse orgogliosa. Ma io riuscivo a pensare solo al ragazzo arrivato secondo, al modo in cui il suo viso si era rabbuiato quando avevano chiamato il mio nome.

Nella mia mente, non c'era spazio per errori o secondi posti. Pensavo che se solo avessi lavorato abbastanza duramente, controllando ogni variabile, non avrei mai più dovuto provare quel rodente senso di inadeguatezza. Anche adesso, in piedi in questo corridoio familiare, è difficile scrollarsi di dosso la smania di essere la migliore: di lavorare più degli altri, ottenere risultati migliori e dimostrare a tutti, me compresa, che valgo lo sforzo.

Forse è per questo che non ho mai smesso di spingermi al limite, perché mi sono seppellita nel lavoro invece di creare relazioni durature, perché il successo è diventato sinonimo di autostima. Se mollassi la presa, anche solo per un secondo, tutto potrebbe andare in pezzi. E questo è un rischio che non sono mai stata disposta a correre.

«Mamma? Claire?» chiamo.

La voce di mamma squarcia i miei pensieri, riportandomi al presente. «Rachel? Stai bene?»

Mi sforzo di sorridere, scrollandomi di dosso i resti delle vecchie insicurezze. «Sì, mamma. Solo... avevo un po' di tempo libero.»

La trovo in soggiorno, rannicchiata nella sua poltrona, con gli occhi incollati alla TV.

«Ehi.» Sposto alcuni giocattoli e mi lascio cadere sul divano accanto a lei.

«Oh! Tempismo perfetto. Devi *assolutamente* vedere questo programma che sto guardando.»

Do un'occhiata allo schermo. Un uomo affascinante e rude, con penetranti occhi blu, è impegnato in un'accesa discussione con una donna altrettanto bella. *Malibu Lagoon*, recita la grafica del titolo. Non ne ho mai sentito parlare, ma non significa molto. Ho a malapena il tempo di accendere la televisione, quindi i programmi più famosi mi sfuggono sempre. Una rapida ricerca su IMDb rivela che questa soap opera in stile telenovela è andata in onda per quattro stagioni prima di essere bruscamente cancellata otto anni fa. Ha un punteggio sorprendentemente alto e, a giudicare dai commenti, una legione di fan proprio come mia madre.

Inarco un sopracciglio. «Davvero? Una soap opera?»

Mamma mi fa un cenno di lasciar perdere. «È fatta *molto* bene. E l'attore protagonista? *Ugh*, così talentuoso.»

Studio lo schermo. Il tipo *è* davvero notevole, tutto intensità meditabonda e un aspetto da star del cinema. Se stessi scegliendo il cast per una campagna, sarebbe il sogno di ogni responsabile marketing.

«Non è bellissimo?» dice mamma con entusiasmo, come se mi leggesse nel pensiero. «Così bravo.»

Annuisco distrattamente, la mente già di nuovo al lavoro. Istintivamente, prendo il telefono per controllare le email, ma una notizia dell'ultima ora attira la mia attenzione.

«Il Monte Spurr erutta di nuovo in Alaska» recita il titolo, accompagnato da un'immagine drammatica di un'enorme nuvola di cenere che si sprigiona dal vulcano.

Sento un nodo formarsi allo stomaco. Non riesco a immaginare di vivere accanto a una forza della natura così spaventosa, che potrebbe eruttare da un momento all'altro. Non so come facciano a dormire la notte quelli che ci vivono.

«Rachel, mi stai ascoltando?» La voce di mamma mi riporta bruscamente alla realtà.

«Scusa, mamma. Stavo solo aggiornandomi sugli eventi mondiali. Sono tutta orecchi, promesso.»

Mamma sospira, scuotendo la testa. «Sei sempre incollata a quell'affare. Anche quando dovresti rilassarti.»

Sento una fitta di colpa, sapendo che ha ragione. Ultimamente sono stata così assorbita dal lavoro che non ho avuto tempo per nient'altro, nemmeno per far visita a mia madre.

Mi appoggio allo schienale, permettendomi di rilassarmi per la prima volta da quelli che sembrano mesi. Non venivo a trovarla da secoli, e mi sento... strana. Quasi come se non appartenessi più a questo posto.

Me ne sono andata di casa non appena ho potuto, disperata di realizzare qualcosa. Già al liceo, ero la ragazza con l'agenda a colori e la pila di libri di testo più alta della sua testa. La ragazza che stava sveglia fino a mezzanotte per finire i compiti extra solo per assicurarsi che nessuno potesse batterla e ottenere il diploma con lode.

Dio, ricordo la sensazione di aprire quella lettera di ammissione alla Northwestern, con le mani che tremavano così tanto che l'ho quasi strappata a metà. Non si trattava nemmeno di andarsene, no, per quello ero pronta. Si trattava di dimostrare che potevo farcela. Che potevo essere la migliore. Che tutte le nottate e le emicranie da stress significavano qualcosa.

Mamma si preoccupava per me a quel tempo, diceva sempre che mi stavo sforzando troppo. Claire, d'altra parte, pensava solo che fossi pazza. «Sei come un criceto sotto effetto di caffè» scherzò una volta mentre mi ammazzavo di studio per gli esami. «Rilassati, Rach. Sei già dentro con un piede e mezzo.»

Ma rilassarmi non mi è mai sembrata un'opzione. Non per me. Non potevo permettermi di essere solo abbastanza brava. Dovevo essere la migliore. Dovevo diventare qualcuno, realizzare qualcosa di grande, di importante.

Forse mamma aveva ragione tanti anni fa. Forse mi sono sforzata troppo. Ma il pensiero di rallentare, di fermarmi a fare un bilancio della mia vita, mi terrorizza. Perché se mi fermassi e mi rendessi conto che niente di tutto ciò vale qualcosa, dopotutto?

«Lo so, lo so» ammetto, mettendo via il telefono. «Cercherò di staccare di più, promesso.»

«Faresti meglio. Non sei troppo grande per la ciabatta volante, sai.»

A onor del vero, l'abilità di mia madre di centrare qualcuno con una ciabatta da un capo all'altro della stanza è leggendaria. Quando io e Claire eravamo piccole, riusciva a colpirti un braccio, una gamba, o qualsiasi arto le desse fastidio, da dieci metri di distanza. Non veniva mai lanciata con particolare cattiveria, ma la precisione era sbalorditiva.

«Pensi ancora di averci la mano, mamma? Non hai più trent'anni e io non ne ho più otto.»

«È vero, ma *tu* adesso hai trent'anni e, per mia fortuna, sei un bersaglio molto più grande. Direi che ho buone possibilità.»

Mamma tiene una mano sospesa vicino a una caviglia, con le dita che fremono sulla ciabatta come un pistolero pronto a estrarre.

«Okay. Okay.» Mi arrendo e appoggio il telefono a faccia in giù sul tavolino, fuori dalla vista, fuori dai pensieri.

Non appena lo faccio, mamma sorride e spegne la televisione. «Allora, che succede?»

«Non succede niente.»

«Sono le quattro del pomeriggio. Ti hanno licenziata?»

«No!» squittisco io, inorridita al solo pensiero. «Sono... sono in ferie.»

«Da quando?»

«Da circa un'ora.»

Metto mamma al corrente della mia vacanza forzata e ammetto stupidamente di non sapere cosa fare di me stessa. Ma anche mentre le parole mi escono di bocca, so che è un errore.

Con l'agilità felina di un gatto selvatico, si alza dalla

poltrona e, prima che io capisca cosa stia succedendo, sta già componendo il numero di cellulare di mia sorella.

Trenta minuti dopo, la mia vita è rovinata.

«Claire passerà a prenderti domenica alle dieci» annuncia mamma, fin troppo compiaciuta di sé. «Prepara vestiti pesanti.»

La fisso. «Mamma. No.»

«Oh, andiamo. Una baita sul lago Michigan! Aria fresca! Tempo in famiglia! Tu *adori* le tue nipoti.»

«Le adoro a piccole dosi» borbotto. «Preferibilmente quando dormono.»

Mamma sorride. «Allora considerala un'esperienza formativa.»

«Non *ho* bisogno di formazione. Ho bisogno del Wi-Fi e di una macchina del caffè che non richieda olio di gomito.»

Mamma mi dà una pacca sulla guancia. «Devi goderti un po' la vita, tesoro.»

«Grazie per il supporto.»

«Figurati.»

«Ero sarcastica.»

«Lo so. Be', penso sia meraviglioso che andiate in vacanza tutte insieme» dice, e torna a guardare il suo programma.

Fisso incredula il sorriso raggiante di autocompiacimento di mia madre. Non mi piacciono le vacanze. Di certo non mi piace il campeggio. E sono più una zia del tipo "ecco il tuo regalo di compleanno, ora vai a giocare", almeno finché non imparano a usare il vasino e a mettere insieme una frase di senso compiuto.

In qualche modo, mi ritrovo iscritta a passare dieci giorni rinchiusa con mia sorella, suo marito e i loro due scatenati bambini nella loro baita di tronchi sul lago Michigan. Non è che non ami mia sorella e la sua famiglia, ma l'idea di stare lontana dal lavoro, dalla città, mi riempie di una sgradevole sensazione di angoscia. In qualche modo, mi sono iscritta a una gita nella natura selvaggia, a cacciare alci e a bere dai ruscelli, o qualunque cosa faccia la gente quando si trova all'aria aperta.

Gemo.

Sarà un disastro.

O, quanto meno, profondamente, *profondamente* scomodo.

Due settimane lontana dal lavoro? Lontana dal mio team, dai miei clienti, dai miei *progressi*? Sono anni che lavoro per diventare socia e non posso fare colpo sui piani alti se sono via ad arrostire marshmallow e a fingere di godermi la natura.

Si dice lontano dagli occhi, lontano dal cuore. E se qualcun altro si facesse avanti e li stupisse in mia assenza? E se tornassi e scoprissi che tutto il mio duro lavoro è stato silenziosamente passato sulla scrivania di qualcun altro?

Ce la farò. *Devo* farcela. Perché l'ultima cosa che posso permettermi è di essere dimenticata.

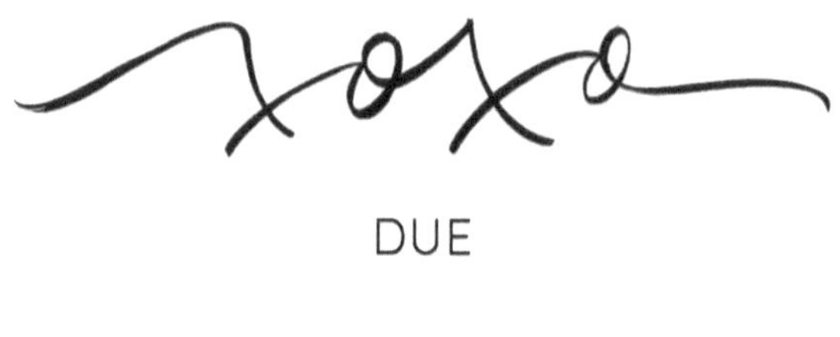

DUE

<hr>

«Evvai, siamo arrivati in Wisconsin!» esulta Richard mentre superiamo il cartello che annuncia il confine di stato. Claire, seduta sul sedile del passeggero, sorride e gli dà il cinque.

Il viaggio in auto verso la baita è già un esercizio di pazienza, e siamo in strada solo da novanta minuti. Sono incastrata sul sedile posteriore tra due seggiolini, con le mie nipotine che farfugliano e ridacchiano ai miei lati. L'aria è densa del profumo di yogurt alla fragola e salviettine per neonati, e sento già un mal di testa che mi preme dietro gli occhi.

«Rach, Rach, guarda!» La mia nipote maggiore, Lily, mi spinge una manciata appiccicosa di patatine verso la faccia. «Le divido con te!»

«Oh, ehm, grazie, Lily» riesco a dire, accettando con cautela una patatina molliccia e cercando di non fare una smorfia. «È molto gentile da parte tua.»

Claire incrocia il mio sguardo nello specchietto retrovisore e sorride. «Non è divertente, Rach? Proprio come ai vecchi tempi, in viaggio per un'avventura di famiglia.»

«Certo, se per 'vecchi tempi' intendi 'mai', visto che non abbiamo mai fatto molti viaggi in auto da piccole» borbotto, spostandomi a disagio mentre la sorellina di Lily, Anna, emette un urlo stridulo.

«Oh, andiamo, dov'è finito il tuo spirito d'avventura?» mi prende in giro Claire. «Sarà fantastico, vedrai. Del tempo di qualità per legare in famiglia!»

Apro la bocca per replicare, ma all'improvviso si sentono un clangore e uno splat, e abbassando lo sguardo vedo una macchia di yogurt viola che cola sulla mia camicetta. *Versace. Rovinata.*

«Ops!» ridacchia Lily, agitando il suo vasetto di yogurt ormai vuoto. «La zia Rachel indossa la mia merenda!»

Chiudo gli occhi e conto fino a tre, ricordando a me stessa che è solo una cosa temporanea, che posso sopportare un po' di disordine e rumore per il bene della mia famiglia. Ma mentre sento lo yogurt freddo che mi impregna la pelle, non posso fare a meno di chiedermi in che diavolo mi sono cacciata.

Questo è un errore, mi avverte una voce nella testa. Dovresti essere a Chicago, a concentrarti sulla tua carriera, non a fare la babysitter in una baita sperduta.

Ma poi mi ricordo la promessa fatta a mamma, e lo sguardo malinconico nei suoi occhi mentre mi esortava a trovare qualcosa di più del semplice lavoro. E penso a Claire, che c'è sempre stata per me, anche quando io ero troppo impegnata per ricambiare il favore.

No, mi dico con fermezza. Non è un errore. È un'opportunità. Un'occasione per riconnettermi con ciò che conta davvero, per capire chi sono al di là del mio titolo professionale.

Apro gli occhi e sorrido a Lily, che ora si sta felicemente spalmando lo yogurt sulla faccia. «Sai una cosa, Lil? Credo che dopotutto il viola potrebbe essere il mio colore.»

Claire ride dal sedile anteriore, e io sento un barlume di calore nel petto. Forse, dopotutto, questo viaggio non sarà poi così male.

«Ok, bimbe, cosa facciamo per prima cosa domani mattina

quando ci sveglieremo alla casa sul lago?» chiede Richard a Lily e Anna.

«Facciamo gli s'mores!» esclama Lily.

«Andiamo a nuotare!» ribatte Anna.

Continuano a chiacchierare eccitate, mentre io cerco di non ascoltarle. Mi schiarisco la gola.

«Allora, ehm, Lily... come va l'asilo?» chiedo, nel tentativo di fare conversazione con mia nipote di cinque anni.

Lei si volta e mi guarda sbattendo le palpebre. «Non mi piace.» Una pausa imbarazzante. «Ci fanno lavorare. Scrivere lettere e numeri. Che noia.»

«Oh, uh, wow. Sembra... divertente.» Forzo un sorriso.

Vengo salvata da altre chiacchiere quando mi squilla il cellulare. Guardo accigliata il nome del chiamante: è Helen, il mio capo. Non promette niente di buono.

«Scusate, devo rispondere. Emergenza di lavoro» dico, sollevata dall'interruzione. «Helen, cosa succede?»

«Rachel, ho notizie importantissime» dice Helen senza fiato. «Indovini un po' chi era al telefono per invitarci a presentare un'offerta?»

«Non mi faccia questo. Chi?» Sapevo benissimo che se Helen faceva la misteriosa, la notizia era grossa. «Chi?!»

«È il cliente che Lei cerca di accaparrarsi da mesi?»

Il mio polso accelera. «La GreenShoots?»

«Esatto. Stanno cercando una nuova direzione. Ma ecco il tranello: hanno indetto una gara d'appalto. Quattro agenzie, noi inclusi.»

Un brivido mi percorre, seguito da una ferrea determinazione. Ho lavorato troppo duramente per aggiudicarmi la GreenShoots per perderla ora. Quasi diciotto mesi di impegno discreto ma costante, e finalmente hanno dato i loro frutti.

«Una gara va bene, posso gestire la concorrenza. Entro quando vogliono la proposta?»

Helen espira. «È questo il problema. Vogliono le proposte per domani.»

«Domani?!» La parola mi esce di bocca con una tale forza che Richard si volta a guardarmi preoccupato. Gli faccio cenno di non badarmi.

«Lo so, lo so. Lo fanno apposta, per vedere come reagiamo sotto pressione. Vogliono idee fresche, non una presentazione tutta lustrini e moine» spiega Helen.

La mia mente corre, già immaginando i messaggi chiave, le tattiche, i casi di studio di cui avrò bisogno per stupirli, al diavolo il jet lag. Sono la persona giusta per loro e devono saperlo.

«Ok, ce la farò» dico con fermezza. «Mi mandi per messaggio tutti i dettagli della gara, comincerò a elaborare la strategia. Dica alla GreenShoots che avranno la proposta più persuasiva che abbiano mai visto, anche con così poco preavviso.»

«Questa è la mia miglior venditrice» dice Helen con orgoglio. «Sapevo di poter contare su di Lei.»

Riaggancio, con l'adrenalina che mi scorre nelle vene. Questa presentazione potrebbe dare una svolta alla mia carriera. Devo vincere. Devo arrivare a Portland, in fretta.

Ma quando alzo lo sguardo, mi ricordo improvvisamente dove sono: incastrata nel SUV di mio cognato, che mi allontana dall'aeroporto a ogni miglio che passa. Sento lo stomaco sprofondare.

Che diavolo faccio adesso?

Mi faccio forza per la conversazione che sto per affrontare. «Richard, ho bisogno che tu faccia inversione. Devo andare all'aeroporto.»

«Cosa?» Claire si volta sul sedile per guardarmi, con le sopracciglia aggrottate. «Non puoi dire sul serio! Stiamo letteralmente andando in vacanza.»

«Lo so, lo so.» Alzo le mani in modo conciliante. «Ma questa è un'opportunità enorme. È più di un anno che cerco di conquistare un cliente importante, e la presentazione è domani. Devo esserci.»

«Incredibile.» Claire scuote la testa, le labbra strette in una linea sottile. «Stai davvero scegliendo il lavoro anziché la famiglia? Di nuovo?»

Sussulto all'accusa, ma non mi tiro indietro. «Se conquisto questo cliente, la promozione a socio è assicurata. È tutto ciò per cui ho lavorato. Prometto che, appena concluso l'affare, potremo fare una vera vacanza, offro io.»

Claire sbuffa e si volta dall'altra parte, con le braccia conserte strette al petto. Sul sedile posteriore, le bambine sono ammutolite, il loro entusiasmo iniziale si è spento. Non hanno idea di cosa stiamo parlando, ma percepiscono che non è nulla di buono.

«Richard, ti prego.» Mi sporgo in avanti, la voce urgente. «Non te lo chiederei se non fosse importante.»

Richard incrocia il mio sguardo nello specchietto retrovisore, l'espressione combattuta. Dopo un lungo istante, sospira. «Va bene, Rach.»

Un'ondata di sollievo mi pervade, seguita subito da una fitta di colpa quando le bambine iniziano a lamentarsi.

«Ma mamma, questo significa che ci vorrà ancora più tempo per arrivare al lago!»

«Non voglio passare altro tempo in macchina!»

Ignoro le loro lamentele, la mia mente già turbina di idee per la presentazione. Questa è la mia occasione per mettermi alla prova, per dimostrare a tutti alla Channing Gabriel che ho la stoffa per diventare socio.

Mentre Richard si fa strada nel traffico, tornando verso Chicago, tiro fuori il telefono e inizio a digitare furiosamente. Ho una presentazione da preparare, e non permetterò per nulla al mondo che quest'opportunità mi sfugga di mano.

L'aeroporto brulica di attività mentre attraverso a passo svelto le porte scorrevoli. Individuo la mia assistente, Emily, vicino ai banchi del check-in, i suoi capelli rossi un faro in mezzo alla folla.

«Emily!» la chiamo, sbracciandomi per attirare la sua attenzione.

«Rachel, eccola!» Si affretta verso di me, porgendomi il biglietto, un piccolo bagaglio a mano e un porta abiti. «Ho scelto il tailleur blu, spero che vada bene. Farà faville con questa presentazione.»

Afferro gli oggetti con gratitudine, un sorriso che mi increspa le labbra. «Lei è la mia salvezza, Em. Davvero.»

Ci facciamo strada tra la folla di viaggiatori, dirigendoci verso i controlli di sicurezza. Mentre aspettiamo in fila, Emily mi aggiorna sugli ultimi pettegolezzi dell'ufficio, ma la mia mente è già alla presentazione, ripassando i punti chiave e anticipando le possibili domande. Em mi fa un cenno di saluto mentre mostro il biglietto all'agente della TSA.

Una volta in volo, tiro fuori il portatile e mi immergo nella presentazione, perfezionando le slide e facendo pratica con il mio discorso. Le ore volano e, quando l'aereo atterra a Portland, sento un'ondata di fiducia. Ce la posso fare.

Sbarcando, allungo la mano per prendere la mia valigia dalla cappelliera, la mente che ancora ripercorre le frasi di apertura della mia presentazione. Mentre metto piede sul manicotto d'imbarco, una voce profonda e melliflua interrompe i miei pensieri.

«Mi scusi, signorina? Credo che quella sia la mia valigia.»

Mi volto e trovo un uomo affascinante dai lineamenti scolpiti e un sorriso ammaliante. Ci sono uomini con una bella mascella... e poi c'è lui. Indica la valigia che ho in mano e io abbasso lo sguardo, notando un piccolo nastro rosso legato alla maniglia. Il calore mi sale alle guance quando mi rendo conto del mio errore.

«Oh mio Dio, mi dispiace tantissimo!» Gli porgo la valigia, imbarazzata, e lui mi dà la mia.

I suoi occhi scintillano di divertimento. «Nessun problema, capita anche ai migliori. Immagino sia qui per affari.»

Iniziamo a camminare fianco a fianco, chiacchierando con disinvoltura delle gioie e i dolori della vita aziendale. C'è una scintilla innegabile, e mi ritrovo attratta dal suo spirito e dal suo calore.

Ma mentre usciamo dal manicotto d'imbarco, una bellissima donna dai fluenti capelli biondi gli si precipita incontro, stringendolo in un forte abbraccio. «Tesoro, mi sei mancato così tanto!»

La realtà mi piomba addosso e rido tra me e me della mia stupidità. Certo che un uomo come lui doveva essere impegnato. Faccio un cenno cortese col capo e mi volto per dirigermi verso l'uscita, la mia concentrazione che torna al compito da svolgere.

Ed è allora che lo vedo. Il cartello che mi blocca sul posto.

«Vacationland, benvenuti nello Stato del Maine.»

No!

Questo.

Non.

Sta.

Succedendo.

Il cuore mi sprofonda in petto quando la consapevolezza mi colpisce. Non sono a Portland, in Oregon. Sono dalla parte sbagliata del paese.

No. No, no, no. Non può essere. Sbatto le palpebre con forza, come per costringere il cartello a cambiare. Frugo nella borsa, quasi strappando la cerniera mentre tiro fuori il biglietto e lo apro con mani tremanti. I miei occhi scorrono la stampa fine: Portland International Jetport (PWM).

Oh mio Dio. PWM. Non PDX.

Il mio cuore martella così forte nelle orecchie che sento a malapena il chiacchiericcio degli altri passeggeri intorno a me. Fisso le lettere, cercando di costringerle a ricomporsi, a trasformarsi magicamente nel codice aeroportuale corretto. Ma non lo fanno. Perché non possono.

Stringo il biglietto come se fosse un'ancora di salvezza, il mio cervello che si affanna a ricostruire che diavolo fosse appena successo. Come ho fatto a non accorgermene? Come ho potuto permettere che accadesse una cosa del genere? Sono sempre così meticolosa, così organizzata; controllo tutto due, persino tre volte.

Mi sento mancare l'aria. Mi guardo intorno, come se qualcuno potesse saltar fuori e dirmi che è tutto uno scherzo, che non ho appena preso un volo per la dannata parte sbagliata del paese. Che è solo una candid camera, un canale di scherzi su YouTube. Ma non c'è nessuno con cui ridere, nessun volto amico a rassicurarmi che non è così catastrofico come sembra.

Freneticamente, tiro fuori il telefono e scorro fino all'email di conferma di Emily. Eccola lì, chiara e tonda: Portland, ME. Mi si rivolta lo stomaco. Come ho fatto a non vederlo? Come è possibile che nessuna delle due se ne sia accorta? Scorro di nuovo le informazioni del volo, come se in qualche modo le parole potessero cambiare, ma sono sempre le stesse dannate coordinate che indicano Vacationland invece della West Coast.

Le ginocchia mi cedono e barcollo verso una panchina, lasciandomici cadere sopra. La gravità del mio errore mi colpisce come un treno merci. Sono nel Maine. Dovrei essere in Oregon. Domattina dovrei fare una presentazione a uno dei più grandi potenziali clienti della mia carriera.

Non riesco a respirare. Mi premo il palmo sulla fronte, cercando di calmarmi, ma è inutile. La realtà mi sta soffocando, rubandomi l'ossigeno dai polmoni.

«Oh, mio Dio.» Le parole mi sfuggono dalle labbra, incredulità e panico che crescono simultaneamente nel mio petto. «Cosa ho fatto?»

Freneticamente, mi precipito al banco assistenza della compagnia aerea, con la mente che vortica per la gravità del mio errore. La fila sembra non finire mai e ogni secondo che passa pare un'eternità. Batto il piede con impazienza, guardando di sfuggita i tabelloni delle partenze, sperando contro ogni speranza che ci sia un volo che possa portarmi in Oregon in tempo.

Mentre aspetto, i televisori sopra il banco trasmettono un'edizione straordinaria. Il tono grave del conduttore riempie l'aria. «La nube di cenere proveniente dall'eruzione del vulcano dell'Alaska si sta diffondendo rapidamente attraverso il Canada e gli Stati Uniti settentrionali, causando disagi senza precedenti al traffico aereo. Gli esperti prevedono enormi ritardi e cancellazioni nelle prossime ore.»

Mi si rivolta lo stomaco mentre osservo il tabellone delle partenze che lampeggia, la parola «IN RITARDO» che si trasforma in «CANCELLATO» accanto a un volo dopo l'altro. La realtà della situazione mi si abbatte addosso come un maremoto. Sono bloccata e non c'è modo di volare per la presentazione.

Con le mani che tremano, tiro fuori il telefono e inizio a cercare percorsi alternativi. Orari dei treni, degli autobus, qualsiasi cosa che possa portarmi a Portland, in Oregon. Ma in fondo, so che è inutile. La distanza è troppo grande, il tempo troppo poco.

Esco dalla fila, con le gambe pesanti come il piombo. L'aeroporto affollato sembra svanire mentre il peso del mio fallimento mi si posa sulle spalle. Trovo un angolo tranquillo e mi lascio cadere su una sedia, nascondendo il viso tra le mani.

«Pensa, Rachel, pensa», mormoro tra me e me, cercando disperatamente di trovare una soluzione. Ma più mi spremo le meningi, più diventa evidente che non c'è via d'uscita da questo casino.

La delusione è un boccone amaro da mandare giù, ma so che devo accettare la realtà della situazione. La presentazione, la partnership, il futuro per cui ho lavorato così duramente: mi sta scivolando tutto tra le dita e non c'è niente che io possa fare per impedirlo.

Con il cuore pesante, tiro fuori di nuovo il telefono, con le dita sospese sul numero di Helen. Esito, temendo la conversazione che sta per avere luogo. Ma so che non posso più rimandare.

Mentre la chiamata si connette, mi preparo alle inevitabili conseguenze. «Helen, sono Rachel. Ho cattive notizie...»

Mentre le spiego che sono nel Maine, lei rimane per lo più calma, anche se sarebbe giusto dire che la sua scelta di parole è piuttosto colorita. Tuttavia, la soluzione magica che speravo potesse tirare fuori dal cilindro non arriva.

«La TSA sta bloccando tutti i voli. Non c'è modo che Lei arrivi in Oregon.»

Il cuore mi sprofonda. «Ma la presentazione...»

«Non se ne preoccupi. Date le circostanze, sarà Zoe a occuparsi della presentazione. Può guidare da Seattle.»

«Zoe?» sento un'ondata di frustrazione. «Ma ci lavoro da mesi, Helen. GreenShoots è il *mio* cliente.»

«Non ancora, Rachel. Non ho scelta. La presentazione è domani, dobbiamo essere presenti.»

Cammino avanti e indietro, con la mente che corre. «E se usassi la mia influenza con GreenShoots per cambiare il giorno della presentazione? Sono sicura che capirebbero, data la situazione.»

«No, Rachel», dice Helen con fermezza. «Hanno fissato la data e dobbiamo rispettarla. Manderemo Zoe.»

«Ma Zoe non ha le mie credenziali *verdi*», ribatto, con la disperazione che si insinua nella mia voce. «Lavora principalmente con clienti del settore petrolifero, per l'amor di Dio. E guida una Mustang GT da 5 litri. Non sarebbe meglio partecipare alla riunione via Zoom, per ridurre la nostra impronta di carbonio?»

Le mie argomentazioni cadono nel vuoto. «Rachel, questo non è in discussione», dice Helen, con un tono che non ammette repliche. «Zoe è la migliore venditrice dell'azienda dopo di Lei, e GreenShoots è un cliente che Channing Gabriel deve assolutamente acquisire.»

Sento la rabbia montarmi dentro, ma cerco di tenerla a bada. «Quindi, se Zoe conclude l'accordo, significa che otterrà lei la partnership?»

C'è una pausa dall'altra parte della linea. «Rachel, Le suggerisco di godersi le sue due settimane di vacanza nel Maine e di dimenticarsi del lavoro per un po'.»

«Ma Helen...»

«Questo è un ordine, Rachel. Mandi la sua presentazione e i suoi appunti a Zoe. Ora.»

La linea cade e io rimango a fissare il telefono, ribollendo di frustrazione. Non posso credere che stia succedendo. Ho lavorato così duramente, e ora Zoe arriva per rubarmi la scena.

Vorrei urlare, lanciare il telefono dall'altra parte dell'aeroporto, ma mi costringo a calmarmi. Perdere il controllo non risolverà nulla.

Guardo fuori dal finestrino, osservando gli aerei che avrebbero dovuto decollare tornare al terminal per sbarcare i passeggeri. Nessuno di noi andrà da nessuna parte.

Due settimane nella Terra delle Vacanze. Dovrete perdonarmi se non salto di gioia.

Il taxi sfreccia per le strade affollate di Portland e io mi sporgo in avanti, esaminando gli edifici in cerca di un'insegna di hotel con camere libere. Provo a guardare di nuovo la moltitudine di app di viaggio che ho sul telefono, ma è tutto in grigio, che mi schernisce con un banner "tutto esaurito". Il tassista mi guarda nello specchietto retrovisore, con occhi comprensivi.

«Che sfortuna con tutte queste cancellazioni di voli, eh?» dice, scuotendo la testa. «Sembra che siano tutti bloccati.»

Annuisco, con l'attenzione ancora concentrata sulle

vetrine dei negozi che passano. «Per caso saprebbe di qualche hotel con camere disponibili?»

Lui ridacchia. «Vorrei poterla aiutare, ma ho portato in giro gente tutto il giorno e ogni posto è al completo.»

Mi lascio cadere contro il sedile, con la mente in subbuglio. Non posso passare la notte a vagare per le strade di Portland. Mi serve un piano.

Come a un segnale, il mio telefono squilla. È mia madre. Esito un momento prima di rispondere, preparandomi all'inevitabile raffica di domande.

«Rachel, tesoro, stai bene? Tua sorella mi ha detto cosa è successo con il tuo volo.»

Sospirando, mi massaggio una tempia. «Sto bene, mamma. Sto solo cercando di trovare un posto dove stare per la notte.»

«Oh, tesoro, non fare come Maria e Giuseppe e finire in una mangiatoia. Perché non noleggi semplicemente un'auto e vieni a raggiungerci al lago Michigan? Ci farebbe tanto piacere averti qui.»

Non sono sicura che mamma capisca esattamente quanto io sia lontana dal Wisconsin. «Mamma, mi ci vorrebbero giorni per tornare indietro in auto... Aspetta un attimo? Sei con Claire?»

«Sì, quando ti hanno lasciata all'aeroporto, Richard è passato e mi ha chiesto se volevo prendere il tuo posto. E così, eccomi qui. Detto tra noi, credo che volessero solo una babysitter, ma a caval donato non si guarda in bocca. Dai, raggiungici.»

L'idea di passare il resto della vacanza con la mia famiglia è allettante, visto che l'alternativa è passarla da sola in una città sconosciuta. Sto per prendere seriamente in considerazione il suggerimento di mamma quando il taxi passa accanto a un enorme complesso industriale, la cui insegna recita "Harcourt Foods" a caratteri cubitali.

All'improvviso, un'idea si fa strada nella mia mente. La

Harcourt Foods è uno dei più grandi produttori di alimenti surgelati del paese. Se riuscissi ad averli come clienti...

«Rachel? Ci sei ancora?»

Torno di colpo alla realtà. «Sì, mamma, ci sono. Senti, apprezzo l'offerta, ma penso che resterò a Portland per un po'. C'è una cosa di cui mi devo occupare.»

«Sei sicura, tesoro? Ci farebbe davvero piacere vederti.»

«Lo so, e ti prometto che mi farò perdonare. Ma questo è importante.»

C'è una pausa, e posso quasi sentire le rotelle che girano nella sua testa. «Beh, va bene allora. Non posso dire di capirti. Prometti che chiamerai se hai bisogno di qualcosa?»

«Lo farò. Grazie, mamma. Ti voglio bene.»

Mentre riattacco, mi sporgo in avanti, picchiettando sulla spalla dell'autista. «Veramente, potrebbe portarmi all'autonoleggio più vicino?»

Lui annuisce, immettendosi nella corsia di svolta. Mi rimetto a sedere, la mente già intenta a formulare un piano. Partnership o no, non lascerò il Maine a mani vuote.

Harcourt Foods, arrivo.

L'autonoleggio è un formicaio brulicante di attività, con viaggiatori esasperati che si affannano per assicurarsi un veicolo. Mi metto in fila, battendo il piede con impazienza mentre scorro il telefono, raccogliendo tutte le informazioni possibili sulla Harcourt Foods. Il loro amministratore delegato, Jonathan Harcourt, ha la fama di essere un tradizionalista irriducibile. Chiamato 'Vecchio Harcourt' da amici e nemici, non è certo noto per il suo impegno verso l'innovazione e la sostenibilità. Un veterano dell'industria avicola, sarà un'impresa ardua convincerlo a diversificare dai nuggets di pollo surgelati che hanno costruito il suo impero.

Ma... grazie alle mie ricerche di mercato per GreenShoots e IncrediBurger, ho dei dati. Un sacco di dati. Fatti e cifre convincenti e dettagliati che mostrano un cambiamento nelle abitudini alimentari e una crescente domanda di alternative a base vegetale. Se riuscissi a proporre la CGPR come agenzia per rinnovare la loro immagine pubblica e a convincerlo che vegetale significa profitto, potrebbe essere una svolta epocale.

Persa nei miei pensieri, sussulto quando l'impiegato chiama: «Avanti il prossimo!»

Mi avvicino al bancone, sfoderando il mio sorriso più affascinante. «Salve. Devo noleggiare un'auto, preferibilmente qualcosa di elettrico, compatto ed efficiente.»

L'impiegato, un giovane con un cartellino con su scritto "Ethan", mi guarda desolato. «Mi dispiace, signora, ma abbiamo quasi finito tutto a causa delle cancellazioni dei voli. L'unico veicolo rimasto è un pick-up.»

Sbatto le palpebre, elaborando l'informazione. Un pick-up? È quanto di più lontano ci sia dal mio stile di vita elegante, urbano ed ecologico. Ma chi si accontenta gode, giusto?

«Lo prendo», dico, porgendogli la mia carta di credito.

Qualche minuto dopo, mi ritrovo a fissare un mastodonte di furgone, con la vernice rossa che brilla sotto le luci del parcheggio. Mi arrampico sul sedile del conducente, regolandolo per adattarlo alla mia statura più bassa. Il motore romba prendendo vita e, a dire il vero, non posso fare a meno di sorridere. C'è qualcosa di esaltante nello stare al volante di questa bestia. Mi duole pensarlo, ma forse, solo forse, riesco a capire perché Zoe scelga di guidare la sua Mustang nonostante la pressione sociale per guidare auto elettriche.

Mentre attraverso le strade sconosciute di Portland, la mia mente è un turbinio di idee per una potenziale proposta alla Harcourt Foods. Sottolineerò i successi della CGPR con le iniziative ecologiche, le nostre strategie innovative sui social media e la nostra capacità di entrare in contatto con i consumatori più giovani ed eco-consapevoli. Guidando quasi d'istinto, ho lasciato la città e mi ritrovo nei sobborghi più tranquilli.

Iniziano a comparire le indicazioni per Biddeford e, mentre mi avvicino ai confini della città, trovo un motel caratteristico alla periferia, la cui insegna al neon 'libero' è un faro di speranza dopo alcune ore molto difficili. Il proprietario, un signore sulla quarantina, si presenta come James, insiste per portarmi il trolley in camera e mi porge una chiave con un sorriso complice.

«Basta che chiami la reception se ha bisogno di qualcosa», dice gentilmente.

Annuisco con gratitudine, sentendo all'improvviso il peso della giornata che si fa sentire.

«Grazie. Lo farò.»

TRE

La porta del motel si chiuse alle mie spalle con uno scatto e lasciai andare un sospiro pesante. Sfilai i tacchi con un calcio, senza curarmi di dove atterrarono, e mi tolsi camicetta e gonna, gettandole sulla poltrona sbiadita nell'angolo.

Mentre mi ambientavo in quella stanza accogliente, non potevo fare a meno di sentire un brivido di eccitazione in mezzo alla delusione. Certo, non essere la punta di diamante per la presentazione di GreenShoots era una grossa battuta d'arresto. Ma ottenere la Harcourt Foods? Quella poteva essere la chiave per tutto ciò per cui avevo lavorato.

Tirai fuori il portatile e mandai una veloce email a Emily per raccogliere maggiori informazioni sulla Harcourt Foods. Avremmo fatto una seria chiacchierata quando fossi tornata in ufficio riguardo a quel piccolo pasticcio con i biglietti, ma in quel momento avevo bisogno che desse il meglio di sé, non che si preoccupasse di essere licenziata. Se fosse riuscita a procurarmi le informazioni di cui avevo bisogno, e in fretta, l'avrebbe certamente messa in una luce migliore. Domani avrei provato a contattare direttamente Jonathan Harcourt.

Ma per ora, avevo bisogno di riposare e ricaricare le energie. Avevo la sensazione che mi sarebbe servita tutta la mia energia per ciò che stava per arrivare. Il copriletto a fiori stropicciato non era esattamente invitante, ma tutto ciò che volevo in quel momento era chiudere gli occhi e dimenticare che quella giornata disastrosa fosse mai accaduta.

Mi stravaccai sul materasso bitorzoluto in reggiseno e mutandine, troppo esausta persino per infilarmi sotto le coperte. Forse se avessi riposato un po' gli occhi, sarei riuscita a raccogliere abbastanza energia per trovare un pasto decente e decidere i miei prossimi passi. Permisi alle mie palpebre di chiudersi lentamente...

BAM! La porta si spalancò e il cuore mi balzò in gola mentre scattavo a sedere. Un uomo in uniforme da motel entrò nella stanza di schiena, trascinando goffamente dietro di sé un carrello delle pulizie. Dalle sue orecchie pendevano degli auricolari, da cui pulsava un ritmo metallico. Stava canticchiando stonando mentre si girava.

I nostri occhi si incrociarono e la sua mascella si spalancò, rispecchiando il mio stesso shock.

«Oh mio Dio, mi dispiace tantissimo!» balbettò, distogliendo lo sguardo. Un rossore gli salì lungo il collo. «Pensavo che questa stanza fosse vuota».

«Ha l'abitudine di fare irruzione addosso a donne seminude?» sbottai, affrettandomi a tirarmi addosso il copriletto per coprire il mio corpo esposto, con il viso in fiamme.

Il suo rossore si intensificò, e si passò una mano tra i capelli, la tensione che gli irrigidiva visibilmente le spalle.

«No, no, giuro di no. È stato solo... un errore madornale. La stanza risultava libera e non ho sentito niente da dentro».

C'era qualcosa nel suo modo di parlare: le sue parole erano casuali, ma il suo modo di esprimerle era stranamente ponderato, come se stesse scegliendo ogni parola con più cura di quanto la situazione richiedesse. Non potei fare a meno di notare con quanta rapidità si riprese, come la sua voce si stabilizzò, con un tono sicuro ma non prepotente. Era come se fosse abituato a recitare la parte del calmo, anche quando era mortificato.

Per un secondo, pensai che forse fosse solo una sorta di fascino da servizio clienti, il modo in cui rimaneva rilassato e si scusava così fluidamente. Ma era più di quello. Non stava solo mettendo una pezza a un errore; stava entrando in un ruolo, come se l'avesse fatto cento volte prima, con le battute a memoria.

Prima che potessi analizzarlo ulteriormente, si schiarì la gola. «Senta, mi dispiace davvero. Farò in modo che non accada di nuovo». Chinò la testa e praticamente sfrecciò fuori dalla porta, quasi inciampando nel carrello delle pulizie nella sua fretta di uscire, lasciandomi sola a elaborare qualunque diavolo fosse appena successo.

Lasciai andare un respiro tremante, cercando di riportare il battito cardiaco sotto controllo. Probabilmente non era niente. Solo un ragazzo imbarazzato da morire che faceva del suo meglio per mascherarlo. Ma comunque… C'era qualcosa nel suo portamento, nel modo in cui aveva porto le sue scuse, che non si addiceva del tutto alla sua uniforme da addetto alle pulizie.

Probabilmente non è niente. Scacciai il pensiero e mi concentrai sul calmarmi. Ne avevo avute abbastanza di sorprese per una notte.

Crollai di nuovo sul letto con un gemito, il cuore che ancora batteva all'impazzata. Dovevo ammettere che era carino, in un modo goffo e imbarazzato. Ma dopo la giornata che avevo avuto, carino non sarebbe bastato. Avevo bisogno di un drink forte e di un pasto sostanzioso per cancellare questo ricordo.

Non sarei più riuscita a dormire, così scivolai giù dal letto, pronta a ricompormi e a salvare una parvenza di normalità. Una cosa era certa: questo era un check-in in motel che non avrei dimenticato presto. Anche se, per il bene di entrambi, avrei preferito poterlo fare.

Dando un'occhiata all'orologio, mi resi conto con un sussulto che ero crollata in un sonno profondo per quasi due ore. Le otto di sera già? Il mio stomaco brontolò in segno di protesta, ricordandomi che l'ultima cosa che avevo mangiato era un bagel stantio prima di imbarcarmi sul mio volo sfortunato.

Mi trascinai in bagno, scorgendo il mio riflesso spettinato nello specchio. Occhi da panda, per gentile concessione del mio mascara sbavato. Capelli che spuntavano ad angolazioni strane dal mio pisolino caotico. Adorabile. Con un sospiro, aprii la doccia, sperando che l'acqua calda lavasse via lo stress della giornata e mi rianimasse abbastanza da avventurarmi fuori in cerca di sostentamento.

Mentre il vapore riempiva il piccolo spazio, entrai sotto il getto d'acqua, lasciando che lenisse i miei muscoli tesi. La mia mente tornò all'uomo che aveva fatto irruzione prima. C'era qualcosa di vagamente familiare in lui, ma non riuscivo a capire cosa. Probabilmente solo una di quelle facce.

Mi insaponai, l'odore del sapone generico del motel che mi riempiva le narici. Era ben lontano dal mio solito bagno-schiuma al cocco, ma sarebbe andato bene. Mentre mi sciac-quavo, il mio stomaco emise un altro brontolio insistente. Era ora di smettere di sognare ad occhi aperti e di concentrarsi sulla missione da compiere: cibo.

Asciugandomi, rovistai nella mia valigia in cerca di qual-cosa di presentabile. Jeans e un maglione comodo sarebbero dovuti bastare. Non ero in vena di vestirmi elegante e, inoltre, chi stavo cercando di impressionare in questa pittoresca cittadina?

Una rapida asciugatura e una passata di lucidalabbra più tardi, ero pronta come non mai. Afferrai la borsa e la chiave della stanza, preparandomi per la fredda serata del Maine. Appena uscii nel parcheggio, l'aria fresca di primavera mi pizzicò le guance, un netto contrasto con la stanza soffocante del motel.

Tirai fuori il telefono, sperando in una piccola guida culinaria. «Dai, Siri», mormorai, «non deludermi. Ho bisogno di un po' di cibo consolatorio, al più presto».

Con alcuni comandi vocali, apparve un elenco di ristoranti nelle vicinanze. Scorsi le opzioni, con l'acquolina in bocca al pensiero di un piatto caldo e sostanzioso. Frutti di mare, forse? Visto che sono nel Maine, no? Optai per una tavola calda che vantava la migliore zuppa di vongole della città, secondo le recensioni entusiastiche.

Mentre percorrevo le tranquille strade di Biddeford, la mia mente vagava verso il caos che mi aspettava a Chicago. La crisi di PR, i clienti esigenti, le email infinite. Ma per ora, in questo momento, la mia unica preoccupazione era riempire il mio stomaco brontolante e forse, solo forse, trovare un barlume di pace in questa deviazione inaspettata.

Ma prima le cose importanti: sotto con i frutti di mare.

Il campanello sopra la porta tintinnò quando entrai da Julie's Diner, avvolta da un'ondata di calore e dall'aroma di pancetta sfrigolante. Era un posticino accogliente, tutto pavimenti a scacchi e separé in vinile, il tipo di posto che ti fa sentire a casa anche se non ci sei mai stato prima.

Scivolai in un separé, il cuscino rosso che cigolava sotto di me. Prima ancora che potessi prendere un menù, una cameriera con un sorriso più luminoso dell'insegna al neon fuori apparve al mio tavolo.

«Be', salve, tesoro!» cinguettò, la sua coda di cavallo bionda che sobbalzava con entusiasmo. «Con cosa posso cominciare per lei stasera?»

Sbattei le palpebre, sorpresa dalla sua energia. Erano quasi le nove. Come poteva qualcuno essere così allegro a quest'ora della notte?

«Oh, ehm, ho letto che la vostra zuppa di vongole è la migliore della città», riuscii a dire, abbozzando un sorriso stanco.

«Altroché! Una ciotola della nostra famosa zuppa, subito

in arrivo!» Ammiccò, annotando il mio ordine. «Qualcos'altro, cara?»

Scossi la testa e, con un cenno, lei si allontanò, lasciandomi ad ammirare l'ambiente circostante. Fu allora che notai un volto familiare cinque tavoli più in là.

Era lui. Il ragazzo della stanza del motel. Era seduto in un separé, a dividere quello che sembrava un enorme sundae con una ragazzina, forse di undici o dodici anni. Lei ridacchiava mentre lui le spalmava una noce di panna montata sul naso, e l'affetto tra loro era palpabile.

Li osservai interagire, le battute spensierate, gli scherzi privati. Era chiaro che avessero un legame speciale, quello che nasce da anni di amore e fiducia. Un padre e una figlia, supposi, notando il modo in cui la guardava come se fosse il centro del suo universo.

Era innegabilmente dolce e potevo capirne il fascino: le risate, l'amore, il senso di appartenenza. Ma avere figli è la campana a morto per la carriera. Almeno per le donne. E io avevo ancora così tanto da raggiungere.

Mentre sedevo lì, persa nei miei pensieri, la cameriera tornò con una ciotola fumante di zuppa. «Ecco a lei, cara», disse, posandola con enfasi. «Attenzione, scotta».

Annuii in segno di ringraziamento, inspirando l'aroma ricco e confortante. Sapeva di casa, non la mia, ma trasudava calore e sicurezza, e tutte le cose di cui non mi ero resa conto di avere un disperato bisogno.

Mentre prendevo il primo cucchiaio, assaporando il gusto cremoso e salmastro, non potei fare a meno di lanciare un'altra occhiata al ragazzo e a sua figlia. Erano persi nel loro piccolo mondo, incuranti del resto della tavola calda, del resto del mondo.

E per un fugace momento, mi chiesi come sarebbe stato far parte di una cosa del genere. Avere qualcuno che mi guardasse nel modo in cui lui guardava sua figlia, come se fossi la persona più importante nella stanza.

Scossi la testa, scacciando quel pensiero. Non avevo tempo per sciocchi sogni ad occhi aperti o sentimentalismo da piccola città.

Avevo un lavoro da fare, una vita a cui tornare. Questa era solo una deviazione temporanea, un puntino sul radar. Niente di più.

O almeno così mi dissi, mentre mi concentravo sulla mia zuppa, cercando di ignorare la fastidiosa sensazione che forse, solo forse, c'era qualcosa di più nella vita che ricerche di mercato e teleconferenze a tarda notte.

I suoi occhi incrociarono i miei, e io distolsi rapidamente lo sguardo, improvvisamente affascinata dai disegni nella mia zuppa. Ma era troppo tardi. Si stava già avvicinando, con sua figlia al seguito.

«Ehi, pensavo fossi tu», disse, la sua voce calda e amichevole. «Volevo solo scusarmi di nuovo per prima. Non volevo davvero spaventarti in quel modo».

Feci un gesto con la mano per minimizzare, forzando un sorriso. «Va tutto bene, davvero. Nessun danno».

Ma sua figlia non si lasciò congedare così facilmente. Mi scrutò con quei grandi occhi curiosi, la testa inclinata di lato.

«Sei molto bella», disse, con una voce così sincera che mi colse di sorpresa. «Ma sembri anche molto triste. Stai bene?»

Sbattei le palpebre, sorpresa dalla sua perspicacia. Come poteva questa bambina leggermi dentro, quando io avevo passato anni a perfezionare la mia faccia da poker?

«Sto bene, tesoro», la rassicurai, con la voce un po' troppo allegra. «Solo una lunga giornata, tutto qui».

«Io sono Dan, a proposito. Fammi sapere se possiamo fare qualcosa per te al motel. Ah, e lei è Chloe».

«Ciao». Chloe salutò con la mano.

«Piacere di conoscervi».

Dan le toccò la spalla, guidandola dolcemente verso la porta. «Andiamo, Chloe. Lasciamo che la signora si goda la sua cena in pace».

Annuii, grata per la tregua.

Proprio in quel momento, mentre Dan allungava la mano verso la maniglia della porta, ci fu un trambusto vicino al bancone. Una donna anziana, il viso pallido e tirato, barcollò, poi si accasciò a terra.

«Vai a sederti, tesoro, devo solo occuparmi di una cosa». Dan indicò un posto vuoto e Chloe seguì l'istruzione.

Istintivamente, sia io che Dan ci precipitammo verso la donna a terra. Le controllai il polso mentre Dan gridava a qualcuno di chiamare il 911.

La donna anziana ebbe a malapena il tempo di ansimare prima che lui si inginocchiasse accanto a lei, la voce bassa e ferma.

«Tutto bene, signora? Resti ferma per un secondo, d'accordo?»

C'era qualcosa nel modo in cui lo disse, calmo ma deciso, che ispirò immediatamente fiducia. Lei annuì, senza fiato, aggrappandosi al suo braccio mentre lui la aiutava con cautela a mettersi seduta. Lo staff della tavola calda si precipitò con preoccupazione, offrendo tovaglioli, ghiaccio, quel genere di panico lieve e offerte casuali che arrivano quando nessuno sa bene cosa fare.

Dan, invece? Lui aveva già risolto la situazione.

Fu un momento così piccolo. Niente di drammatico, niente di particolarmente eroico. Ma mentre lo guardavo sistemarle il cappotto, assicurandosi che fosse stabile prima di lasciarla andare, capii.

Lui era così. Il tipo che interviene. Il tipo a cui importa. Non perché ci sia qualcosa da guadagnare, non perché si aspetti un riconoscimento, solo perché è quello che si fa quando qualcuno ha bisogno di aiuto.

Qualcosa mi si strinse in petto, inaspettato e sconosciuto.

Passo la mia vita a impressionare la gente. A convincere sale riunioni piene di uomini scettici che valgo la pena di essere ascoltata. A vendere idee, a elaborare strategie, ad assicurarmi che quando esco da una riunione, nessuno dimentichi il mio nome.

Dan non doveva fare niente di tutto ciò. Eppure, in qualche modo, in questo piccolo, insignificante momento, era riuscito a impressionarmi da morire.

Insieme, Dan e io lavorammo per mettere la donna più a suo agio possibile, i nostri movimenti sincronizzati ed efficienti. Con la schiena ora appoggiata al bancone, arrotolai un maglione che la cameriera mi aveva dato per farne un cuscino di fortuna e lo misi dietro la testa della donna. Dan le prese una mano e la tenne tra le sue, facendole sapere che i soccorsi stavano arrivando e che tutto sarebbe andato bene.

Mentre aspettavamo l'arrivo dei paramedici, incrociai lo sguardo di Dan sopra la testa della donna. E in quel momento, vidi qualcosa che riconobbi, qualcosa che rispecchiava la mia stessa determinazione, il mio stesso bisogno di aiutare, di sistemare, di mettere le cose a posto.

«Starà bene?» chiese Chloe, la fronte aggrottata per la preoccupazione mentre guardava dal suo separé.

«Spero di sì», risposi, incerta. «Lasceremo che i paramedici decidano cosa fare dopo».

Cademmo nel silenzio, il peso del momento che gravava su di noi. Intorno a noi, la tavola calda ronzava di energia ansiosa, gli altri clienti che guardavano con espressioni preoccupate.

«Sai», disse improvvisamente Dan, la sua voce che spezzava la tensione, «non avrei mai pensato di fare l'eroe in una tavola calda di domenica sera».

Mio malgrado, sentii un sorriso incresparmi gli angoli della bocca. «Già, be', io non avrei mai pensato di rimanere bloccata nel Maine, ma eccoci qui».

Dan ridacchiò, un suono basso e caldo che sembrò alleviare la stretta nel mio petto. «Strano come va la vita a volte, non trovi?»

Annuii, lo sguardo ancora fisso sul volto della donna. «È stata una giornata d'inferno, questo è sicuro».

«A chi lo dici», disse Dan, mettendosi in una posizione più comoda. «Stamattina mi sono svegliato pensando che la sfida più grande che avrei affrontato oggi sarebbe stata convincere Chloe a mangiare le verdure».

Non potei fare a meno di ridere a quella battuta, una risata vera, genuina, che mi sembrò estranea e meravigliosa allo stesso tempo.

Al suono del suo nome, la testa di Chloe scattò su dal suo telefono come un suricato. Saltò giù dal separé e si rifugiò nel caldo abbraccio di Dan.

«Ti voglio bene, zucchetta. Sei stata brava».

C'era qualcosa nella sua voce, un calore e una sincerità che mi colsero di sorpresa. Lo guardai, vedendolo davvero per la prima volta. La stanchezza incisa nelle linee del suo viso, l'amore e l'orgoglio che brillavano nei suoi occhi quando guardava sua figlia. Forse c'era qualcosa di più in questo ragazzo di quanto sembrasse. Più del padre single oberato, più dell'addetto alle pulizie di un motel di provincia.

Dan si rivolse di nuovo a me. «Mi dispiace davvero...»

«Va tutto bene. Davvero». Offrii la mano a Dan. Lui sorrise e la strinse. «Sono Rachel».

Fu allora che il suono delle sirene riempì l'aria, diventando sempre più forte a ogni secondo che passava. Io e Dan ci scambiammo un'occhiata, sollievo e attesa che si mescolavano nello spazio tra di noi.

«Sembra che sia arrivata la cavalleria», disse, alzandosi in piedi.

Annuii, il cuore che batteva forte mentre i paramedici irrompevano dalle porte, un turbine di attività e determinazione. Presero il controllo, i loro movimenti pratici e precisi, e io feci un passo indietro, lasciando che facessero il loro lavoro.

Dan si avvicinò a me mentre i paramedici portavano via la donna anziana su una barella e i clienti rimasti si risistemavano ai tavoli, ora che lo spettacolo era finito.

«Grazie per il tuo aiuto stasera. Sei stata incredibile».

Liquidai il complimento, sentendomi improvvisamente a disagio. «Oh, non è stato niente. Sono solo contenta che stia bene».

Lui scosse la testa, un sorriso che gli increspava gli angoli della bocca. «Non è stato niente. Hai mantenuto la calma sotto pressione. È una gran cosa».

Sentii un rossore salirmi lungo il collo e distolsi lo sguardo.

Lui emise una risata sommessa, e Chloe riuscì a fare un piccolo sorriso tremolante. «Sei stata molto coraggiosa», disse, con voce sommessa.

«Anche tu, piccolina. Sei stata bravissima».

Dan le strinse la spalla e mi fece un cenno. «Beh... dovremmo andare. Devo portarla a casa e sistemarla. Ma... spero di rivederti in giro?»

Non potei trattenere il piccolo sorriso che mi si formò sulle labbra. «Basta che ti ricordi di bussare».

Rimase un secondo in più, come se volesse dire qualcos'altro, ma poi annuì di nuovo e guidò Chloe verso la porta. Li guardai andare, un strano miscuglio di emozioni che vorticava dentro di me: sollievo che la signora anziana fosse in buone mani, e qualcosa di più dolce, qualcosa che non sapevo bene come definire quando si trattava di Dan.

Tornai al mio tavolo, la mia zuppa non finita ormai gelida e del tutto poco appetitosa. Mi lasciai sprofondare sulla sedia, lasciando che l'adrenalina scemasse, e guardai il disordine di tovaglioli e cibo a metà. Spinsi via la ciotola, appoggiando il mento sulle mani, ma la scena continuava a ripetersi nella mia mente: l'anziana donna, così pallida e fragile, che si accasciava a terra.

La cameriera riapparve con un piccolo sorriso, strappandomi dalla mia trance. «Ehi», disse dolcemente. «Come stai?»

Forzai un sorriso, anche se ero sicura che fosse più una smorfia. «Bene. Solo... preoccupata per lei, immagino».

Lei annuì, pulendo il tavolo, i suoi movimenti più lenti del solito. «Hai fatto bene, sai. Ad aiutare così».

La guardai, poi di nuovo la mia zuppa. «Grazie. Anche se penso che Dan abbia fatto il grosso del lavoro. Io ho solo... seguito il suo esempio».

«Conta comunque», disse, facendomi un cenno rassicurante. «Avete formato una bella squadra, voi due».

Non seppi cosa rispondere, così annuii e presi la borsa, tirando fuori dei contanti per pagare il pasto. Ma quando li misi sul tavolo, lei fece un gesto per rifiutarli.

«Non si preoccupi. Questo lo offriamo noi. È il minimo che possiamo fare dopo quello che ha fatto per Marjorie. È una cliente abituale, la conosciamo da anni. Una vecchia tosta, ma il cuore le sta dando problemi ultimamente».

Spinsi comunque i soldi verso di lei, ma lei scosse fermamente la testa. «Li tenga. Non potremmo mai accettare».

Con un cenno rassegnato, rimisi i soldi nella borsa e raccolsi le mie cose. Mentre mi dirigevo verso la porta, guardai indietro al punto ora vuoto sul pavimento dove Marjorie era crollata. Era come se non fosse mai successo. Solo una normale serata da Julie's Diner.

Fuori, l'aria notturna era frizzante e fresca. Cominciai a scendere lungo la strada tranquilla, tornando verso il motel. I miei passi risuonavano troppo forti, come se stessero interrompendo la calma della notte.

Dovrei andare a letto. Ero esausta, mentalmente e fisicamente, ma c'era un nodo fastidioso nello stomaco che non si scioglieva. Non potevo semplicemente andarmene e dimenticarmi di Marjorie, non senza nemmeno sapere se stava bene. E se fosse sola in ospedale, spaventata e confusa?

Mi fermai sul marciapiede. Non sarei riuscita a dormire finché non l'avessi saputo. Rovistai nella borsa finché non trovai il telefono e cercai l'ospedale più vicino con un pronto soccorso. Ce n'era uno a circa quindici minuti di distanza.

Senza darmi il tempo di pensarci troppo, tirai fuori le chiavi della mia auto a noleggio e tornai dov'era parcheggiata. La bestia di veicolo era ancora odiosamente rossa, ancora assurdamente grande, ma in quel momento non mi importava. Dovevo solo assicurarmi che Marjorie stesse bene.

Mentre scivolavo nel sedile del conducente e avviavo il motore, non potei fare a meno di pensare a quanto fosse stata estenuante la giornata. Niente era andato come mi aspettavo. L'universo sembrava determinato a lanciarmi palle curve, e io faticavo a tenergli testa.

Ma almeno potevo fare questo. Almeno potevo andare a vedere come stava.

Spingendo le porte a vetri, fui accolta dall'inconfondibile odore di antisettico e dal basso mormorio di voci proveniente da un televisore che trasmetteva un documentario sulla natura nella sala d'attesa. Una receptionist dall'aria annoiata alzò lo sguardo dal computer mentre mi avvicinavo.

«Salve», esordii, cercando di mantenere la voce ferma. «Sto cercando una paziente che è stata portata qui prima. Una donna anziana di nome Marjorie. È svenuta da Julie's Diner».

Il viso della receptionist si addolcì un po' e annuì. «È una parente?»

«Uh... no. Solo un'amica, immagino. Volevo solo assicurarmi che stesse bene».

Esitò, chiaramente soppesando le regole contro qualsiasi empatia fosse riuscita a conservare durante il turno di notte. Alla fine, abbozzò un piccolo sorriso.

«Un attimo. Controllo per lei».

Mentre digitava qualcosa al computer, giocherellai con la tracolla della mia borsa, la mente ancora in subbuglio. Cosa ci facevo lì? Stavo esagerando? Ma non potevo semplicemente andare a letto senza sapere.

Dopo qualche istante, la receptionist alzò lo sguardo. «È stabile e sveglia. Stanza 204. L'orario di visita è tecnicamente finito, ma... se fa in fretta, non credo che a nessuno dispiacerà».

«Grazie», dissi, un'ondata di sollievo che mi pervase.

Seguii le indicazioni lungo un corridoio fiancheggiato da poster sbiaditi sulla consapevolezza del diabete e finalmente trovai la stanza 204. Stavo per bussare quando sentii voci familiari all'interno.

Spingendo cautamente la porta, sbirciai dentro, e mi bloccai.

Dan era seduto su una delle sedie di plastica accanto al letto, parlando a bassa voce con Marjorie, che era appoggiata sui cuscini e sembrava sorprendentemente pimpante. Chloe era appollaiata sul bordo del letto, tenendo la mano di Marjorie e annuendo a qualsiasi storia lei stesse raccontando.

Dan alzò lo sguardo quando entrai, le sopracciglia che si inarcavano per la sorpresa. «Rachel?»

«Oh», borbottai, sentendomi improvvisamente a disagio. «Io... volevo solo vedere come stava. Assicurarmi che andasse tutto bene».

Il viso di Marjorie si illuminò quando mi vide. «Oh, ciao».

Entrai completamente, offrendo un sorriso esitante. «Io solo... ero alla tavola calda stasera. Non riuscivo a smettere di pensarla. Volevo assicurarmi che stesse bene».

Marjorie fece un gesto con una mano rugosa, liquidando la mia preoccupazione. «Sto bene, tesoro. Solo un piccolo mancamento, tutto qui. Il dottore dice che sarò fuori di qui domattina. Voi giovani avete fatto un gran chiasso per me».

Chloe mi sorrise dal suo posto sul letto. «Le abbiamo portato dei fiori», disse con orgoglio, indicando un piccolo mazzo leggermente appassito ancora in un sacchetto del 7-Eleven. «Papà ha detto che sono ottimi per tirare su il morale».

«Sono adorabili», dissi, guardando Dan. «Ottima idea».

Lui colse il mio sguardo denigratorio. «La scelta era limitata a quest'ora di notte».

Gli occhi di Marjorie saettarono tra di noi, il suo sorriso che diventava malizioso. «Formate una bella coppia, voi due», disse.

La testa di Dan scattò in su, la bocca che si apriva per protestare, ma lo anticipai. «Oh, no, non stiamo...»

Intervenne lui, schiarendosi la gola. «Siamo solo amici».

Marjorie gli lanciò uno sguardo che diceva che non ci credeva nemmeno per un secondo. «Beh, dovreste. Lei è un tesoro, quella ragazza».

Sentii le mie guance riscaldarsi e guardai Dan, la cui espressione era diventata quasi indecifrabile. Non rispose, si limitò a guardare altrove, la mascella contratta.

L'infermiera mise la testa dentro, lanciandoci un'occhiataccia. «Mi dispiace, ma l'orario di visita è terminato. Dovrete dare la buonanotte».

Marjorie la congedò con un gesto della mano, e vide la preoccupazione attraversarmi il viso al pensiero di lasciarla sola. «Oh, non preoccuparti per me, cara. Starò benissimo. Hai già fatto più che abbastanza».

Le strinsi dolcemente la mano. «Si prenda cura di sé, Marjorie».

Lei mi accarezzò la mano calorosamente. «Anche tu, tesoro. Non lasciarti scappare questo qui», aggiunse, lanciando a Dan un'occhiata eloquente.

Lui alzò gli occhi al cielo, borbottando qualcosa, ma c'era anche un debole sorriso.

Uscimmo in fila dalla stanza, e mentre camminavamo lungo il corridoio, Chloe intervenne: «Vedi se ha fame, papà?»

Dan mi guardò. «Hai mangiato qualcosa prima?» chiese, quasi con cautela.

La verità era che ero affamata. Ma esitai, la mente che vorticava al pensiero delle implicazioni. Cena a casa di uno sconosciuto? Sembrava troppo intimo, troppo personale.

«Non lo so. È stata una lunga giornata. Mi è un po' passata la fame e probabilmente dovrei solo tornare al motel...»

«Certo, capisco. Devi essere esausta. Ho solo pensato... Be', non importa. Forse un'altra volta».

Mi morsi il labbro inferiore, combattuta. Sarebbe stato così facile dire di no, ritirarmi nella sicurezza della mia solitudine. Ma qualcosa negli occhi di Dan, nella sincerità della sua postura, mi fece fermare.

Quand'era stata l'ultima volta che mi ero concessa di rallentare? Quand'era stata l'ultima volta che avevo semplicemente fatto qualcosa per il puro piacere di farlo?

Pensai alla sfilza infinita di notti tarde in ufficio, agli scaffali vuoti del mio frigorifero, ai contenitori da asporto che si accumulavano nella mia spazzatura.

Forse era ora di provare qualcosa di diverso. Forse era ora di non pensare a clienti, lavoro e proposte, dopo la giornata che avevo avuto...

Incrociai lo sguardo di Dan con un sorriso timido. «Sai una cosa? Certo. Non ho quasi mangiato tutto il giorno».

Il sorriso che spuntò sul suo viso fu accecante, e sentii un calore corrispondente fiorire nel mio petto. «Fantastico. Mi farà sentire come se mi fossi fatto perdonare per essere piombato nella tua stanza. E, giusto per gestire le aspettative, faccio un grilled cheese da favola».

Risi, scuotendo la testa con finta incredulità. «Grilled cheese? Sai proprio come corteggiare una ragazza».

Lui ammiccò. «Non giudicare finché non l'hai provato».

QUATTRO

Mentre accosto a casa di Dan, rimango colpita da quanto sia mozzafiato contro il cielo notturno. La proprietà sul lungofiume è immersa nella luce soffusa di file di lucine da esterno, la cui tonalità dorata si riflette sull'acqua come lucciole sparse. La casa a due piani sorge tra alti pini, le cui scure silhouette ondeggiano dolcemente nella brezza serale. Una luce calda si riversa dalle finestre, illuminando il portico che gira tutt'intorno e proiettando lunghe e invitanti ombre sul prato ben curato. Sembra una scena da film, di un fascino spontaneo, come se avesse aspettato che qualcuno tornasse a casa.

Chloe salta giù prima ancora che Dan possa mettere l'auto in parcheggio e corre dritta in casa. Scendo dal mio pick-up, prendendomi un momento per inspirare l'aria fresca e salmastra. Il suono del dolce sciabordio delle onde contro la riva del fiume mi riempie le orecchie, e sento un senso di pace pervadermi, in netto contrasto con il caos della giornata. Dan indugia vicino alla sua auto finché non lo raggiungo, lanciandomi uno sguardo che è al tempo stesso riconoscente e un po' incerto.

«È stato gentile da parte tua andare a vedere come stava

Marjorie. È una specie di istituzione a Biddeford. Non ero sicuro che ce l'avrebbe fatta.»

«Qualcuno dovrà pur tenere d'occhio voi testardi del Maine. Non si può lasciarvi collassare nei diner ogni volta che la zuppa di pesce è un po' troppo salata.»

A Dan scappa una breve risata, ma la tensione tra noi aleggia ancora, sospesa come parole non dette nell'aria. Prima ancora che io sappia cosa dire, Chloe riappare sul portico, facendoci cenno di entrare.

«Forza! Sto morendo di fame!» esclama, chiaramente per nulla turbata dal caos della serata.

«Credo sia meglio darle da mangiare.»

«Già. È meglio non mettersi contro una preadolescente affamata. Benvenuta a Casa Rhodes, a proposito» dice Dan con un sorriso, guidandomi su per i gradini del portico. «Non è un granché, ma è casa.»

Scuoto la testa, osservando i dettagli affascinanti della casa: il legno dipinto di bianco, le decorazioni a tema nautico sul portico. «È incantevole, Dan. Davvero.»

Appena entriamo, vengo subito avvolta dal calore e dall'intimità dell'ambiente. Il soggiorno è adornato con divani morbidi e invitanti e tappeti soffici e consunti. Un grande camino in pietra domina una parete, con la mensola piena di foto di famiglia.

Mi avvicino, e i miei occhi sono attratti da un'immagine in particolare: un Dan più giovane, con il braccio intorno a una bella donna dai lunghi capelli scuri e un sorriso radioso. Sembrano così felici, così innamorati. Mi si stringe il cuore quando mi rendo conto che è sposato. *Certo che lo è.*

Dan nota il mio sguardo e si schiarisce la gola, mentre un'ombra di tristezza gli attraversa i lineamenti. «Quella è stata scattata durante la nostra luna di miele» dice a bassa voce. «Becca ha sempre amato l'oceano. È mancata.»

Annuisco, incerta su cosa dire.

Proprio in quel momento, Chloe irrompe nella stanza. Si è già messa il pigiama e saltella eccitata. «Hai fame?» chiede.

Rido. «In realtà, sto morendo di fame. E non potevo perdere l'occasione di vedere in azione le famose abilità di tuo padre con i grilled cheese.»

Chloe ridacchia, afferrandomi la mano e trascinandomi verso la cucina. «Vieni, puoi aiutarmi ad apparecchiare.»

Appena entriamo in cucina, Chloe apre tutte le credenze e tira fuori abbastanza stoviglie da poter ospitare un banchetto. Dan è ai fornelli e sta scaldando una grande padella in ghisa, poi tira fuori gli ingredienti dal frigorifero.

Chloe si gode palesemente la responsabilità ed è meticolosa nel disporre le stoviglie. Apparecchiamo la tavola insieme e devo ammettere che il risultato è ottimo.

Con un gesto teatrale, Chloe mi scosta una sedia. «Madame.»

«Grazie.» Mi siedo e mi volto per vedere come se la cava Dan.

«C'è un profumo fantastico» commento, inspirando profondamente. «Qual è il tuo ingrediente segreto?»

Dan sorride, picchiettandosi un dito sul lato del naso. «Ah, questo non posso dirlo. Diciamo solo che è una ricetta di famiglia, tramandata da generazioni di intenditori di grilled cheese della famiglia Rhodes.»

Chloe alza gli occhi al cielo, porgendomi un tovagliolo. «Mette l'aglio in polvere nel burro» sussurra con fare teatrale. «Non è chissà che.»

«Ehi!» protesta Dan, agitando la spatola in un gesto di finta offesa. «Non andare a svelare tutti i miei segreti culinari, signorina.»

Mentre ridiamo e scherziamo, versando bicchieri di limonata ghiacciata, sento un calore e un senso di appartenenza che non provavo da più tempo di quanto riesca a ricordare. I botta e risposta spensierati, l'affetto sincero tra padre e figlia: è uno spaccato di una vita che non sapevo esistesse e ben lontano dal rapporto che avevo con mio padre, assente e ora deceduto.

E mentre ci sediamo a mangiare i panini dorati e filanti, quasi troppo caldi da maneggiare, non credo di ricordare uno spuntino di mezzanotte che avesse un sapore così buono.

Do un altro morso e lascio uscire un sospiro soddisfatto. «Okay, lo ammetto: è davvero qualcosa di speciale. Hai padroneggiato la nobile arte del pane e formaggio.»

Dan ridacchia, un po' timidamente, al complimento. «Lo considero un grande complimento. È una delle poche cose che riesco a cucinare senza carbonizzarla.»

Mentre mangiamo, il viso di Chloe si illumina di eccitazione. «Oh, Rachel! Indovina un po'? Il mese prossimo parteciperò al concorso canoro 'Sing!'!»

«Wow, è fantastico, Chloe!» esclamo, sinceramente colpita. «Cosa canterai?»

Chloe sorride raggiante, con gli occhi che brillano di aspettativa. «Canto *Brave* di Sara Bareilles. Parla di essere fedeli a sé stessi e di non aver paura di dire la propria. Mi piace davvero, davvero tanto quella canzone!»

Annuisco, comprendendo il significato della canzone, anche se un po' sorpresa che sia una sua scelta, dato che la canzone ha quasi la sua stessa età. «È un messaggio potente, Chloe. Sono sicura che sarai bravissima.»

«Mi sono esercitata tutti i giorni» dice entusiasta, con un sorriso ampio e contagioso. «Penso davvero di avere una possibilità di arrivare alle finali statali.»

Dan si sporge e stringe la mano di sua figlia. «Non l'ho mai vista così dedita a qualcosa prima d'ora.»

L'entusiasmo di Chloe è contagioso e mi ritrovo travolta dalla sua eccitazione. «Mi piacerebbe sentirti cantare prima o poi. Se ti va, ovviamente.»

Lei sorride, annuendo impaziente. «Certo! Qualsiasi feedback è ben accetto.»

Sono colpita da Chloe e adoro il modo in cui persegue la

sua passione con tanto fervore. Mi ricorda i sogni della mia infanzia, quelli che non ho mai avuto la possibilità, o l'incoraggiamento, di realizzare, e che ora sono sepolti da tempo sotto il peso delle responsabilità e delle aspettative da adulti.

Dan batte le mani. «Adesso, forza, a letto.»

«Ma abbiamo un'ospite» si lamenta Chloe.

«Bel tentativo. Su.»

«Vieni di sopra ad ascoltare la storia?» chiede Chloe.

Sgrano gli occhi. «Oh, ehm... io...»

Lancio un'occhiata a Dan, sentendomi subito a disagio. Questa è una cosa *loro*, la loro routine, e all'improvviso mi sento come se stessi invadendo qualcosa di privato. Come se in qualche modo mi fossi inoltrata troppo a fondo nel loro mondo.

A Chloe, però, non interessano le mie riserve. Fa un passo avanti, con le braccia incrociate come se avesse già deciso per me. «Dovresti venire» insiste. «Papà è bravissimo.»

Dan sorride alla fiducia che lei ripone nelle sue capacità di narratore. «Non ha torto» dice, inclinando la testa verso di me. «Faccio anche le voci e tutto il resto. Se sei fortunata, potrei persino lasciarti leggere la parte di un personaggio o due.»

Mi lascio sfuggire una piccola risata, scuotendo la testa. «Non so... non vorrei interrompere...»

Chloe si lamenta con fare plateale. «Non *interromperesti*.» Si volta verso suo padre. «Dille che non interromperebbe.»

Dan ridacchia, posando il bicchiere. «Non interromperesti.»

Sbuffo, sconfitta dalla loro insistenza congiunta. «E va bene» dico, alzandomi. «Ma se si trasforma in una recita teatrale improvvisata, non sono responsabile per nessun imbarazzo di riflesso.»

Dan sorride. «Oh, fidati, non sarai tu a essere in imbarazzo.»

Chloe si lamenta di nuovo, già salendo le scale. «Papà, ti *prego*, stasera leggi normalmente.»

La seguiamo di sopra, e mi sento un po' fuori posto mentre

entro nella stanza di Chloe. È piena di personalità: libri impilati su un comodino, lucine decorative drappeggiate intorno alla testiera del letto, alcuni peluche molto amati messi da parte. Alle pareti ci sono poster di cantanti e personaggi di anime che non riconosco, incastrati tra foto di quelle che sembrano gite scolastiche e avventure estive.

Chloe si infila a letto, tirandosi le coperte fino al mento mentre Dan prende un libro dallo scaffale. Lo apre e si schiarisce la gola con fare plateale.

Mi siedo per terra vicino alla porta, cercando di essere il più discreta possibile, ma nel secondo in cui Dan inizia a leggere, mi rendo conto che *non* succederà.

Perché lui non si limita a *leggere*.

Lui *recita*.

Con tanto di voci dei personaggi, espressioni esagerate e drammaticità sopra le righe, dà vita alla storia come un attore di teatro consumato. Anche se Chloe sta chiaramente superando l'età di queste favole della buonanotte, le adora ancora.

«*Papà, dai*» borbotta quando fa la voce di uno dei personaggi come se avesse inalato elio.

«Cosa?» dice Dan, fingendo innocenza. «È *così* che parla il mago reale. Lo dice proprio qui, nel sottotesto.»

Chloe sospira platealmente, ma sta sorridendo. Mi ritrovo a mordermi il labbro per non ridere mentre lui continua, riuscendo in qualche modo a far sembrare una generica storia d'avventura una performance da premio.

Quando arriva all'ultima pagina, Chloe sta chiaramente lottando contro il sonno, gli occhi che le si chiudono leggermente anche mentre cerca di mantenere la finta di non essere impressionata.

Dan addolcisce la voce per le ultime righe, chiudendo il libro con un leggero *tonfo*.

Lo guardo mentre si sporge, scostandole alcune ciocche di capelli dal viso e sistemandogliele delicatamente dietro l'orecchio.

È un gesto così piccolo. Semplice. Insignificante.

Ma c'è qualcosa in quel gesto che mi fa stringere il petto.

«Buonanotte, piccola» dice.

Chloe mormora qualcosa di assonnato in risposta, già a metà strada verso il mondo dei sogni.

Dan si alza, mette via il libro in silenzio prima di guardarmi, un sorriso complice che gli increspa l'angolo delle labbra.

«Allora?» sussurra mentre usciamo dalla stanza. «Te l'avevo detto che sono bravo.»

Scuoto la testa, ancora sorridendo, mentre torniamo di sotto.

«Sei ridicolo» dico.

Io e Dan ci ritroviamo sul portico posteriore, sorseggiando tazze di caffè fumante, avvolti in un paio di pesanti cappotti invernali di Dan e in una coperta incredibilmente morbida che ha requisito dal divano del soggiorno.

«È una ragazzina straordinaria» dico a bassa voce, rompendo il silenzio. «Hai fatto un lavoro incredibile a crescerla.»

Lui sorride, ma c'è una punta di tristezza nei suoi occhi. «Grazie. Lo apprezzo. Non è stato facile, farlo da solo. Dopo che Rebecca è mancata, non ero sicuro di potercela fare. Ma Chloe... è stata la mia roccia, la mia ragione per andare avanti.»

Annuisco, empatizzando con la sua perdita. «Non riesco nemmeno a immaginare quanto debba essere stato difficile.»

Dan fa spallucce, fissando l'acqua scintillante. «Abbiamo trovato il nostro equilibrio. Non sempre faccio la cosa giusta, ma funziona. Anche se, devo ammetterlo, temo gli anni dell'adolescenza. Ma immagino che ci penserò quando sarà il momento...»

«Quando sarai costretto a metterla in punizione a vita?» concludo, con un sorrisetto.

Lui ride, scuotendo la testa. «Qualcosa del genere. Dicono

che diventi più facile man mano che crescono. È meglio che sia così, perché certi giorni vorrei solo strapparmi i capelli.»

«Mia sorella dice che le mie nipoti l'hanno invecchiata di dieci anni.»

«A volte sembra proprio così. Sapevo che essere un padre single sarebbe stato difficile, ma non mi rendevo conto di quanto sarebbe stato estenuante. Non devi solo essere quello che porta a casa il pane, ma devi essere anche il cuoco, l'infermiere, l'autista, l'insegnante... A volte mi sento come se avessi una mezza dozzina di lavori, tutti in uno.»

Capisco che non si sta lamentando, sta solo essendo onesto. «Immagino che tu non abbia molto tempo per te.»

Scuote la testa con un sorriso mesto. «Non proprio. È gratificante, non fraintendermi. Guardare Chloe crescere... non c'è niente di paragonabile. Ma è così... estenuante. A volte mi sento come se stessi solo tenendo la testa fuori dall'acqua, assicurandomi che l'attrezzatura sportiva giusta sia nella borsa giusta il giorno giusto e che ci sia un pranzo sano fatto in casa che non verrà scambiato con un pacchetto di M&M's alle arachidi. Tutto questo mentre mi destreggio con il bucato che in qualche modo continua a moltiplicarsi e cerco di capire perché certi cibi sono diventati improvvisamente inaccettabili quando erano i suoi preferiti la settimana scorsa.»

Rido, immaginando il caos di tutta la situazione. «Non so come tu faccia. Fare il genitore sembra il lavoro più difficile, e più sottovalutato, del mondo.»

Dan mi lancia un'occhiata, gli angoli della bocca che si sollevano in un sorriso riconoscente. «Sì. In un certo senso lo è. Non lo capisci veramente finché non ci sei dentro. Prima di Chloe, pensavo di sapere cosa fosse il duro lavoro. Ma è diverso quando si tratta di tuo figlio. Non si timbra il cartellino. Non c'è un orario di fine turno. Devi solo far funzionare le cose perché loro contano su di te.»

Si interrompe, quasi come se si stesse trattenendo prima di dire troppo. Lo vedo nei suoi occhi: l'amore feroce, l'impegno incrollabile, ma anche quel dubbio assillante di non stare facendo abbastanza. Conosco la sensazione. Contesto diverso, stessa paura.

«Sembra che tu stia facendo un lavoro fantastico» dico a bassa voce, e lo penso davvero. «È felice. E questo dice molto.»

Dan mi guarda, la sua espressione a metà tra la sorpresa e qualcosa di quasi vulnerabile. Non dice nulla, si limita ad annuire, e il peso nell'aria si alleggerisce un po'.

C'è un silenzio confortevole, solo il ritmico sciabordio delle onde a riempire lo spazio. L'aria è fresca, ma non in modo sgradevole sotto la pesante coperta, e per la prima volta da molto tempo, mi sento... ferma. Non di corsa verso la prossima cosa, non a pensare tre passi avanti. Semplicemente qui.

Dan prende un sorso della sua bevanda. «E tu?»

«Io cosa?»

«Che lavoro fai?»

«Mi occupo di PR. Pubbliche relazioni.»

Annuisce lentamente, come se stesse rigirando la frase nella sua mente. «Quindi sei la persona che fa sembrare le cose belle anche quando stanno andando a rotoli?»

«Più o meno» dico. «Racconto storie per vivere. Trasformo il caos in una narrazione. Faccio apparire persone e aziende impeccabili, empatiche, affidabili, anche quando sono tutto il contrario.»

Dan solleva un sopracciglio. «Sembra intenso.»

«Può esserlo.» Stringo la tazza. «Ma crea anche una sorta di dipendenza. Puoi plasmare la percezione. Influenzare la conversazione. È come essere il mago dietro le quinte.»

«E ti piace?»

Annuisco. «Il più delle volte. C'è qualcosa di soddisfacente nel prendere un casino e trasformarlo in qualcosa di significativo.»

Dan mi studia per un momento. «Quindi è quello che hai sempre voluto fare? Essere un mago dietro le quinte?»

Sbuffo una risata. «Non esattamente. Non sapevo

nemmeno che le PR fossero un vero lavoro finché non ero a metà dell'università.»

Lui sorride. «E allora cosa voleva diventare la giovane Rachel?»

«Onestamente?» Faccio una pausa, riflettendo. «Volevo solo... di più.»

«Di più?»

«Più di quello che aveva mia madre. Più di quello con cui sono cresciuta. Eravamo solo io, mia madre e mia sorella. Nessuna grande tragedia o altro, semplicemente non avevamo molto. Mamma era un'insegnante, ma faceva anche dei lavori extra. Vivevamo di stipendio in stipendio. E vedevo quanto fosse difficile per lei, quanto sembrasse sempre stanca. Come dovesse sempre lottare per ogni cosa.»

L'espressione di Dan si addolcisce.

«Stavo sveglia la notte promettendo a me stessa che non avrei mai vissuto così. Che avrei costruito qualcosa di solido, di stabile. Quindi sì... immagino di essere sempre stata determinata. Ambiziosa. Chiamala come vuoi.»

Lui annuisce, in silenzio per un momento. «Ora ha senso.»
«Cosa?»

Fa spallucce. «Hai questa... presenza. Come se fossi sempre in movimento, anche quando sei ferma.»

Mi lascio sfuggire una risata sommessa. «Non so se sia un complimento o un avvertimento.»

«È un complimento» dice, sorridendo. «È... impressionante.»

Restiamo in silenzio per un momento, di quel tipo confortevole. Guardo di nuovo verso la casa, le luci dall'interno che proiettano una morbida pozza gialla sulla piattaforma di legno, il cielo sopra di noi già nero come l'inchiostro per la notte.

Esito, poi decido di chiedere quello che mi frulla in testa da quando ci siamo incontrati. «Allora... hai sempre lavorato al motel?»

Dan esita a metà sorso, come se la domanda lo avesse colto

di sorpresa. Posa la tazza con cura sul tavolo prima di incrociare finalmente il mio sguardo.

«Al motel?»

Annuisco.

Si lascia sfuggire uno sbuffo divertito, scuotendo la testa. «No. Do solo una mano quando mio fratello ha bisogno. James, immagino tu l'abbia conosciuto quando hai fatto il check-in. È lui che lo gestisce. Ha preso il posto di nostro padre quando è morto.»

C'è qualcosa nel modo in cui lo dice, un po' troppo disinvolto, una leggera pesantezza nel tono che mi fa fermare.

«Quindi era l'attività di tuo padre?»

«Sì» dice Dan, passandosi una mano tra i capelli. «Non fa proprio per me, ma mio fratello voleva mandarla avanti.»

Esito prima di chiedere: «Eravate legati?»

La sua mascella si contrae per un secondo prima che faccia spallucce. «Non proprio.»

La sua voce è leggera, ma ne so abbastanza di deviazioni per riconoscerla quando la sento.

«Non saprei» ammetto dopo un momento. «Come sia avere un brutto rapporto con un padre.» Espiro. «Non ho mai conosciuto il mio.»

Dan mi guarda allora, qualcosa di indecifrabile che balena sul suo viso, come se non se lo aspettasse.

C'è un silenzio, non imbarazzante, solo pesante. Come se entrambi stessimo elaborando qualcosa di non detto in tempo reale.

Guardo verso la scala. E all'improvviso, i pezzi iniziano a combaciare. Il modo in cui Dan si è precipitato ad aiutare quella donna al diner senza esitazione, il modo in cui si è accovacciato per parlarle, assicurandosi che stesse bene prima di farsi da parte. Il modo in cui sembra sempre così in sintonia con Chloe, così presente nel suo mondo.

Non è solo perché è sua figlia.

«Stravedi per lei» dico a bassa voce, la consapevolezza che

si fa strada mentre parlo. «Non solo perché è tua figlia. Ma perché forse stai cercando di fare le cose diversamente.»

Dan espira. «Forse.» Mi rivolge un piccolo sorriso ironico. «O forse sono solo stato fortunato e mi è capitata una figlia per cui vale la pena stravedere.»

Sorrido a quella risposta, ma non insisto.

Invece, cambio argomento. «Allora, se non sei sempre al motel, cosa fai?»

Dan si appoggia allo schienale. «Lavoravo in televisione.»

Questo attira la mia attenzione. Sollevo un sopracciglio. «Davvero?»

«Sì.» Sorride, ma c'è qualcosa di distante in quel sorriso. «Ma è stato molto tempo fa.»

«Ti manca?» chiedo, inclinando la testa.

Dan considera la domanda. «I soldi? Certo. Ma non le lunghe ore. O il tempo lontano da casa. A essere onesti, recitare mi sembra una vita fa. A volte mi chiedo se sia successo davvero, o se sia solo una strana storia che raccontavo.»

Lo osservo per un secondo, come se ci fosse qualcosa di non detto appena dietro il suo sorriso. Lo dice con una tale disinvoltura, come se non importasse più. Ma c'è qualcosa nel modo in cui i suoi occhi si soffermano sul muro, qualcosa di malinconico nella sua voce che probabilmente nemmeno lui sente.

E lo capisco. Davvero.

C'è una parte di me che vorrebbe insistere, chiedere di più, sondare un po' quella porta chiusa, ma non lo faccio. Non ancora.

Eppure, non posso fare a meno del pensiero che si insinua, non invitato.

Una volta era qualcuno. Non solo il padre di qualcuno, o il marito di qualcuno, o il tuttofare di un motel. Era... più grande. Famoso e di successo, certo, ma c'era una versione di lui che stava di fronte a una telecamera o a una folla e credeva, credeva veramente, di avere qualcosa da dare.

Mi chiedo cosa ci vorrebbe per riportare indietro quella versione di lui.

Lui espira, il suo sguardo che torna su di me. «E comunque, ora ho Chloe. Semplicemente non è una vita compatibile con i figli.»

Annuisco lentamente, lasciando che la frase sedimenti.

Ho passato tutta la vita a inseguire la prossima grande cosa: il successo, il riconoscimento, il momento decisivo della mia carriera. Dan, a quanto pare, ha passato la sua a fare in modo di non ripetere il passato.

Un'occhiata all'orologio mi fa sgranare gli occhi. In qualche modo, la notte è volata via senza che me ne accorgessi. Il calore della compagnia di Dan, la quiete del lungofiume, il ritmo tranquillo della conversazione: tutto mi ha cullato in uno spazio a cui non sono abituata. Uno in cui non controllavo il telefono, non pensavo alla mia prossima mossa, o non pianificavo la mia carriera.

Ma la realtà si fa strada. Dovrei andare.

Mi schiarisco la gola, stirandomi leggermente. «Probabilmente dovrei andare.»

«Sì, è tardi.» Si toglie la coperta dalle gambe e si alza. «Grazie di essere venuta.»

«È stato divertente. E il grilled cheese era davvero delizioso.»

«Sono contento che ti sia piaciuto.»

CINQUE

L'aroma del caffè appena fatto mi avvolge mentre mi accomodo in un accogliente separé d'angolo nel caffè del posto, a soli due isolati dal mio motel. Il mio portatile risplende invitante, gli auricolari sono al loro posto, la musica è un jazz leggero e una pila di quaderni è pronta per qualsiasi idea geniale che potrebbe colpirmi. È ora di mettersi al lavoro.

«Un caffè nero e un muffin ai mirtilli, per favore.» Sorrido alla cameriera, con le dita che già volano sulla tastiera. Grazie all'amico di un amico di qualcuno che un tempo condivideva l'armadietto della palestra con lui, sono riuscita a ottenere l'indirizzo email personale di uno dei tecnici senior della divisione sviluppo nuovi prodotti alla Harcourt Foods. Non è lui a prendere le decisioni, ma se riesco a dipingergli un quadro convincente di ciò che è possibile fare, potrebbe rivelarsi un alleato interno. Ho inviato una proposta preliminare, ora è solo questione di aspettare la sua risposta.

La vera prova sarà cercare di usare quell'incontro per avere un colloquio con il Vecchio Harcourt in persona, un individuo notoriamente spinoso, come sto scoprendo man mano che dissotterro sempre più sue interviste passate. Inizio a pensare che potrebbe chiedere che il mio corpo scuoiato venga appeso a un pennone anche solo per aver suggerito al più grande produttore di pollo surgelato della costa orientale di diversificare in alternative non a base di carne. È una scommessa, senza dubbio, ma l'ho già fatto con una catena di hamburger, perché non con i pasti surgelati? Alzo lo sguardo verso la TV appesa al muro, facendo una smorfia alla notizia del telegiornale.

«...l'eruzione vulcanica continua a scatenare il caos sui viaggi aerei, con tutti i voli a terra a tempo indeterminato mentre la nube di cenere si espande ulteriormente sugli Stati Uniti...»

Fantastico. Sembra che io sia bloccata nel Maine per un tempo indefinito. Ma non posso permettere che una piccola cosa come un disastro naturale faccia deragliare la mia carriera. La linea non-pollo ancora da inventare della Harcourt conta su di me. *Continua a chiocciare, Rachel.*

Apro le informazioni sui loro prodotti attuali e inizio a fare brainstorming di slogan, borbottando tra me e me. «Alternative Harcourt: sempre fresche, mai surgelate... aspetta, non ha senso per un'azienda di cibi surgelati. Ok, che ne dici di... Hai un certo languorino? Le lasagne di melanzane Harcourt sono un bocconcino! Ugh, è terribile. Forza Rach, puoi fare di meglio.»

Mordicchio il mio muffin, picchiettando la penna contro il quaderno. Di solito è in questo momento che arriva il colpo di genio, ma finora ho solo una pagina piena di scarabocchi cancellati e disegni sempre più disperati di polli con cimette di broccoli al posto delle zampe. Sto per arrendermi e ordinare un altro caffè quando il telefono vibra per una chiamata in arrivo. Numero sconosciuto. Il cuore mi balza in petto. Potrebbe essere lui?

«Pronto, sono Rachel Holmes,» rispondo, cercando di sembrare professionale e disinvolta allo stesso tempo.

«Signorina Holmes, sono Jenna del marketing della Harcourt Foods. Abbiamo ricevuto la sua richiesta di incontro da parte di Paul del team di prodotto e saremmo lieti di incontrarla. È disponibile dopodomani, alle dieci del mattino, presso la nostra sede centrale?»

Faccio una danza di gioia interiore mantenendo il mio tono composto. «Sarebbe perfetto, Jenna. Non vedo l'ora di incontrare il suo team e discutere di come possiamo elevare il marchio Harcourt a nuovi livelli.»

«Magnifico. Ci vediamo allora, signorina Holmes.»

Appena termino la chiamata, non riesco a impedirmi di sorridere a trentadue denti. Questa è la mia occasione per mettermi alla prova, per mostrare a tutti alla Channing Gabriel che anche quando è bloccata in mezzo al nulla, Rachel Holmes ottiene sempre risultati. Ho molto lavoro da fare per preparare questa presentazione, ma sono pronta per la sfida. Harcourt Foods, preparati a incontrare il tuo futuro.

Rinvigorita dalla chiamata, raccolgo le mie cose e torno al motel, la mia mente che già inizia a strutturare il modo in cui voglio trasmettere il messaggio. Ignoreremo il piccolo ma cruciale fatto che non ho ancora idea di cosa sto proponendo. Mentre mi avvicino alla mia camera, noto il cartello 'Non disturbare' ancora appeso alla maniglia. Strano, avrei giurato di averlo tolto stamattina.

Entro e i miei sospetti vengono confermati: il letto è ancora sfatto, gli asciugamani sono sparsi sul pavimento del bagno e la tazza di caffè che ho usato è ancora lì, intatta. Sospirando, lascio cadere la borsa e torno alla reception per cercare James.

Mentre giro l'angolo, noto un po' di trambusto vicino agli ascensori. È Dan, dall'aria leggermente stressata, mentre una donna di mezza età gli porge carta e penna, parlando con entusiasmo. Lui acconsente con un sorriso tirato, scarabocchiando il suo autografo prima di congedarsi educatamente.

Interessante. Scuotendo la testa, mi avvicino al bancone della reception e spiego il mio problema con le pulizie. La giovane receptionist si scusa profusamente, assicurandomi che la stanza verrà pulita immediatamente.

Tornata nella mia stanza, la curiosità ha la meglio. Tiro fuori il portatile e digito 'Dan Rhodes' nella barra di ricerca. I miei occhi si sgranano quando i risultati si riversano sullo schermo: articoli di approfondimento sul *Washington Post* e sul *Wall Street Journal*, fan site e articoli di tabloid. A quanto pare, Dan non è solo famoso, è un re delle soap opera.

Compongo il numero di mia madre, ancora intenta a elaborare questa nuova informazione. Risponde al secondo squillo.

«Ehi, tesoro, come ti tratta il Maine?»

«Mamma, non indovinerai mai chi continuo a incontrare in hotel. Dan Rhodes.»

C'è un attimo di silenzio, poi un urlo assordante. «IL Dan Rhodes? Di Malibu Lagoon? Oh, Rachel, devi sposarlo! Subito.»

Alzo gli occhi al cielo, ridacchiando. «Calmati, mamma. Avrà anche interpretato il marito perfetto sullo schermo, ma la vita reale è un'altra storia. E poi, sono qui per lavoro, non per una storia d'amore.»

«Beh, non si sa mai, cara. Il destino agisce in modi misteriosi.»

Fisso il messaggio di errore che lampeggia sull'antica stampante del motel. *Errore E17*, fantastico, come se sapessi cosa significa o come risolverlo. C'è carta nel vassoio, nessun inceppamento visibile ed è collegata alla presa. Ho bisogno di queste copie della mia presentazione per la Harcourt Foods, ma sembra che questo rottame abbia altri piani.

«Tutto bene?» La voce di Dan mi coglie di sorpresa. Non l'ho nemmeno sentito avvicinarsi.

«Oh, ehi. Sì, è solo questa stampante...» Indico impotente la macchina ostinatamente silenziosa. «Volevo stampare alcune copie della mia presentazione, ma non collabora.»

Dan lancia un'occhiata alla stampante, poi di nuovo a me

con un sorriso gentile. «Non credo che funzioni da un decennio; oserei dire che sei la prima ospite che prova anche solo a usarla. Guarda, c'è una stampante perfettamente funzionante a casa mia. Sarei felice di stamparti quelle copie.»

«Oh no, non potrei mai disturbare.» Ma anche mentre lo dico, penso a quanto ho bisogno di quelle copie.

«Non è affatto un disturbo. Tieni...» Tende la mano. «Posso prendere la tua chiavetta, stamparle e riportartele subito.»

Esito, le dita che si stringono attorno alla piccola chiavetta. Contiene tutto il mio lavoro, le mie idee. Dargliela mi sembra stranamente intimo. Dan percepisce il mio disagio.

«Oppure, puoi sempre venire anche tu,» offre. «Ci aggiungo anche la cena. Niente di speciale. Cucino comunque per Chloe, ma faccio una carbonara da urlo.»

Contro ogni buon senso, mi ritrovo ad annuire. «Ok. Sì, sarebbe fantastico, in realtà. Grazie.»

L'auto di Dan è proprio di fronte. Quando esco dal motel e mi dirigo verso il parcheggio, il cielo sembra... grigio. *È la nuvola di cenere, o è solo una giornata uggiosa e coperta?* Più fisso le nuvole, più mi convinco di poter vedere minuscole particelle di cenere.

«Sta arrivando una tempesta,» conferma Dan mentre preme il telecomando per sbloccare l'auto.

Accende il motore e vengo investita da una musica ad alto volume. Dan armeggia con i pulsanti sul cruscotto e abbassa il volume. «Scusa, Chloe ha provato la sua canzone senza sosta. Credo di conoscerla così bene che potrei cantarla io stesso.»

«Perché non lo fai?»

«Bisogna dare una possibilità alla prossima generazione. Per quanto mi piacerebbe.»

«Ti piacerebbe,» insisto, sinceramente incuriosita. «Davvero, intendo. Ti manca?»

«Recitare?» Gli occhi di Dan saettano verso di me prima di

tornare a guardare la strada. «No. Quei giorni sono passati. Una vita diversa. Ho Chloe di cui occuparmi. La casa.»

«Queste sembrano scuse.»

«Sono scuse. Be'… sono ragioni.» Dan si volta di nuovo a guardarmi. «Recitare è più del tempo che passi sul set davanti alla telecamera. Quando giri una serie, è massacrante. Dieci mesi di giornate da quattordici, a volte sedici ore. Arrivano nuove scene dagli sceneggiatori e hai tipo tre ore per impararle. Scena dopo scena dopo scena. E poi c'è l'essere così lontano da casa, bloccato in una stanza di motel o in un camper. Dopo la quarta settimana di cibo a domicilio dallo stesso ristorante, hai assaggiato tutto il menù due volte. No. Non fa per me. Non più.»

Non so se ho toccato un nervo scoperto o se ho solo mandato Dan in un piccolo viaggio nostalgico nel passato, ma guida in silenzio per il resto del tragitto e non so come cambiare argomento.

Ci fermiamo nel vialetto e, mentre scendo dall'auto, riesco a vedere la casa come si deve alla luce del giorno. La proprietà di Dan si erge con grazia sul bordo di una costa rocciosa. Le sue scandole grigie consumate dalle intemperie e le finiture bianche brillano debolmente sotto il sole del tardo pomeriggio. Un'ampia veranda avvolgente offre una vista perfetta sul fiume Saco, con le sedie da esterno su cui ci siamo seduti la scorsa notte disposte ordinatamente sul tavolato. La casa stessa è senza tempo, una fusione di fascino costiero ed eleganza rustica. Grandi finestre panoramiche catturano la vista della pineta sulla sponda opposta, il profumo di salsedine dell'oceano mi arriva al naso come un abbraccio di benvenuto.

Quello che non avevo notato la sera prima, seduti fuori, era il sentiero di ghiaia che si snoda attraverso il cortile fino alla rimessa per le barche, appollaiata appena sopra il livello dell'acqua, la sua vernice rosso fienile sbiadita, consumata da decenni di brezze marine cariche di sale. Oltre, scorgo un piccolo molo di legno che si allunga per incontrare l'acqua increspata. Ma non c'è nessuna barca.

Il cortile stesso sembra un'opera in divenire, erbe selvatiche da spiaggia ondeggiano nella brezza e ciuffi di lupini fioriscono vicino alla casa, i loro viola vibranti in contrasto con il paesaggio aspro. Il suono ritmico delle onde che si infrangono sulla riva completa la scena, conferendo alla proprietà un'aria di sereno isolamento, eppure sembra calda e vissuta, come se conoscessi questo posto da tutta la vita. *Che diavolo sta succedendo? Sono nostalgica per un posto che non avevo mai visto fino a ventiquattro ore fa?*

«Tutto bene?» chiede Dan.

Non riesco quasi a credere di aver accettato. A cena? A casa sua? Di nuovo. Sono qui per lavoro, non per socializzare. Ma la promessa di una stampante funzionante è troppo allettante per resistere.

«Scusa, sì, tutto bene. Hai una casa bellissima.»

«Grazie.» Dan indica la porta d'ingresso. «Andiamo?»

Ci togliamo le scarpe nell'ingresso e ci dirigiamo verso la zona giorno. Mi fa cenno di sedermi all'isola della cucina.

«Accendo subito la stampante e inizio a farti le copie,» dice, prendendo la chiavetta USB.

Mi siedo e prendo uno dei libri di matematica di Chloe, sfogliandone le pagine. Una parte di me non vuole nemmeno provare a risolvere nessuna delle domande, nel caso non sapessi le risposte. Se c'era una materia che mi rendeva nervosa a scuola, era la matematica. Certo, uso il calcolo mentale ogni giorno al lavoro. Che si tratti di pianificazione del budget o di ricerche di mercato sui mercati totali indirizzabili, me la cavo con i numeri, ma c'è qualcosa nell'algebra e nelle equazioni di secondo grado che mi fa ancora venire i brividi.

«Tre copie di ciascuno sono sufficienti?» grida Dan da sopra le scale.

«Sì, sarebbe fantastico.»

Dan scende le scale saltellando con le stampe in una busta di plastica trasparente. La posa sul tavolo.

«A dieci centesimi a pagina, siamo a quasi due dollari. Di solito non offro credito ai nuovi clienti.»

«Oh. Giusto, certo. Scusa, ti faccio un Venmo subito.» Imbarazzata per non aver nemmeno pensato di offrirmi, tiro fuori il telefono e inizio a cercare l'app di pagamento.

«Sto scherzando, Rachel.» Dan ride.

«Non voglio che tu ci rimetta.»

«Non ci rimetto. È lì per essere usata.»

«Grazie.»

Dan si dirige in cucina e inizia immediatamente a riempire una pentola d'acqua e a tagliare una salsiccia stagionata in pezzetti minuscoli.

«Spero tu abbia fame,» dice da sopra la spalla mentre inizia a tritare finemente uno spicchio d'aglio. «Tendo a preparare i pasti in anticipo nel fine settimana, quindi ora mi sembra di saper cucinare solo porzioni enormi.»

«Ho abbastanza fame, in effetti. Ha un profumo fantastico,» ammetto. Ed è vero.

Dan sorride mentre mescola gli ingredienti nella padella. Spolvera il formaggio grattugiato con un gesto teatrale e poi versa l'uovo.

«Chloe non c'è?»

«Tornerà più tardi. Il giovedì va a casa della sua amica Zara dopo la scuola. Ufficialmente per studiare, ma non sono sicuro che i libri di testo escano mai dal suo zaino.»

«Chi non domanda, non sente bugie?» propongo.

«Qualcosa del genere. Sono amiche dall'asilo. La mamma di Zara la riporterà a casa presto. Penso sia importante che possa, sai, parlare di cose da ragazze o altro. A volte il padre è l'ultima persona con cui vuole confidarsi, specialmente alla sua età, se capisci cosa intendo.»

Dan mi mette davanti un piatto di pasta fumante, la salsa ricca e cremosa che ancora bolle. «Inizia pure. Ma giusto per essere chiari, non è assolutamente un appuntamento,» dice con un occhiolino.

Rido, sentendomi rilassare un po'. «Ricevuto.»

Mentre mangiamo, la nostra conversazione scorre facile, saltando dal lavoro ai libri a ridicole storie d'infanzia. Avevo quasi dimenticato quanto potesse essere bello, solo condividere storie, senza cercare di vendere qualcosa.

«Sei fiduciosa? Riguardo al tuo incontro, intendo,» dice Dan, guardando i miei documenti nella cartellina di plastica. «Volevi provare la tua presentazione? Sarei felice di ascoltarti, magari darti un feedback.»

Sono tentata, ma scuoto la testa. «Grazie, ma probabilmente dovrei ripassarla da sola. Al motel.»

«Certo. Anch'io provavo sempre in privato.»

Annuisco, chiedendomi se affrontare l'argomento. «Perché hai smesso? Di recitare, intendo.»

Un'espressione addolorata danza per un secondo sul volto di Dan. Si alza e si protende per prendere i nostri piatti vuoti. Ma si ferma e si siede di nuovo. «Quando Rebecca... la mamma di Chloe... quando è morta, mi sono guardato a fondo e ho capito che dovevo fare dei cambiamenti. Per Chloe e anche per me.»

«E le entrate?»

«Non ha senso guadagnare soldi se non puoi passare del tempo con la tua famiglia per goderteli.»

«A quel punto, io e Rebecca eravamo praticamente degli estranei. Lei cresceva Chloe da sola mentre io ero dall'altra parte del paese a mangiare il suddetto cibo da asporto per la quarantanovesima volta.»

«Ma quando non stavi girando?»

«È proprio questo il punto. Appena finiva la serie, accettavo piccoli ruoli in film indipendenti, lavori di doppiaggio, qualsiasi cosa il mio agente riuscisse a farmi firmare. Avevo in testa questa cifra arbitraria di quanto volevo guadagnare, e mi ci sono buttato a capofitto. A spese di tutto il resto.»

«Cos'è successo? A Rebecca. Se non ti dispiace che lo chieda.»

Dan considera la domanda mentre allinea la saliera e la pepiera sul tavolo. «Avevo appena finito di girare un ruolo di supporto in un film indipendente. Ero a casa da meno di quarantotto ore quando il produttore mi chiamò. Dovevo fare un po' di ADR in Florida.»

«ADR?»

«Scusa, è quando vai in uno studio per registrare di nuovo alcune battute se non sono chiare, o se devi aggiungere qualcosa di nuovo perché hanno tagliato una parte, il che significa che quella scena non ha più senso. Comunque, era la settimana prima del Giorno del Ringraziamento, quindi tutti volevano finire prima delle vacanze. Il produttore mi supplicava al telefono, facendomi davvero sentire in colpa. Se non l'avessi fatto subito, non avrebbero rispettato la scadenza e il film avrebbe saltato la finestra di uscita.»

«E così sei andato.»

«Sì. Rebecca era furiosa. Aveva pianificato il Ringraziamento fino all'ultimo minuto. Non intendo solo il giorno stesso, ma l'intera settimana. Mia madre sarebbe venuta a stare da noi per badare a Chloe, e avevamo confermato la nostra presenza a vari incontri a Portland. E io salii su un aereo per Tampa.»

Dan si alza, appoggiando le mani sul tavolo.

«Quando atterrai, avevo una chiamata persa dalla polizia di Portland. Rebecca era morta in un incidente d'auto mentre tornava dopo aver accompagnato Chloe a scuola.»

«Mi dispiace tantissimo.» Le parole suonano vuote. Insufficienti. A volte questa nostra lingua semplicemente non è adeguata.

«Avrei dovuto guidare io quella mattina. Mi occupavo sempre io del tragitto scolastico quando tornavo. Ma non c'ero, ero a Tampa, e mia moglie era morta.»

Lascio che le sue parole aleggino nell'aria, dense e pesanti come la nebbia che sale dall'acqua. Una parte di me vorrebbe dirgli che non è stata colpa sua, che niente di tutto ciò è stata colpa sua, ma so che non è quello di cui ha bisogno. A volte, non importa quante volte la gente ti dica che non è stata colpa tua, non rende la colpa più facile da sopportare.

Mi lancia un'occhiata, la sua mascella si contrae, come se si stesse preparando al giudizio. Sorprendo me stessa avvicinandomi, allungando una mano per posarla sul suo avambraccio.

«Dan,» dico dolcemente, scegliendo le parole con cura. «Hai fatto quello che pensavi fosse giusto in quel momento. Tutti facciamo scelte che pensiamo di poter sistemare in seguito. A volte, semplicemente non ne abbiamo la possibilità.»

Lui abbassa lo sguardo sulla mia mano, il suo sguardo indugia come se non fosse del tutto sicuro che sia reale. «Volevo dare loro tutto,» dice. «Una bella vita, un futuro sicuro. Ma ero troppo concentrato sull'essere quello che provvedeva e non abbastanza sul... esserci e basta.»

Annuisco, capendo più di quanto vorrei ammettere. «Sai, pensavo che il successo significasse dimostrare a tutti che si sbagliavano. Dimostrare che potevo farcela da sola. Ma a volte, nel cuore della notte, quando è troppo silenzioso per ignorare i miei stessi pensieri, mi chiedo se non stia solo scappando dalle cose che contano davvero. Come se avessi così paura di stare ferma che continuo a muovermi solo per evitare di guardarmi indietro.»

Allora lui alza lo sguardo, la sua espressione più morbida. «È difficile sapere dov'è il confine,» dice. «Tra l'ambizione e l'ossessione. Tra il voler fare la cosa giusta e il perdere di vista il perché lo stai facendo, in primo luogo.»

Il peso della sua confessione grava su entrambi, e non posso fare a meno di chiedermi se non sia anch'io colpevole di lasciarmi sfuggire la vita tra le dita mentre inseguo qualcosa che non sono nemmeno più sicura di volere.

Le labbra di Dan si piegano in un mezzo sorriso, ma non raggiunge i suoi occhi. «Non avrei mai pensato di finire qui, a vivere nella mia città natale, a crescere una figlia da solo, chiedendomi come diavolo ho fatto a sbagliare tutto così tanto.»

«Non hai sbagliato tutto,» dico con fermezza. «Guarda Chloe. È fantastica. Divertente, intelligente, sicura di sé. La stai crescendo per essere esattamente il tipo di persona di cui il mondo ha bisogno. Non è una cosa da poco.»

Fa una risata tremolante. «Forse. È solo che... non voglio rovinarla, capisci? Merita di meglio di un padre che non ha sempre tutto sotto controllo.»

«Benvenuto nel club,» dico, dandogli una gomitata sul braccio. «Nessuno di noi ha tutto sotto controllo. Facciamo tutti finta di avercelo.»

Questa volta la risata di Dan è più genuina, e qualcosa si allenta nel mio petto, come se forse non fosse l'unico ad aver bisogno di sentirselo dire.

La porta d'ingresso si apre. «Ehi, papà,» cinguetta Chloe dall'ingresso mentre si toglie le scarpe da ginnastica. «Oh, ehi, Rachel.»

«Ciao. Passata una buona serata?» chiedo con un sorriso, sperando che non percepisca l'atmosfera nella stanza.

«La migliore!» Lascia cadere la borsa della scuola e inizia a spogliarsi dei vari strati di vestiti mentre saltella verso le scale, lasciandoli dove cadono. «Papà, posso avere cinque dollari per Toca Boca?»

«Per cosa?»

«Per il mio account di Toca World. Ho bisogno di un aggiornamento.»

«Non so di cosa stai parlando.» Dan sembra visibilmente perplesso.

«Papà!? L'app. Zara ha il pacchetto della casa bohémien. È fighissimo. Penso di aver superato la mia fase cottagecore e ora mi sento molto l'estetica bohémien.»

Dan si volta verso di me, mimando con le labbra la parola *estetica* con finta riverenza.

Rido. «Lascio queste importantissime decisioni di design

nelle tue capacissime mani.» Tiro fuori il telefono dalla borsa e prenoto un Lyft.

«Ti prego, papà.»

«E va bene. Solo se prometti di mostrarmi cosa ho comprato.»

«Affare fatto!» Chloe corre da Dan e gli dà un enorme abbraccio.

Quando ricevo la notifica che la mia auto sta arrivando, prendo i documenti della mia presentazione dal tavolo e lascio che Dan e Chloe si aggiornino a vicenda.

Naturalmente, Dan si offre di riaccompagnarmi a casa, il che è gentile, ma significherebbe trascinare Chloe fuori di casa quando è appena rientrata. Non sarò una madre, ma conosco l'importanza della routine e di una buona notte di sonno in una serata scolastica.

Scivolo nella mia stanza del motel, sentendomi ancora triste per Dan e Chloe. Il peso della giornata mi crolla addosso mentre mi tolgo i tacchi e mi lascio cadere sul letto. Il mio telefono vibra insistentemente, allungo la mano per rifiutare e lasciare che scatti la segreteria.

Immagino che la mia memoria muscolare abbia bisogno di una rinfrescata, perché accetto accidentalmente la chiamata.

Il viso di Zoe riempie lo schermo, il suo sorriso largo un miglio.

Oh, fantastico, sono in videochiamata con tutti quelli dell'ufficio.

«Indovinate un po', team? So che è tardi, ma ho appena ricevuto la telefonata di conferma. Ho chiuso il contratto con la GreenShoots!»

Un coro di applausi esplode dalla visualizzazione a galleria del video, tutti che brindano agli schermi con tazze di caffè e bottiglie d'acqua.

Forzo un sorriso, cercando di trovare un po' di entusiasmo. «È un'ottima notizia, Zoe. Congratulazioni.»

Lei si pavoneggia sotto le lodi, i suoi occhi che saettano

verso i miei. «Grazie, Rach. Non ce l'avrei fatta senza il tuo lavoro preparatorio.»

Annuisco, sentendo la gelosia montare. Avrebbe dovuto essere la mia vittoria, il mio momento di gloria. Ma eccomi qui, bloccata nel Maine, mentre Zoe si gode la gloria.

La voce di Helen interrompe le chiacchiere. «Ottimo lavoro, a tutti. Ma non dormiamo sugli allori. Rachel, non vediamo l'ora di riaverti qui tra qualche settimana. Ci sono molti altri clienti là fuori che hanno bisogno della Channing Gabriel... solo che ancora non lo sanno.»

Tutti gli occhi si girano verso di me, e mi raddrizzo, lisciandomi i capelli. «Assolutamente. Non vedo l'ora di tornare.»

Helen annuisce, la sua espressione indecifrabile. «Bene. È tutto, team. Ricaricate le energie e riorganizzatevi, domani si ricomincia.»

Nessuna pressione, allora. Metto da parte i pensieri su Dan e la sua colpa. Non posso permettermi distrazioni, non quando la mia carriera è in gioco.

Mentre la chiamata si conclude, prendo una delle bottiglie d'acqua gratuite dal comodino. Ho bisogno di una pausa, e di ghiaccio. Se devo rimanere sveglia ancora a lungo, avrò bisogno di qualcosa di freddo per non addormentarmi.

Afferro il secchiello del ghiaccio vuoto ed esco nell'aria notturna, il corridoio debolmente illuminato e silenzioso. La macchina è proprio dietro l'angolo, ronza come se stesse lavorando troppo duramente per la sua età. Riempio il secchiello a metà, già desiderando il tintinnio dei cubetti nel mio prossimo drink.

Ma quando torno alla mia porta e frugo in tasca, la mia mano non trova niente.

Mi blocco.

Niente chiave.

No. No, no, no. Controllo di nuovo, ogni tasca, due volte, anche sotto il secchiello, come se potessi averla nascosta lì.

Sbuffo, forte e a lungo.

Perché ovviamente doveva succedere. Proprio oggi. Dopo quella chiamata.

Poso il secchiello e faccio la passeggiata della vergogna fino alla reception.

Con mia sorpresa, non c'è la giovane receptionist di turno, ma Richard, il fratello di Dan, e l'uomo che mi ha fatto il check-in quando sono arrivata. Alza lo sguardo dallo schermo del computer e mi offre un sorriso caloroso ma stanco.

«Sei rimasta chiusa fuori?»

Annuisco, alzando la mano vuota che dovrebbe contenere la mia chiave magnetica. «Un classico errore da principiante. Immagino che la mia giornata non avesse ancora finito di prendermi in giro.»

Lui ridacchia e si allontana dalla scrivania, allungando già la mano verso le chiavi di riserva. «Succede più spesso di quanto pensi. Caffè in una mano, telefono nell'altra, e la porta si chiude. Ti stupiresti di quante persone escono scalze.»

Mi porge una nuova chiave magnetica.

«Grazie,» dico, facendola scivolare in tasca.

«Stai reggendo bene?» chiede, il suo tono che cambia leggermente, quel tanto che basta per suggerire che intende più della situazione della chiave. «Deve essere strano essere bloccata qui con tutto questo caos aereo. Quel vulcano sta facendo più capricci del previsto.»

Sorrido debolmente. «Sì, ho visto le notizie prima. Speravo che la situazione si fosse risolta, ma sembra che rimarrò qui ancora per un po'.»

«Beh,» scrolla le spalle, «potrebbe andarti peggio di Biddeford.»

«È quello che continua a dirmi Dan.»

Le sopracciglia di Richard si sollevano leggermente, ma non commenta.

Mi schiarisco la gola, mantenendo il tono più disinvolto possibile. «A proposito... come sta? Dan, intendo.»

Richard fa una piccola alzata di spalle evasiva, gli occhi

pensierosi. «Sta abbastanza bene. Ne ha passate tante, ma... va avanti. È quel tipo di persona.»

Non è molto, ma non mi aspetto di più. Tuttavia, il modo in cui lo dice aleggia nell'aria come qualcosa di non detto. Annuisco, lasciando che il silenzio parli per entrambi.

«Beh, ti lascio al tuo lavoro,» dico con un piccolo cenno della mano. «Grazie per avermi salvata.»

Lui ridacchia. «Quando vuoi. Ehi... magari domani è il giorno in cui tutto andrà per il verso giusto.»

Alzo un sopracciglio. «Sarebbe la prima volta.»

SEI

Le porte dell'ascensore si aprono e io seguo le indicazioni per la Sako Suite. Busso una volta e apro la porta, trovandomi in una sala conferenze un tempo sontuosa, ora inondata dalla luce del mattino. La vernice si sta scrostando da una delle pareti e le sedie sono spaiate. Il battito cardiaco mi accelera leggermente mentre entro, stringendo forte la mia valigetta. Una dozzina di volti pieni d'aspettativa si girano verso di me. *Quelle surprise*, sono tutti uomini.

Sento la familiare scarica di adrenalina mentre mi avvicino al gruppo. So dal ticchettio specifico dei miei tacchi sul pavimento piastrellato che ho la loro completa e totale attenzione. Se mi piace la sensazione di potere? *Puoi scommetterci*. È un vantaggio sleale? *Oh, sì*. L'ho fatto così spesso ormai che il mio corpo e la mia mente vanno con il pilota automatico. Questa è la guida brevettata da Rachel stile Madonna-Amante per accaparrarsi nuovi clienti:

Quando cerco di convincere un team prevalentemente maschile che sono la persona giusta per portare il loro prodotto o servizio sul mercato, devo emanare due cose prima ancora che inizi la presentazione. Oserei dire che la presentazione si vince o si perde prima che la prima parola provata lasci le mie labbra. Dipende tutto dall'entrata. C'è così tanto da comunicare in così poco tempo. Primo, che sono una persona fidata a cui affidare la loro creatura. Devono essere assolutamente sicuri che la nutrirò, la alimenterò e le pulirò il naso se dovesse iniziare a colare. E secondo, che ho abbastanza grinta e passione per prendere in custodia la loro creatura e portarla nel mondo.

Sono diventata brava a leggere l'ambiente e un'occhiata al mio pubblico conferma i miei sospetti: scarpe consumate e non lucidate, camicie Oxford blu standard con colletti button-down e pantaloni chino beige. Per una frazione di secondo, il vinile del giradischi della mia mente gratta, mentre mi rendo conto che il pubblico riunito non appartiene ai piani alti dell'organizzazione. Neanche lontanamente. Questi non sono quelli che prendono le decisioni, sono i manovali.

Nessun problema, li trasformerò in miei alleati con tanto di tessera prima di aver finito.

Okay, Rachel, ce la puoi fare. Proprio come abbiamo provato.

Mi centro e mi lancio nella presentazione. «Buongiorno a tutti. Sono Rachel e sono qui per farvi cambiare idea. Come potete vedere dai dati che ho raccolto, i cibi a base vegetale non sono più solo una moda passeggera o un mercato di nicchia. La domanda dei consumatori sta crescendo in tutti i dati demografici e potrebbe rappresentare milioni di dollari di ricavi annuali... Se volete che sia così.»

Passo alla diapositiva successiva, mostrando grafici e diagrammi colorati. «Solo nell'ultimo anno, le vendite di prodotti a base vegetale sono cresciute del ventisette percento, superando i surgelati tradizionali con un margine significativo. Questo rappresenta un'enorme opportunità non sfruttata per la Harcourt Foods di espandere la sua base di clienti e guidare la crescita a lungo termine.»

La stanza è silenziosa, se non per il ronzio della ventola del mio portatile. Scorro i loro volti, cercando di valutare le reazioni. Alcuni annuiscono pensierosi, prendendo appunti. Ma alcuni sfoggiano cipigli scettici. Ecco che arrivano le domande difficili.

«Come facciamo a sapere che questa tendenza durerà?» chiede un responsabile di prodotto, appoggiandosi allo schienale della sedia. «E se fosse solo un fuoco di paglia?»

Passo a un'altra slide che mostra proiezioni di mercato a lungo termine. «Anche se nessuno può prevedere il futuro con una certezza del cento percento, tutti gli indicatori suggeriscono che l'alimentazione a base vegetale stia diventando un cambiamento di stile di vita duraturo, non una moda di passaggio. Man mano che i consumatori diventano più attenti alla salute e all'ambiente, cercano alternative alla carne. Anticipare questa tendenza posiziona la Harcourt Foods come un leader innovativo, non un inseguitore reattivo.»

Altri cenni d'assenso, qualche sorriso a denti stretti. Stanno iniziando a vedere il quadro generale. Passo alla mia argomentazione finale.

«I dati sono chiari: i cibi a base vegetale sono il futuro. La Harcourt Foods ha una scelta: abbracciare questo segmento crescente della popolazione e prosperare, o ignorarlo e rischiare di rimanere indietro mentre il mercato va avanti senza di voi. La fortuna aiuta gli audaci. Questa, signori, è la vostra occasione per guidare la prossima generazione di surgelati verso un'era più sostenibile e incentrata sulla salute.»

I responsabili di prodotto continuano a fare domande per altri venti minuti. Fondamentalmente, il loro tono cambia da combattivo e apertamente caustico, a ponderato e curioso. Soddisfatta di lasciarli con una chiara strada da percorrere, concludo. Sono dalla mia parte. Ora inizia il vero lavoro: assicurarmi che il mio messaggio venga trasmesso lungo la catena di comando fino al Vecchio Harcourt in persona. Ma dopo oggi, sono abbastanza sicura di aver seminato i semi di una rivoluzione a base vegetale alla Harcourt Foods. Lascio la cartellina con la copia stampata della mia presentazione perché venga distribuita tra il team allargato e me ne vado.

L'energia della riunione mi rimane addosso mentre scivolo nel sedile del conducente della Grande Bestia Rossa, la mente ancora in fermento per le possibilità. Inserisco *White Pines Motel* in Mappe e poi trovo una playlist opportunamente allegra che si abbini al mio umore.

Mentre attraverso le strade di Portland, mi concedo un momento per assaporare la vittoria. L'entusiasmo del team di prodotto era palpabile. È una pietra miliare, ma non è ancora un affare concluso: convincere i piani alti a fare un salto nel vuoto, in particolare il patriarca dell'azienda, Jonathan D. Harcourt in persona, sarà una vera prova. Ma per quello, devo riuscire a ottenere un incontro.

Persa nei miei pensieri, quasi non noto l'edificio della scuola elementare alla mia sinistra. Ma lo striscione colorato cattura la mia attenzione: "Sing! Concorso di Talento - Eliminatorie Qui."

D'impulso, svolto improvvisamente nel parcheggio, guadagnandomi una lunga e rabbiosa strombazzata dal veicolo dietro di me. Faccio un cenno di scuse con la mano all'autista, ma sta già accelerando bruscamente, senza dubbio maledicendo me e tutto il genere femminile.

In piedi di fronte all'imponente edificio principale, scuoto la testa, tornando al presente. Che ci faccio qui? Ho un milione di cose da fare, chiamate da effettuare, email a cui rispondere. Ma qualcosa mi attira verso le grandi porte doppie. Voglio davvero vedere Chloe esibirsi, e questo non ha assolutamente niente a che fare con la possibilità di rivedere Dan.

Seguo le indicazioni per l'auditorium, il cuore che accelera a ogni passo mentre il chiacchiericcio eccitato di bambini e genitori mi avvolge. È sciocco, lo so. Sono una donna adulta, una dirigente di successo. Ma in questo momento, sono anche la bambina che una volta si è trovata su un palco molto simile, cantando a squarciagola una versione leggermente stonata di "Tomorrow" da Annie.

Facendo un respiro profondo, mi infilo dentro la porta dell'auditorium, e il volume aumenta di dieci volte. L'aria è elettrica di attesa, con mamme frenetiche che cercano di applicare una quantità spaventosa di trucco e lacca alle loro figlie preadolescenti. Il palco è immerso in una luce soffusa, vuoto tranne che per un'unica asta del microfono, creando un senso di anticipazione. Trovo un posto in fondo, sistemandomi proprio mentre le luci si abbassano e un silenzio cala sulla sala.

Mentre un giovane artista sale sul palco, tutto nervi e talento grezzo, sento un sorriso allargarsi sul mio viso. Forse questa deviazione inaspettata è esattamente ciò di cui avevo bisogno: un promemoria della gioia e dell'innocenza che è così facile perdere di vista nella routine quotidiana. Per ora, mi lascio trasportare dalla musica, con le preoccupazioni del mondo adulto che svaniscono come un sogno quasi dimenticato. Il ragazzo canta bene. Quando ha finito, fa un inchino educato ed esce dalla quinta di sinistra.

Ci sono le esibizioni di altri quattro cantanti e di un giovane chitarrista prima che io noti una figura familiare in attesa dietro le quinte. Quando un'insegnante le dà una pacca sulla spalla, Chloe cammina con sicurezza verso il centro del palco e si ferma davanti al microfono. Si prende un momento e poi fa un piccolo cenno a qualcuno che deve controllare la musica.

La voce di Chloe è mozzafiato. Piena di sentimento, dolce e con un'enorme sicurezza. Quando chiudo gli occhi, non posso credere che sia la voce della stessa dodicenne che ho visto a casa di Dan. Chloe canta le parole come se fossero sue. Un agrodolce rimpianto per un amore perduto e un futuro incerto. Sono ipnotizzata dall'inizio alla fine.

La canzone finisce e tutti nell'auditorium scoppiano in un applauso. Chloe sorride, fa un inchino teatrale e saltella via dal palco. Dan è lì, dietro le quinte, pronto ad accoglierla, e la prende in braccio per un enorme abbraccio, l'orgoglio paterno impresso sul suo viso.

Uno degli insegnanti si avvicina al microfono e spiega che Chloe è stata l'ultima degli artisti solisti e che ci sarà una pausa di cinque minuti prima che le prove continuino per i gruppi.

Dan appare alla porta del palco e si affretta verso un gruppo di ragazzi tra i dodici e i quindici anni, che si stanno preparando a salire. Li guida negli ultimi riscaldamenti vocali e si assicura che ricordino la coreografia. Guardo, estasiata, mentre offre a ciascuno un cinque e una parola di incoraggiamento.

C'è qualcosa nel vederlo nel suo elemento che mi fa balzare il cuore in petto. Sparita è la stanchezza che sembra appiccicarglisi addosso come una seconda pelle. Al suo posto c'è un uomo pienamente vivo, la cui passione per lo spettacolo e il suo amore per questi ragazzi traspare in ogni gesto.

Sprofondo un po' di più sulla sedia, improvvisamente a disagio. Cosa penserebbe se sapesse che sono qui, a spiare questo momento intimo? Ma non riesco a staccare gli occhi. È come guardare un maestro artigiano al lavoro, ogni movimento preciso e intenzionale.

Mentre i ragazzi prendono posto sul palco, Dan si ritira nell'ombra, il suo lavoro è finito. Ma anche da questa distanza, vedo che è coinvolto in loro e li incita a cantare con tutta l'anima con la pura forza della sua mente. Questo significa qualcosa per lui, mi rendo conto. Più di un semplice spettacolo di talenti scolastico. Più che essere un membro super entusiasta del comitato genitori. È chiaramente un collegamento con un passato che non riesce a lasciarsi andare, forse un ricordo della vita che un tempo viveva.

La musica cresce e i ragazzi iniziano a cantare, le loro voci si fondono in un'armonia che mi fa venire i brividi lungo la schiena. Guardo di nuovo Dan, e per un momento, i nostri sguardi si incontrano attraverso l'affollato auditorium.

Sembra sorpreso, poi curioso, la testa leggermente inclinata come a chiedere: «Che ci fai qui?»

Rispondo con un piccolo sorriso e un leggero saluto con la mano, sperando che trasmettano tutto ciò che non riesco a esprimere a parole. Che lo vedo, lo vedo davvero, e che capisco, in un certo senso, il peso che porta. Che forse, solo forse, non siamo poi così diversi, dopotutto.

Mentre la canzone volge al termine e i genitori e gli insegnanti nella stanza iniziano ad applaudire, non posso fare a meno di unirmi a loro.

La voce di Dan si fa strada tra gli applausi, calda e genuina mentre si congratula con i ragazzi per la loro esibizione. «È stato fantastico, ragazzi! Dovreste essere così fieri di voi stessi.» Il suo sorriso è ampio, i suoi occhi brillano di un misto di orgoglio e qualcos'altro, qualcosa che mi stringe il cuore in un modo che non riesco a spiegare.

Mentre i ragazzi si disperdono, chiacchierando eccitati tra loro, vedo una donna avvicinarsi a Dan. È alta e snella, con vivaci capelli rossi che le scendono sulla schiena in onde morbide. C'è una sicurezza nel suo passo, un'ondeggiare deciso dei fianchi che attira lo sguardo e comanda l'attenzione.

«Dan, è stato incredibile!» esclama lei, posando la mano sul suo braccio in un gesto che sembra un po' troppo familiare, un po' troppo intimo. «Hai fatto un lavoro davvero incredibile con questi ragazzi.»

Dan abbassa la testa, un leggero rossore gli sale sul collo. «Grazie, Veronica. Ma in realtà è tutto merito loro. Hanno lavorato così duramente.»

Veronica si avvicina di più, abbassando la voce a un sussurro cospiratorio che non riesco a sentire.

Sento un'improvvisa stretta al petto, una fitta di qualcosa a cui non so dare un nome. Non è esattamente gelosia. Più un senso di... perdita. Come se stessi guardando qualcosa scivolare via prima ancora di avere la possibilità di afferrarla.

Dan esita, i suoi occhi saettano per la stanza come in cerca di una via di fuga. Per un breve istante, i suoi occhi trovano i miei prima che scuota la testa e dica di no alla richiesta di Veronica.

Ma Veronica è insistente, il suo sorriso si allarga mentre si avvicina ancora di più, una mano tatticamente posata sul suo avambraccio mentre continua a parlare.

Mi volto, sentendomi improvvisamente un'intrusa in un momento privato. Il cuore mi batte troppo forte, i palmi delle mani sono umidi di sudore. Devo andarmene da qui, devo schiarirmi le idee.

Mentre mi dirigo verso l'uscita, intravedo Chloe con la coda dell'occhio. È seduta da sola per terra, vicino a una delle uscite di sicurezza, le ginocchia strette al petto, il viso nascosto dietro una cortina di capelli. Qualcosa nella sua postura, nell'incurvatura delle sue spalle, mi fa fermare.

Guardo di nuovo Dan, ancora immerso nella conversazione con Veronica, e poi di nuovo Chloe. E improvvisamente, so cosa devo fare.

Raddrizzo le spalle e mi dirigo verso il punto in cui siede Chloe. Mi abbasso fino a terra accanto a lei, incrociando le gambe.

«Ehi,» dico dolcemente, dandole una piccola gomitata sulla spalla. «È stata un'esibizione davvero fantastica. Sai cantare davvero.»

Chloe alza la testa, con gli occhi spalancati e sorpresi. «Grazie,» mormora, distogliendo lo sguardo dal mio.

Annuisco, lasciando che il silenzio si allunghi tra noi per un momento. E poi, prima di potermi ricredere, chiedo: «Vuoi parlarne?»

Chloe fa spallucce, le dita che tirano un filo scucito dei suoi jeans. «È solo che... non so. A volte mi sento come se non fossi abbastanza brava, capisci? Come se non importa quanto duramente ci provi, non sarò mai brava come gli altri ragazzi.»

Dio, quanto mi è familiare quella sensazione.

Il cuore mi si stringe alle sue parole, alla cruda vulnerabilità nella sua voce. Mi siedo accanto a lei. «Chloe, ascoltami. Hai *così tanto* talento. E non solo nel canto, in tutto ciò in cui ti impegni. Non lasciare mai che nessuno ti faccia sentire come se non fossi abbastanza. Ti ho vista lassù ed eri incredibile.»

Allora lei mi guarda, gli occhi lucidi di lacrime non versate. «Davvero?»

Annuisco, la gola stretta dall'emozione. «Davvero. E sai una cosa? Scommetto che tua madre sarebbe così orgogliosa di te se potesse vederti ora.»

Una singola lacrima scivola sulla guancia di Chloe, e lei la asciuga con il dorso della mano. «Mi manca,» dice, la voce appena udibile sopra il chiacchiericcio degli altri bambini.

«Lo so,» dico dolcemente, allungando una mano per metterle una ciocca di capelli dietro l'orecchio. «Ed è normale che ti manchi. Ma lei sarà sempre con te, Chloe. Qui.» Mi picchietto il dito sul petto, proprio sopra il cuore.

Chloe annuisce, un sorriso acquoso che le increspa gli angoli della bocca. «Grazie,» dice, avvicinandosi per un rapido abbraccio.

La stringo forte, sentendo un'improvvisa ondata di affetto per questa ragazza coraggiosa e resiliente.

«Parli con tuo padre? Della mancanza di tua madre, voglio dire?»

«A volte. Ma ogni volta che lo faccio, inizia a comportarsi in modo strano. Cerca di essere ancora più perfetto. Capisci? Come se avesse fatto un casino, e io odio vederlo così. Mi fa sentire come se fossi io a rendergli le cose più difficili.»

Il mio cuore duole per lei. Per entrambi. Ripenso a con quanta ferocia Dan abbia parlato dell'essere genitore l'altra sera, a come sembrava quasi disperato di fare tutto bene.

«Chloe, tuo padre ti ama più di ogni altra cosa. Lo sai, vero?»

Annuisce, ma il dubbio è ancora lì, che nuota appena sotto la superficie. «Lo so. Ma... è come se non si prendesse mai una pausa. Mi fa sentire come se il problema fossi io.»

Allungo la mano e le tocco delicatamente la spalla. «Non sei tu il problema. Sei tutto il suo mondo. Solo che non vuole deluderti.»

Chloe mi fa un piccolo sorriso tremante. «Non parla mai della mamma. Cioè, mai. Mi sento come se dovessi essere sempre brava perché... e se pensasse che sono troppo? O che gli ricordo troppo lei?»

«Oh, Chloe.» La stringo in un abbraccio, la sua testa nascosta sotto il mio mento. «Non sei troppo. Sei esattamente abbastanza. E so che tuo padre non cambierebbe una sola cosa di te. Sta solo... cercando di capire come fare man mano. È complicato, ed è difficile, ma state facendo entrambi un lavoro fantastico. Penso che a volte abbia solo paura. Paura di perdere anche te.»

Tira su col naso contro la mia spalla, le sue braccia si stringono intorno a me. «Vorrei solo che parlasse di più di lei. Così non dimentico le cose. Tipo... come mi faceva le trecce. Non ricordo nemmeno com'era la sua risata.»

La stringo più forte. «Forse puoi chiedergli di raccontarti delle storie. È davvero bravo con le storie. Penso che aiuterebbe entrambi.»

Chloe si tira indietro e si asciuga il naso con il dorso della mano, facendomi un piccolo cenno determinato e l'accenno di un sorriso. «Sì. Forse lo farò.»

«Andiamo,» dico, alzandomi e tendendole la mano. «Sei pronta a raggiungere tuo padre?»

«No,» dice lei, il suo sorriso sostituito da un cipiglio. «Sono ancora arrabbiata con lui.»

«Perché?»

Chloe sospira drammaticamente. «Gli ho chiesto un vestito nuovo da indossare per la prova finale di domani sera, qualcosa che potessi mettere anche alle eliminatorie, ma ha detto che dovrei semplicemente scegliere qualcosa dal mio armadio. Ma sono tutte cose da bambina! Non capisce, non sono più una bambina piccola.»

Annuisco con empatia. La frustrazione di sentirsi incompresi alla sua età è ancora vivida nella mia memoria. «È dura. È un momento importante e vuoi apparire e sentirti al meglio.»

«Esatto! Sono praticamente un'adolescente. Ma papà mi tratta ancora come se avessi cinque anni.» Chloe incrocia le braccia, imbronciata.

Mentre guardo Chloe, mi colpisce come sia sospesa tra due mondi in questo momento: non proprio una bambina, ma non ancora un'adulta. È un filo sottile su cui camminare. Un'idea inizia a formarsi nella mia mente... Forse ciò di cui Chloe ha bisogno è un po' di tempo tra ragazze, alla vecchia maniera, per aiutarla a trovare il suo equilibrio in questa nuova fase.

Un sorriso si allarga sul mio viso mentre il piano prende forma. «Sai cosa, Chloe? Penso di avere la soluzione perfetta. Quello di cui hai bisogno è una giornata tra ragazze, solo io e te. Domani andremo a fare shopping, ti troveremo un nuovo outfit favoloso che ti faccia sentire la giovane donna straordinaria che stai diventando. Che ne dici?»

Gli occhi di Chloe si sgranano, un sorriso le increspa le labbra. «Davvero? Lo faresti per me?»

«Assolutamente! Ogni ragazza merita una giornata di shopping speciale di tanto in tanto.» Le faccio un occhiolino cospiratorio. «Ora, andiamo a parlare con tuo padre e rendiamo la cosa ufficiale.»

Marciamo verso dove Dan sta chiacchierando con altri genitori, espressioni determinate sui nostri volti. Noto con piacere che l'intrusa dai capelli rossi non si vede da nessuna parte. Lui si volta mentre ci avviciniamo, inarcando un sopracciglio alle nostre pose identiche: mani sui fianchi, menti alti.

«Dan, Chloe e io abbiamo un annuncio,» dichiaro, lottando per mantenere un'espressione seria. «Domani requisiamo la giornata per una missione molto importante: Operazione Shopping Selvaggio!»

Gli occhi di Dan saettano tra di noi, cogliendo l'espressione speranzosa di Chloe e la mia risoluta. Posso quasi vedere le rotelle girare nella sua testa, calcolando le probabilità di vincere questa battaglia.

«Non so, Rachel... Chloe, non hai già un sacco di vestiti?» tenta, ma non ci mette il cuore.

Chloe e io ci scambiamo un'occhiata, poi scateniamo simultaneamente le nostre armi segrete: i temuti occhi da cucciolo bastonato. Abbiamo perfezionato la tecnica.

Dan alza le mani in segno di resa, ridacchiando. «Va bene, va bene, so quando sono stato sconfitto. Ascolta, Rachel, c'è una cosa importante che devo dirti.»

«Uh-oh,» scherzo.

«Potresti pensare che noi attori siamo tutti super liberali. E immagino che lo siamo. Io lo sono. Ma quando si tratta di Chloe, sono conservatore con la C maiuscola, sottolineata e in grassetto. Per favore, per l'amor di tutto ciò che c'è di buono in questo mondo, per favore non tornare a casa con qualcosa di scandaloso. Potrà anche pensare di essere cresciuta, ma ha dodici anni.»

«Papà!...» Chloe sta per lamentarsi ancora, ma io intervengo.

«Non lo faremo.» Gli faccio il saluto militare. «Parola di scout.»

«Molto bene. In tal caso, la lascerò a Congress Street domani alle dieci. Dammi il tuo numero e ti manderò la posizione. E grazie. Userò il tempo per lavorare alla darsena.»

SETTE

♥

Alle dieci e un minuto, la macchina di Dan rallentò e si accostò al marciapiede dove stavo aspettando.

«Rachel!» gridò Chloe dal finestrino aperto, tutta sorrisi e chiaramente impaziente di iniziare. Saltò giù dall'auto, chiudendosi la portiera alle spalle senza nemmeno guardarsi indietro.

«Divertitevi voi due» urlò Dan dallo stesso finestrino aperto, mentre si allontanava dal marciapiede e si immetteva nel traffico.

«È da una vita che non faccio shopping» raggiò Chloe. «Qual è il piano?»

Non potei fare a meno di sorridere al suo entusiasmo. «Beh, abbiamo un programma bello pieno. Per prima cosa, andremo alla Spring Blossom Boutique per trovarti l'abito perfetto per il talent show. Poi, andremo alla spa per delle meritatissime coccole. Se ci avanza tempo, potrebbe esserci anche un gelato. Che te ne pare?»

«Fantastico! Non vedo l'ora di provare tutti i vestiti!» Chloe batté le mani, praticamente vibrando per l'emozione.

Mentre ci dirigevamo verso il centro commerciale, la fresca brezza marina ci accolse, portando con sé il profumo di pino delle foreste vicine. Le affascinanti strade del quartiere Old Port di Portland brulicavano di attività mentre ci recavamo alla boutique.

Il tintinnio del campanello del negozio annunciò il nostro arrivo. All'interno, una serie di abiti colorati di vari stili e taglie riempiva gli scaffali. Gli occhi di Chloe si spalancarono alla vista, le sue dita già protese a toccare i tessuti morbidi.

«Benvenute alla Spring Blossom Boutique!» ci salutò una commessa cordiale. «Mi faccia sapere se ha bisogno di aiuto per trovare l'abito perfetto.»

«Grazie» risposi con un sorriso. «Vai pure, non essere timida, vedi cosa attira la tua attenzione.»

Chloe non se lo fece dire due volte e si mise subito al lavoro curiosando tra gli scaffali, sulla soglia dell'adolescenza, desiderosa di affermare il proprio stile e la propria identità.

Il negozio ronzava di chiacchiere di altri clienti e del fruscio dei tessuti mentre gli abiti venivano sfilati dalle grucce e sollevati per essere esaminati. L'aria era pervasa da un senso di possibilità ed eccitazione, come se ogni abito racchiudesse la promessa di un nuovo inizio.

Chloe tirò fuori un abito blu scintillante, accostandoselo alla figura. «Cosa ne pensi di questo?»

Inclinai la testa, valutando. «È incantevole, ma forse un po' troppo da principessa delle favole. Continuiamo a cercare. Vogliamo trovare qualcosa che metta davvero in risalto la tua personalità e ti faccia sentire sicura sul palco. Deve abbinarsi alla canzone.»

Chloe si rituffò tra gli scaffali. Feci lo stesso, passando le dita sui tessuti morbidi, alla ricerca di quell'abito perfetto.

«Oh, Rachel, guarda questo!» esclamò Chloe, tirando fuori un abito cremisi con una gonna a ruota. Se lo accostò al corpo, dondolandosi da un lato all'altro. «È così elegante!»

Risi, deliziata dalla sua eccitazione. «È bellissimo, Chloe. Perché non lo provi?»

Chloe si precipitò al camerino, lasciandomi a curiosare

ancora un po'. Fui attratta da un abito verde scuro con delicati dettagli in pizzo. Non era proprio adatto a Chloe, ma non resistetti alla tentazione di accostarmelo davanti allo specchio, immaginando per un breve istante come sarebbe stato avere un'occasione speciale per cui vestirsi elegante.

«Rachel, ho bisogno di aiuto con la cerniera!» chiamò Chloe dal camerino, riportandomi bruscamente al presente.

Mi avvicinai e l'aiutai con il vestito. Mentre usciva e piroettava, la gonna le si aprì a ventaglio intorno alle gambe, e sentii un nodo formarsi in gola. Sembrava così adulta, così bella.

«Chloe, sei stupenda» riuscii a dire, cercando di ricacciare indietro l'improvvisa ondata di commozione.

Mi sorrise raggiante, ma poi la sua fronte si corrugò leggermente. «Mi piace tantissimo, ma non sono sicura che sia quello giusto, capisci?»

Annuii comprensiva. «Va bene. Facciamo una pila dei "forse". Continueremo a cercare finché non troveremo l'abito che ti sembrerà perfetto.»

E così facemmo, ridendo e chiacchierando mentre provavamo un abito dopo l'altro. Era difficile non affezionarsi a Chloe, ed ero abbastanza sicura che mi stessi godendo questa esperienza condivisa tanto quanto lei. Alla fine, lei emerse dal camerino con un vestito che mi tolse il fiato. Era di un blu profondo, come il cielo della sera, con una scollatura a cuore e una gonna che le scendeva fluida come l'acqua lungo le gambe. Il tessuto brillava leggermente sotto le luci, e il taglio era allo stesso tempo giovanile ed elegante.

«Chloe, è quello giusto. Sei mozzafiato.»

Fece una piccola piroetta, il viso raggiante di gioia. «Quasi non mi riconosco» confessò, con un accenno di timidezza nella voce.

Mi avvicinai e le posai le mani sulle spalle, incontrando i suoi occhi nello specchio. «Sembri la giovane donna forte, talentuosa e bella che sei. Lascerai i giudici a bocca aperta» le dissi sinceramente.

«Hai ragione. È questo» dichiarò Chloe, con un sorriso che le si allargava sul viso.

Annuii, ricambiando il suo sorriso. «Lo è senza dubbio.»

Mentre ci dirigevamo alla cassa, vestito in mano, Chloe praticamente saltellava al mio fianco, i suoi occhi che brillavano di gioia. Improvvisamente, si fermò e mi guardò con un'espressione speranzosa.

«Rachel, pensi che potremmo fare anche una seduta di trucco? Voglio essere super speciale per il talent show.»

Esitai, soppesando la sua richiesta. Se da un lato non desideravo altro che rendere questa giornata perfetta per Chloe, sapevo anche che aveva solo dodici anni. Il trucco avrebbe potuto essere un passo azzardato, soprattutto considerando quanto potesse essere protettivo Dan.

Mi accovacciai per guardarla negli occhi, prendendole le mani tra le mie. «Chloe, tesoro, so che sei emozionata, ma penso che una seduta di trucco completa possa essere un po' troppo per ora. Sei già così bella, dentro e fuori, e non voglio togliere nulla a questo. Senza contare che il talent show è tra un sacco di tempo, quindi il trucco non durerebbe fino ad allora.»

Lei sembrò un po' delusa, ma annuì comprensiva. «Immagino che anche a papà potrebbe non piacere, vero?»

«Vuole solo che ti goda la tua età» spiegai dolcemente. «Senti, che ne dici se adesso andiamo alla spa? Possiamo farci coccolare con dei trattamenti per il viso e forse anche una manicure e pedicure. Così ti sentirai super speciale senza esagerare.»

Il viso di Chloe si illuminò di nuovo. «Sembra fantastico! Facciamolo!»

Detto questo, pagai il vestito e uscimmo sotto il sole splendente del pomeriggio. La spa che mi piaceva era a pochi passi di distanza, annidata in un angolo tranquillo della città frenetica. Appena entrammo, l'atmosfera serena ci avvolse immediatamente. L'aria era profumata di oli essenziali e una musica dolce e rilassante suonava in sottofondo.

«Benvenute» ci salutò l'addetta alla reception con un sorriso caloroso. «Avete un appuntamento?»

«Sì» confermai, dandole i nostri nomi.

Controllò il computer e annuì. «Ah sì, vi ho qui. Venite da questa parte.»

Ci condussero in una stanza confortevole e poco illuminata con due lussuosi lettini da massaggio affiancati. Il profumo rilassante di lavanda riempiva l'aria, facendomi sentire subito più rilassata. Io e Chloe indossammo i morbidi e soffici accappatoi forniti e ci sistemammo sui lettini, sospirando soddisfatte mentre le lenzuola calde ci avvolgevano.

Le nostre estetiste entrarono, le loro voci basse e calmanti mentre spiegavano i trattamenti che avremmo ricevuto. Mentre iniziavano ad applicare le maschere per il viso fresche e rinfrescanti, lanciai un'occhiata a Chloe. Aveva gli occhi chiusi, un sorriso sereno che le aleggiava sulle labbra. Mi scaldò il cuore vederla così tranquilla e contenta.

L'ora successiva fu una beata fuga dalla realtà. Non sapevo quanto ne avessi bisogno finché mani esperte non mi massaggiarono il viso, le braccia e i piedi. Lo stress della settimana passata, le mie preoccupazioni per il lavoro e per non aver chiuso l'accordo con GreenShoots si sciolsero, lasciando solo un senso di puro e indulgente relax.

«Questo è... tipo... fantastico» mormorò Chloe, la sua voce attutita. «Possiamo farlo tutti i giorni?»

Risi piano. «Magari, tesoro. Ma è questo che lo rende così speciale, non credi?»

Lei annuì, allungando una mano per stringere la mia. «Grazie mille, Rachel. È il massimo.»

Le strinsi la mano a mia volta, con il cuore colmo. «È un piacere.»

Quando la guardai, c'era qualcosa di comico nel vederla

sdraiata lì con un sorriso stampato in faccia e delle fette di cetriolo sugli occhi. Non resistetti, scattai una foto e la mandai a Dan.

Alla fine dei nostri trattamenti, ci mettemmo a sedere a malincuore, la pelle luminosa e i corpi rilassati. Ringraziammo le nostre estetiste e ci dirigemmo verso l'area della manicure, dove, nonostante gli incredibili tentativi di Chloe di mostrare un'indignazione ferita, alla fine accettò, sebbene un po' a malincuore, lo smalto trasparente per la nostra manicure e pedicure.

Sedute fianco a fianco, ammirando le nostre unghie appena smaltate, io e Chloe chiacchierammo e ridacchiammo come vecchie amiche. La spa aveva fatto la sua magia, non solo sul nostro aspetto, ma anche sul nostro umore. Potrei abituarmici.

«Andiamo, ti ho promesso il pranzo.»

«E il gelato» si affrettò a ricordarmi Chloe.

«E il gelato.»

Mentre entravamo nel vialetto, vidi Dan in fondo al giardino che stava dando gli ultimi ritocchi a una nuova grondaia sulla darsena. La sua fronte era corrugata per la concentrazione, i suoi movimenti precisi e decisi. La darsena aveva ricevuto una nuova mano di vernice rossa e sembrava molto elegante. Era chiaro che ci aveva messo l'anima in quel progetto, proprio come metteva l'anima in tutto ciò che faceva per la sua famiglia.

Chloe lo chiamò, salutando entusiasta con la mano appena curata. «Papà! Guardaci!»

Lui alzò lo sguardo, un sorriso che si allargava sul suo viso mentre osservava il nostro aspetto rinfrescato. Per un momento, i suoi occhi incontrarono i miei, e ci fu un barlume di... qualcosa. Forse gratitudine? Apprezzamento? Io ricambiai il sorriso, sentendo un calore che non aveva nulla a che fare con i trattamenti della spa.

Proprio in quel momento, mi resi conto che questa inaspettata deviazione nel Maine mi aveva dato più di una semplice pausa dalla mia vita frenetica. Mi aveva offerto uno spaccato di un mondo in cui l'amore, la famiglia e le semplici gioie della vita erano al centro della scena. E mentre guardavo Dan e Chloe abbracciarsi, ridendo e chiacchierando animatamente della nostra giornata alla spa, sebbene quel tipo di vita non facesse per me, credo di aver capito per la prima volta perché fosse così importante per gli altri.

Dan si pulì le mani sulla maglietta e mise un braccio intorno a Chloe, guidandola verso casa.

«Sembra che voi due vi siate divertite un mondo.»

«Sì. Chloe è un'ottima compagnia» sorrisi.

«Papà, invitala dentro. Voglio mostrarti il mio vestito nuovo.»

Dan sembrò in imbarazzo. «Certo, scusa. Vuoi entrare a bere qualcosa?»

«Certo.»

Seguii Dan in casa.

Dan aprì il rubinetto e si strofinò le mani. «Grazie ancora per averla portata fuori oggi. Lo apprezzo davvero.»

«Felice di aver aiutato. La darsena è bellissima.»

Il ticchettio di piedi che correvano sulle scale ci fece alzare lo sguardo a entrambi.

Il sorriso di Dan vacillò mentre i suoi occhi scattarono verso Chloe. Il suo sguardo la percorse, notando il modo in cui l'abito abbracciava le sue curve in via di sviluppo, l'accenno di maturità nella sua postura. La sua espressione cambiò, un misto di orgoglio e qualcos'altro... forse malinconia, un desiderio per la bambina che correva tra le sue braccia senza un pensiero al mondo.

«Chloe, sembri...» Si schiarì la gola, faticando a trovare le parole giuste. «Sei bellissima, tesoro. Così cresciuta.»

Chloe raggiò, piroettando nel suo vestito. «Non è perfetto, papà? Rachel mi ha aiutata a sceglierlo!»

Annuii, cercando di valutare la reazione di Dan. C'era una tensione nella sua mascella, una rigidità intorno agli occhi che non c'era un momento prima.

«Voleva qualcosa di speciale per il talent show» spiegai dolcemente. «Qualcosa che mostrasse chi sta diventando.»

Dan annuì, ma potei vedere il conflitto dipinto sul suo viso. Voleva sostenerla, voleva celebrare la crescita di sua figlia, ma c'era una parte di lui che non era pronta a lasciar andare la bambina che aveva amato così a lungo.

«È un abito delizioso» disse infine, la voce tesa. «Solo che... non mi ero reso conto di quanto stessi crescendo in fretta, Chloe. È tanto da accettare.»

Il sorriso di Chloe vacillò, la confusione le annebbiò gli occhi. «Ma papà, pensavo che saresti stato felice per me. Pensavo che saresti stato orgoglioso.»

Dan chiuse gli occhi per un momento, formulando chiaramente la sua risposta. Quando li riaprì, c'era una tenerezza, un amore così feroce da essere palpabile. «Sono orgoglioso di te, Chloe. Più di quanto tu possa mai immaginare. È solo che... è difficile per me vederti crescere così in fretta. Ma questo non significa che non sia felice per te, o che non ti sostenga a ogni passo.»

Aprì le braccia e Chloe vi si precipitò, seppellendo il viso nel suo petto. Li guardai mentre si stringevano l'uno all'altra, due cuori che navigavano nelle acque inesplorate del cambiamento e della crescita.

And in that moment, I understand the depth of Dan's love for his daughter, the sacrifices he's made, continues to make, and the fears he faces as he watches her bloom into the young woman she's destined to become. It's a love that knows no bounds, a love that will guide them through every challenge, every triumph, every bittersweet moment of letting go.

Sebbene fosse una scena bellissima, mi riempì di una

travolgente sensazione di malinconia. Avrei desiderato, più di ogni altra cosa al mondo, di aver avuto un padre che mi amasse tanto quanto Dan amava Chloe.

Guardai Dan che liberava dolcemente Chloe dal suo abbraccio, i suoi occhi lucidi di lacrime non versate. «Perché non vai un po' in camera tua, tesoro? Assicurati di appendere quel vestito. Non voglio trovarlo buttato sul pavimento. Devo parlare con Rachel.»

Chloe annuì, i suoi stessi occhi pieni di commozione. Gettò uno sguardo nella mia direzione, una muta richiesta di comprensione, prima di salire le scale a fatica, le spalle curve per la delusione.

Il silenzio che seguì fu pesante, carico di parole non dette e di emozioni crude. Mi voltai verso Dan, il cuore che mi doleva sia per lui che per Chloe.

«Dan, so che è difficile, ma...»

«Davvero, Rachel? Tu non sei un genitore.» La sua voce era tesa. «Non credo tu sappia cosa vuol dire crescere un figlio da sola, vederlo scivolarti via a poco a poco, sapendo che un giorno se ne andrà e non si guarderà mai più indietro.»

Wow! E questa da dove esce?

Le parole di Dan mi ferirono, ma mi avvicinai. Ero cresciuta senza un padre e avrei dato il mondo per avere un padre come Dan nella mia vita. «No, non lo so. Ma so che Chloe ha bisogno che tu la sostenga, che ti fidi di lei, che la lasci crescere.»

Dan si passò una mano tra i capelli, i suoi occhi che cercavano nei miei risposte che non ero sicura di avere. «Voglio farlo, Rachel. Voglio darle il mondo, ma ho paura. Ho paura di perderla, di non essere abbastanza, di deluderla come ho deluso Rebecca.»

L'ammissione rimase sospesa nell'aria, cruda e dolorosa. Colmai la distanza, la mia mano che finalmente trovò la sua, stringendola delicatamente. «Non hai deluso nessuno, Dan. Da quello che ho visto, sei un padre fantastico, e Chloe ti ama più di ogni altra cosa al mondo. Ma parte dell'amarla è lasciarla trovare la sua strada, anche se non è il percorso che avresti scelto per lei.»

Annuì, una singola lacrima che gli sfuggiva lungo la guancia. «Lo so. È solo che... vorrei avere più tempo, capisci? Più tempo per abbracciarla, per tenerla al sicuro, per essere tutto per lei.»

Sorrisi dolcemente, la vista mi si annebbiò. «Sarai sempre il suo tutto, Dan. Non importa quanti anni avrà, non importa dove la vita la porterà, sarai sempre l'uomo che le ha mostrato come è l'amore, che le ha insegnato cosa significa essere forte, gentile e leale. Ma devi lasciarla crescere.»

«Dovrei andare a parlarle, scusarmi per la mia reazione esagerata. Non andartene. Ti prego.»

Annuii. «Fai con comodo.»

Non appena salì le scale, presi la borsa e la giacca dalla sedia della cucina. Ero contenta che fosse andato a scusarsi con Chloe. E mi dispiaceva che stesse ancora cercando di affrontare la vita senza Rebecca, ma che il diavolo mi porti se fossi rimasta lì a farmi mancare di rispetto di nuovo.

OTTO

L'imponente, anche se un po' datata, facciata in mattoni e tegole della sede centrale della Harcourt Foods si ergeva davanti a me mentre scendevo dal taxi. Questa volta mi soffermai a osservarla, pensando già a quale angolazione avremmo dovuto usare per la foto con cui annunciare la partnership con Channing Gabriel. I miei tacchi ticchettarono sicuri sulla piazza di cemento consumato, mentre la brezza primaverile mi sferzava ciocche di capelli sul viso. Era ben diverso dai grattacieli di vetro e acciaio che visitavo di solito. Ma questo era uno dei motivi per cui l'azienda mi piaceva. Non cercavano di impressionare o di fingere di essere qualcosa che non erano: producevano cibo surgelato e lo vendevano a un prezzo accessibile. Questo approccio diretto e senza fronzoli era di una rinfrescante onestà e faceva guadagnare loro centinaia di milioni di dollari di fatturato all'anno.

Mi concessi un piccolo sorriso trionfante mentre raggiungevo le porte d'ingresso. Ottenere un incontro con il patriarca in persona, il vecchio Harcourt, dopo una sola presentazione al suo team di prodotto? Dovevo averli davvero sbalorditi con la mia proposta. Mi piace pensare di essere brava, ma ragazzi, se fossi riuscita a chiudere l'accordo, sarebbe stata la conclusione più rapida di sempre. Senza contare che l'acquisizione di questo cliente avrebbe fatto impallidire i successi di Zoe con GreenShoots, il che significava un'alternativa salutare alla carne, un contratto mensile ancora più salutare... e Rachel Holmes, *socia*.

Cercai di calmare le farfalle nello stomaco mentre mi avvicinavo al bancone della reception. Ci siamo. Questa era l'occasione per impressionare il vero responsabile delle decisioni e sigillare l'accordo. Tutto il mio duro lavoro stava per essere ripagato.

La receptionist mi rivolse un sorriso smagliante, sinceramente lieta di vedermi. «Benvenuta alla Harcourt Foods, signorina Holmes. La stanno aspettando nella sala riunioni del consiglio direttivo.»

Mi scortò lungo il corridoio e io la seguii, con il battito cardiaco che accelerava a ogni passo. Quando arrivammo, mi rivolse un sorriso luminoso e mi fece un pollice in su. Mi fermai davanti alla pesante porta di legno per ricompormi prima di entrare. Scorsi la mia lista di controllo mentale, controllai i bottoni della giacca, sistemai i polsini della camicia e aprii la porta.

All'interno, un lungo tavolo di mogano si estendeva davanti a me, circondato da sedie in pelle con schienale alto. Erano tutte vuote tranne una. Un uomo con i capelli tirati all'indietro e un sorriso troppo smagliante si alzò per salutarmi.

«Signorina Holmes! Piacere di conoscerla. Sono Vincent Adler, vicepresidente del marketing.» Mi strinse la mano un po' troppo a lungo, il suo sguardo che mi scrutava in un modo che mi fece accapponare la pelle.

Mi guardai intorno nella stanza altrimenti deserta, cercando di mascherare la mia confusione. «Signor Adler, avevo l'impressione che oggi mi sarei incontrata con il signor Harcourt e il consiglio direttivo...»

«Cambio di programma!» esclamò Adler, battendo le mani. «Il vecchio è stato trascinato in un'emergenza di golf...

ehm, volevo dire, del Golfo... una fuoriuscita di petrolio... Sa com'è. Ma per sua fortuna, è la mia opinione che conta da queste parti.»

Mi fece un occhiolino complice e dovetti trattenermi fisicamente dal tirarmi indietro. Non era affatto così che avevo immaginato sarebbe andata la giornata. Mi sforzai di sorridere educatamente mentre mi faceva cenno di sedermi.

Adler si appoggiò allo schienale della sedia, con le mani dietro la testa come se si stesse rilassando a bordo piscina negli Hamptons invece che in un ufficio aziendale. «Allora, ho sentito che ha questa grande idea di trasformarci tutti in un branco di fricchettoni mangia-tofu, eh?»

La sua risatina sprezzante mi urtò i nervi. Era chiaro che questo tizio non si era nemmeno preso la briga di dare un'occhiata alla mia proposta. Ma col cavolo che avrei permesso alla sua arroganza di rovinare questa opportunità. Non ero arrivata dove ero tirandomi indietro di fronte alle sfide.

Mi raddrizzai e sostenni il suo sguardo senza battere ciglio, raccogliendo ogni briciolo del mio fascino professionale. «In realtà, signor Adler, le proteine vegetali sono il settore in più rapida crescita nell'industria alimentare. Se la Harcourt Foods vuole rimanere rilevante, non può permettersi di ignorare questo mercato...»

Sperai solo di sembrare più sicura di quanto mi sentissi mentre iniziavo la mia presentazione. Potevo solo fare del mio meglio, anche se significava convincere un presuntuoso del marketing invece dell'uomo effettivamente al comando. Avevo fatto troppa strada per lasciare che qualcuno snobbasse la mia visione. La Harcourt Foods aveva bisogno di me, che se ne rendessero conto o meno.

«... ed è per questo che una partnership con Channing Gabriel per una linea di alternative al pollo posiziona perfettamente la Harcourt Foods per il futuro dell'alimentazione sostenibile,» conclusi, con la voce che risuonava di convinzione mentre indicavo l'ultima diapositiva della mia presentazione.

La sala riunioni piombò nel silenzio. Cercai una reazione sul volto di Adler. La sua espressione era indecifrabile e, per un momento, mi concessi di sperare che forse, solo forse, fossi riuscita a far breccia.

Poi rise. Una fragorosa, beffarda risata che echeggiò contro le pareti rivestite di legno lucido.

«Alimentazione sostenibile? Andiamo, dolcezza. La gente non vuole un piatto di spinaci e quinoa dopo una dura giornata di lavoro. Non proprio. Vogliono cibo vero.»

Il calore mi salì alle guance per la condiscendenza che grondava dalle sue parole. *Dolcezza?* Ma chi si credeva di essere questo tizio? Ricacciai indietro la risposta che avevo sulla punta della lingua, ricordando a me stessa che perdere la calma non mi avrebbe aiutata.

«Con tutto il rispetto, signor Adler,» dissi in modo uniforme, «i dati mostrano una chiara tendenza verso le opzioni a base vegetale. E sta crescendo in modo esponenziale. Ignorare questo cambiamento potrebbe significare perdere l'opportunità di affermare il vostro marchio come leader di categoria e, con esso, un'enorme opportunità di crescita.»

Lui fece un gesto sprezzante con la mano. «Dati, balle. Sono in questo settore da più tempo di quanto lei sia al mondo, ragazzina. Credo di sapere cosa si vende. Non produciamo cibo per i liberal della California, produciamo cibo vero per le famiglie lavoratrici.»

Ragazzina? Sul serio? Serrai la mascella, le unghie che mi si conficcavano nei palmi mentre lottavo per mantenere la calma. Potevo quasi sentire le mie possibilità di assicurarmi questa partnership scivolarmi tra le dita a ogni parola paternalistica che usciva dalla bocca di Adler.

Feci un respiro profondo, determinata a non lasciare che il suo palese sessismo e la sua mentalità ristretta avessero la meglio su di me. «Signor Adler, credo fermamente che la Harcourt Foods debba adattarsi alle mutevoli preferenze dei consumatori. Se solo desse un'occhiata più da vicino alla mia proposta...»

Ma lui si stava già alzando, abbottonandosi la giacca con aria definitiva. «Credo che abbiamo finito qui, signorina Holmes. Grazie per i suoi... spunti, ma penso che ci atterremo a ciò che sappiamo che funziona.»

Il congedo bruciava come uno schiaffo. Rimasi lì, stordita, mentre lui usciva a grandi passi dalla stanza senza nemmeno uno sguardo indietro. La pesante porta si chiuse alle sue spalle con un tonfo, lasciandomi sola nell'enorme sala riunioni, con la mia presentazione meticolosamente preparata che ancora brillava sullo schermo.

Mi lasciai cadere sulla sedia, il petto oppresso dalla frustrazione e dall'umiliazione. Non potevo credere di aver giudicato la situazione in modo così sbagliato. Pensavo di avercela in pugno. Che avrebbero implorato di innovare. Di collaborare. Di vincere. E invece ero stata liquidata con una risata da un dinosauro misogino che non riusciva a vedere oltre il proprio ego.

La delusione si depositò come un peso di piombo nel mio stomaco mentre la realtà affondava. Avevo mandato tutto all'aria. Tutto quel lavoro, tutta quella preparazione, per niente. Cosa dirò al team della CGPR? Come potrò guardarli in faccia dopo questo fallimento epocale?

Cercai di ricompormi. Non potevo lasciare che questa battuta d'arresto mi distruggesse. Avevo affrontato di peggio e ne ero uscita reagendo con le unghie e con i denti.

Ma anche mentre mi facevo questo discorso di incoraggiamento, non riuscivo a scrollarmi di dosso la sensazione assillante che non si trattasse solo della Harcourt Foods. Riguardava tutto: la mia carriera, la mia vita, le mie priorità. Mi sentivo alla deriva ed era spaventoso. Improvvisamente fui colpita dal pensiero che se GreenShoots non ci avesse sorpreso con la richiesta di una proposta, ora sarei a fare cose da campeggio con mia sorella e la sua famiglia, e forse mi starei anche divertendo. Volevo solo ritirarmi nella mia stanza di motel, chiudere le tende e sdraiarmi sul letto.

Raccolsi le mie cose e uscii a grandi passi dalla sala riunioni, con il mento sollevato in segno di sfida anche mentre il mio cuore sprofondava. Potevo sentire lo sguardo compiaciuto del vicepresidente trafiggermi la schiena mentre si aggirava vicino alla reception, ma mi rifiutai di dargli la soddisfazione di vedermi crollare.

Mentre percorrevo i corridoi rivestiti di legno della sede della Harcourt Foods, la mia mente era un turbinio di pensieri ed emozioni contrastanti. Rabbia per l'atteggiamento sprezzante del vicepresidente. Frustrazione per l'opportunità mancata. E un rosicchiante senso di insicurezza che non riuscivo a scrollarmi di dosso.

Mi fermai davanti a una vetrata a tutta altezza vicino alla reception, guardando fuori verso l'autostrada e lo skyline di Portland in lontananza. La città sembrava pulsare di energia e possibilità, un netto contrasto con la delusione soffocante che mi avvolgeva.

Dovevo concentrarmi sul limitare i danni, sul trovare un modo per salvare questo disastro e dimostrare il mio valore a Helen e al resto del team dirigenziale dell'agenzia.

NOVE

Tornata al motel, mi ritirai nella mia stanza. Avevo a malapena l'energia di controllare le notizie sul telefono. Il Monte Spurr continuava a eruttare cenere e il traffico aereo era ancora a terra in tutti gli Stati Uniti. Sembrava che sarei rimasta lì per un bel po' di tempo. Forse il suggerimento di mamma di guidare per millecento miglia per raggiungerli non era poi così male.

Fissai fuori dalla finestra, osservando la pioggia che scendeva a cascata sul vetro in rivoli costanti. Il tempo cupo si abbinava perfettamente al mio umore. Non potei fare a meno di crogiolarmi nell'autocommiserazione, sentendomi completamente sola e sconfitta. Qualunque fascino avesse avuto quel piccolo motel a conduzione familiare era svanito, insieme al mio umorismo.

Per la prima volta da quando ero arrivata, pensai che se dovevo rimanere bloccata in quella città per chissà quanto tempo, avrei dovuto farlo nel comfort di un cinque stelle, con spa interna e servizio in camera. E non aiutava il fatto che Dan lavorasse lì e che c'era ogni possibilità che ci incontrassimo.

Invece di dissiparsi, il mio fastidio per ciò che aveva detto, e insinuato, era in realtà aumentato durante la notte e ora rasentava la rabbia. No, non sono una madre, Dan. Ma sono una donna, e una volta ero una bambina spaventata che stava diventando un'adolescente. Proprio come Chloe. Confusa, impaurita e sopraffatta, mentre cercavo di dare un senso al mondo e al mio posto in esso.

C'era un motivo se non mi concedevo mai del "tempo per me", perché la situazione si faceva cupa, e in fretta. Meglio tenersi occupati. Meglio non rimuginare.

Nonostante tutti i miei successi professionali, mi ritrovai a considerare seriamente se fossi davvero un'impostora. Era l'unica spiegazione logica. Avevo paura di analizzare troppo a fondo i miei successi passati, perché a dire il vero, forse si era trattato solo di essere nel posto giusto al momento giusto, e non ero sicura di essere pronta per quel tipo di dura verità. Certo, mi ero convinta che la mia capacità di acquisire nuovi clienti fosse dovuta alle mie meticolose ricerche e alla mia ossessione di entrare nella mentalità dei clienti del mio cliente. Ma, sapete una cosa, forse era perché il team della Channing Gabriel si era costruito una reputazione talmente ottima, che bastava che entrassi nella stanza e riuscissi a non inciampare, perché diventassero clienti a prescindere. Forse non firmavano per merito mio, ma nonostante me.

Qual era il costo di questo presunto successo? Le lunghe ore, i sacrifici, le occasioni mancate di un legame personale autentico. Avevo riversato tutto nella mia carriera, e ora stavo perdendo contro Zoe a causa di un pasticcio amministrativo, nonostante i mesi di lavoro preparatorio che avevo fatto per conquistare GreenShoots. Cavolo, non saremmo nemmeno stati invitati nella stanza per la presentazione se non fosse stato per i miei sforzi di far finire la Channing Gabriel sul loro radar. Il vuoto dentro di me cresceva a ogni minuto che passava, e pensai per la prima volta in vita mia che potessi essere sul punto di perdere completamente la testa.

Il mio telefono vibrò, scuotendomi dalle mie riflessioni malinconiche.

Era un messaggio di Dan:

> Ehi Rachel, mi sento malissimo per come sono andate le cose ieri sera. Ti prego, lasciami chiedere scusa. Di persona, non per messaggio.

Esitai, con il dito sospeso sullo schermo. Una parte di me voleva rifiutare, ritirarsi ulteriormente nella mia solitudine. Non mi sentivo davvero di fare buon viso a cattivo gioco. Non oggi. Ma un'altra parte di me, quella che stava uscendo di testa a guardare quelle quattro mura, mi spingeva ad accettare. Dopotutto, cosa avevo da perdere? Non era come se questa settimana potesse andare peggio.

Digitai la mia risposta:

> Certo, perché no. Ci vediamo nella hall tra 10 minuti?

> Grazie. A tra poco.

Con un sospiro, mi trascinai giù dal letto e infilai un paio di ballerine. Intravidi il mio riflesso nello specchio: occhi stanchi, spalle curve, ben lontana dalla raffinata executive delle PR che di solito presentavo al mondo. Ma in quel momento, non riuscivo a trovare l'energia per indossare quella maschera.

Afferrai la borsa e uscii dalla porta, preparandomi mentalmente alle scuse in grande stile di Dan. Sebbene credessi fermamente che tutti meritassero una seconda possibilità, non potei fare a meno di chiedermi se fosse un errore. Ma avevo davvero bisogno di uscire da quella stanza, e un po' di compagnia, anche se solo quella di un Dan pentito, era troppo allettante per resistere.

Le porte scorrevoli si aprirono e vidi Dan che aspettava nella hall, con le mani infilate nelle tasche. Alzò lo sguardo mentre mi avvicinavo, offrendo un sorriso incerto.

«Ehi, grazie di vedermi», disse, con la voce venata di sincera gratitudine.

Feci spallucce, cercando di apparire disinvolta. «Beh, non è che abbia di meglio da fare.»

Ridacchiò piano e, per un momento, la tensione tra noi si allentò.

«Ti dispiace se andiamo fuori?», chiese, indicando la sua macchina nel parcheggio.

Dan mi aprì la portiera e io saltai sul sedile del passeggero rapidamente per evitare la pioggia.

Corse intorno all'auto e si lasciò cadere al posto di guida, chiudendo la portiera.

«Senti, Rachel, volevo scusarmi per il mio comportamento di ieri sera», cominciò, con tono sincero. «Sono stato fuori luogo, e mi dispiace.»

Studiai il suo volto, cercando un qualsiasi accenno di insincerità, ma trovai solo un genuino rimorso. Lentamente, annuii. «Lo apprezzo, Dan. È stata una settimana difficile per entrambi.»

Sospirò, passandosi una mano tra i capelli. «Forse, ma non è una scusa. Eri un'ospite a casa mia, e stavi esprimendo un'opinione. Non avrei dovuto reagire così. Sono stato maleducato.»

Feci spallucce. «Va tutto bene. Scuse accettate. È acqua passata.»

Ma anche mentre lo dicevo, sapevo che non era del tutto vero. Lo avevo sentito come un attacco personale, e mi aveva ferito. Mi feriva ancora.

Un silenzio imbarazzante calò su di noi.

Dan si mosse sul sedile, le dita che tamburellavano contro il cruscotto. «Allora, come te la stai cavando? Con la nuvola di cenere e tutto il resto?»

Una parte di me voleva mantenere la facciata professionale, insistere sul fatto che stavo bene e che avevo il controllo.

Ma qualcosa nell'espressione seria di Dan mi costrinse a essere onesta.

«È stata dura», ammisi, con la voce più bassa di quanto intendessi. «L'incontro di oggi non è andato molto bene. Non sono abituata a essere bloccata così, incapace di fare il mio lavoro, incapace di sistemare le cose. Ci passo pochissimo tempo, ma in realtà mi manca il mio appartamento. Le mie cose, il mio letto... mi sono resa conto che non sono brava a vivere con una piccola valigia per più di un giorno o due.»

Annuì, con la comprensione che balenava nei suoi occhi. «Lo capisco. È difficile sentirsi impotenti, specialmente quando si è abituati ad avere il controllo.»

Un silenzio imbarazzante calò di nuovo, e decisi di usare quel momento per tirarmi fuori dall'auto.

«È meglio che vada.» Cercai la maniglia per aprire la portiera.

«Rachel», sbottò Dan, «se non hai niente da fare, e sembra che tu non voglia davvero passare più tempo del necessario nella tua stanza, vuoi venire a casa? So che a Chloe farebbe piacere vederti.»

«Dalle scuse sincere al ricatto emotivo. Astuto.»

«Le farebbe piacere!»

«Lo so», risi. «Scherzo. Farebbe piacere anche a me vederla.»

«Chlo? Sono tornato. C'è anche Rachel.» Dan gridò su per le scale mentre entravamo in soggiorno.

«Okay, papà, scendo tra un minuto. Ehi, Rachel», rispose Chloe.

«Stasera deve avere i compiti.» Dan aprì il frigorifero e tirò fuori una bottiglia di birra artigianale. «Gradiresti qualcosa da bere? Una birra? Del vino?»

«Un bicchiere di bianco sarebbe adorabile.» Con la giornata che avevo avuto, lo sarebbe stato davvero.

Mentre sorseggiavamo i nostri drink, la tensione si dissipò, sostituita da una tregua provvisoria. Ma proprio mentre cominciavo a rilassarmi, Dan si schiarì la gola, con un'espressione imbarazzata sul volto.

«Scusa ancora per ieri sera», ammise, distogliendo lo sguardo dal mio.

«Va bene», riuscii a dire, con la voce attentamente neutra. «Ti sei scusato, andiamo avanti.»

Fece spallucce, le dita che stuzzicavano l'etichetta della sua bottiglia di birra. «Mi sono abituato così tanto a prendere tutte le decisioni da quando... Penso di aver confuso "l'essere deciso" con "l'avere sempre ragione". Sono passati otto anni, ma sto ancora cercando di capire come farcela. Capisci? Immagino di essere così abituato a essere *papà*, che ho dimenticato chi è Dan.»

Annuii, comprendendo fin troppo bene la sensazione di essere disconnessa dalla propria vita, dalla propria identità.

«È difficile», dissi a bassa voce, «cercare di scoprire chi sei veramente, quando tutto intorno a te sta cambiando.»

Incontrò il mio sguardo, un lampo di sorpresa e gratitudine nei suoi occhi. «Sì, esattamente.»

Istintivamente allungai la mano, appoggiandola leggermente sul suo braccio. «Non c'è fretta. Ne hai passate tante. Datti tempo per guarire, per ritrovare l'equilibrio.»

Dan bevve un lungo sorso di birra.

«Sai, quando ero nello show, tutto sembrava così facile. La fama, il successo, l'adorazione... era come una droga. Mi ci sono lasciato prendere, lasciando che mi consumasse.»

«Ma ho trascurato ciò che contava davvero: la mia famiglia. Ero così concentrato sulla mia carriera, a inseguire la prossima emozione, il prossimo stipendio, che non mi rendevo conto di quanto mi stessi perdendo. E poi, quando Rebecca è morta...»

La sua voce si spezzò e gli strinsi delicatamente il braccio, incoraggiandolo silenziosamente a continuare.

«Non c'ero per lei, non come avrei dovuto. Ero troppo occupato, troppo egocentrico. A caccia di soldi, ma senza sapere per cosa. E ora, ogni giorno, porto con me quel senso di colpa.»

Sentii un nodo formarsi in gola, il cuore che mi doleva per lui, per il dolore che aveva sopportato.

«Dan», dissi dolcemente, «non puoi darti la colpa. Volevi provvedere alla famiglia. Non c'è niente di sbagliato in questo. Hai fatto del tuo meglio, date le circostanze. E ora sei qui, per Chloe, essendo il padre di cui ha bisogno. È questo che conta.»

Annuì, ricacciando indietro le lacrime che gli luccicavano negli occhi.

«È solo che... voglio fare di meglio, *essere* migliore. Per Chloe, per me stesso. Voglio andare avanti, far tornare la luce nella mia vita, nelle nostre vite. Non so, forse anche ricominciare a uscire con qualcuno.»

Discussi con me stessa per un momento se riprendere la conversazione, ma c'erano ancora cose non dette. Prima che potessi tornare alla diplomazia, sbottai. «Sai... andare avanti non significa solo ricominciare a uscire con qualcuno.»

Gli occhi di Dan si spostarono verso di me, guardinghi.

Insistei. «Significa accettare che le cose cambiano. Che le *persone* cambiano.» Diedi un'occhiata verso le scale. «Chloe sta crescendo. E sarà sempre tua figlia, ma non sarà sempre una bambina.»

La sua mascella si tese, ma rimase in silenzio.

«Non volevi sentirlo ieri sera», continuai dolcemente. «Ma questo è un momento delicato per lei. Sta cercando di capire chi è, mettendo alla prova i limiti, volendo dimostrare di essere più indipendente di quanto non sia in realtà. Sì, vorrà fare cose per cui non è pronta. Sì, avrà bisogno delle tue regole, della tua guida, dei tuoi consigli...» Feci una pausa, assicurandomi che stesse davvero ascoltando. «Ma ciò di cui avrà più bisogno di ogni altra cosa è la tua accettazione.»

Dan espirò lentamente, le dita che stringevano il piano di lavoro della cucina un po' più forte. Non ribatté. Non deviò il discorso. Lasciò solo che le parole si depositassero.

Finalmente, annuì. «Hai ragione.» La sua voce era bassa, pensierosa. «So che hai ragione. È solo che... non voglio che si faccia male.»

«Si *farà* male», dissi a bassa voce. «Fa tutto parte del crescere. È inevitabile. Ma se sa che tu ci sei, che c'è una rete di sicurezza, qualunque cosa accada... Che non deve avere paura di parlarti, è questo che conta davvero.»

Dan rimase in silenzio per un lungo momento, fissando fuori dalla finestra l'acqua scura in lontananza. Poi, con una piccola risata priva di umorismo, scosse la testa. «Credo che tu abbia ragione.»

Feci un sorrisetto. «So di avere ragione.»

Sbuffò una risata sommessa.

«Okay, domanda seria. Cosa fai per divertirti?»

Dan batté le palpebre. «Cosa?»

«Per divertirti», ripetei. «Sai cos'è il divertimento, vero?»

Sembrava sinceramente spiazzato, come se fosse la prima volta che qualcuno glielo chiedeva da anni.

«Uhm...» Si strofinò la nuca. «Lavoro alla darsena quando posso. Mi alleno dopo aver lasciato Chloe a scuola. Lavoro al motel.» Fece spallucce. «A parte leggere, non molto.»

Aggrottai la fronte. «Sento molto la parola *lavoro*. Okay, ma gli amici? Uscire?»

L'espressione di Dan divenne leggermente rammaricata. «Già... non tanto. James e i miei amici ci hanno provato per molto tempo. Continuavano a invitarmi fuori, a farmi andare a eventi, incontri, qualsiasi cosa. Mi hanno persino iscritto a qualcuno di quei siti di incontri. Avevo sempre una scusa.» Sospirò. «Dopo qualche anno... hanno semplicemente smesso di chiedere.»

Lo studiai per un momento. Dal modo in cui lo diceva, non c'era amarezza, solo una quieta accettazione.

«Probabilmente hanno solo pensato che avessi bisogno di spazio», dissi con cautela.

Dan annuì, ma il suo sguardo rimase distante. «Sì. Forse.»

Il silenzio si protrasse di nuovo, ma questa volta, lo sentii in modo diverso.

«Sai», dissi con leggerezza, dandogli una gomitata sul braccio, «potresti iniziare a dire di sì.»

Dan emise un piccolo sospiro. «Sì.» Mi guardò, poi, un piccolo sorrisetto che gli tirava l'angolo della bocca. «Forse.»

Non era una promessa. Ma era qualcosa su cui potevo lavorare. Dopo oggi avevo bisogno di una vittoria. Disperatamente.

Non solo una vittoria lavorativa, ma una personale. Qualcosa che mi ricordasse che potevo ancora far accadere le cose. Che sapevo ancora come leggere le persone, plasmare le storie, dare il via a un movimento.

E non potei fare a meno di ripensare a quella conversazione iniziale con Dan. Al modo in cui aveva sorriso quando aveva parlato di recitazione come se fosse un amico perduto da tempo di cui non era sicuro di avere il diritto di sentire la mancanza.

Al modo in cui l'aveva liquidato come se non importasse più, come se non dovesse importare.

Ma se invece importava?

E se potessi aiutarlo a crederci di nuovo? A credere di nuovo in se stesso?

Non l'avrebbe mai chiesto. Questo lo sapevo. E onestamente, era metà del problema. Le persone come Dan, silenziosamente perbene, implacabilmente altruiste, erano così abituate a mettere gli altri al primo posto che dimenticavano di aver mai avuto un sogno proprio.

Ma io me lo ricordavo.

L'avevo visto. Quel barlume.

E poi, come una scintilla che si accende, un'idea prese forma nella mia mente.

«E se... E se dessi una festa? Per aver finito la darsena, per celebrare il tuo nuovo inizio?»

Mi guardò, lo scetticismo che si mescolava alla curiosità nella sua espressione.

«Che tipo di festa?»

«Una festa di inaugurazione! Un'occasione per celebrare questo nuovo capitolo, per circondarti di persone che si preoccupano per te, che ti sostengono. Potrebbe essere come tracciare una linea nella sabbia, segnando l'inizio di qualcosa di nuovo e meraviglioso.»

Potevo vedere gli ingranaggi girare nella sua testa mentre ci pensava, l'iniziale riluttanza che lasciava il posto a un barlume di possibilità. Poi, con la stessa rapidità, una nuvola sembrò passare dietro i suoi occhi.

«Non lo so, Rachel. È passato così tanto tempo da quando ho invitato qualcuno. Non ho più molti amici.»

«È esattamente per questo che devi farlo, Dan. È ora di ricominciare a vivere, di abbracciare l'amore e la luce che ti circondano. Questa festa potrebbe essere il primo passo, un'opportunità per guarire, per ritrovare gioia e uno scopo. E anche se non vuoi farlo per te. Fallo per Chloe.»

Mi fissò per un lungo momento, il conflitto che si manifestava sul suo volto. E poi, lentamente, un sorriso cominciò a tirargli gli angoli della bocca.

«Okay», disse. «Facciamolo. Diamo una festa.» Fece tintinnare la sua bottiglia contro il mio bicchiere di vino, sigillando il nostro patto.

Mi ricordai delle repliche che mamma ci faceva guardare, a me e a Claire, quando eravamo bambine, serie degli anni Ottanta, credo, *Highway to Heaven* e *Quantum Leap*. Forse, solo forse, questa deviazione inaspettata nel Maine era il mio momento *Quantum Leap*: lasciare un po' di allegria e felicità a chi ne aveva bisogno, prima di congedarmi e tornare a Chicago.

Sorseggiai dal mio bicchiere di vino mentre osservavo l'espressione di Dan passare dall'esitazione alla determinazione. Era un cambiamento sottile, ma potevo vedere il barlume di speranza nei suoi occhi, il modo in cui le sue spalle si raddrizzavano leggermente.

«Allora, da dove cominciamo?», chiese, sporgendosi in avanti sui gomiti. «Non sono stato esattamente *uno del gruppo*, ultimamente. Mi sono nascosto in casa, concentrandomi su Chloe. C'è una buona possibilità che non si presenti nessuno.»

«Beh, prima di tutto, e presumo che non ti dispiaccia se organizzo io le cose, dobbiamo fare una lista degli invitati. Chi sono le persone di cui vuoi circondarti, quelle che ti sono state vicine nel bene e nel male?»

Dan aggrottò la fronte, perso nei suoi pensieri per un momento. «Immagino ci sia mio fratello, James. Mi ha sempre coperto le spalle. E forse alcuni dei ragazzi del club nautico, quelli che conoscevano Rebecca...»

La sua voce si spense, e potei vedere il dolore balenare sul suo volto alla menzione della sua defunta moglie. Istintivamente, allungai la mano e la posai sulla sua, stringendola delicatamente.

«È un ottimo inizio», dissi a bassa voce. «E gli amici di Chloe? Sono sicura che le piacerebbe avere alcuni dei suoi compagni di classe alla festa, e potresti conoscere i loro genitori.»

Proprio in quel momento, Chloe scese di corsa le scale, il viso illuminato dall'eccitazione. «Ho sentito parlare di una festa?», chiese con impazienza.

«Rachel qui mi ha convinto a dare una festa di inaugurazione», spiegò Dan, sembrando ancora un po' esitante.

«Una festa di inaugurazione? Per me?» Chloe quasi strillò di gioia.

«Per noi, in realtà», la corresse lui.

«Poco importa. Una festa! Oh mio Dio, sarebbe fantastico!»

Girò su se stessa per la stanza, già spumeggiante di entusiasmo. «Potremmo avere un DJ e ballare! E degli snack! Ooh, che ne dici di un banco dei gelati?»

Il suo entusiasmo era contagioso, e non potei fare a meno di sorridere. Era esattamente la reazione che avevo sperato.

«Vedi?», dissi a Dan, con un sorriso trionfante. «Te l'avevo detto che ne sarebbe stata entusiasta.»

Dan scosse la testa, ma potei vedere un sorriso tirargli le labbra. «Va bene, va bene. Vedo che sono in minoranza qui.»

«Sì!», esclamò Chloe, correndo ad abbracciarlo forte. «Grazie, grazie, grazie! Sarà epico.»

Mentre osservavo il loro abbraccio, mi venne in mente un pensiero. «Ehi Dan, che budget abbiamo per questa festicciola?»

Fece un gesto vago con la mano. «Non preoccuparti di questo. Ce la faremo.»

Sollevai un sopracciglio. «Apprezzo il pensiero, ma le feste possono diventare costose in fretta. Perché non facciamo qualcosa di semplice? Potremmo fare una cena in cui ognuno porta qualcosa, chiedere alle persone di portare dei piatti da condividere. E io posso prendere dei palloncini, degli addobbi, quel genere di cose. Non deve essere sfarzosa per essere divertente.»

Dan mi guardò, un misto di gratitudine e qualcos'altro che non riuscii a decifrare nei suoi occhi. «Lo apprezzo. Ma se dobbiamo farla, facciamola come si deve.»

«Okay, allora. Lasciami chiedere qualche preventivo e preparare un piano.»

«Ehi, ehi. Non mi aspetto che tu organizzi tutto. Posso gestir—»

«Dimmi, Dan», lo interruppi, «quando è stata l'ultima volta che hai dato una festa? No, lascia perdere. Quando è stata l'ultima volta che sei andato a una festa?»

Rise. «Oh, andiamo. Un fusto di birra nell'angolo, popcorn, beer-pong, qualche bibita per i ragazzi... quanto può essere difficile organizzare qualche drink?»

«Quella che hai appena descritto è una festa di una confraternita. Non è una festa. Senti, fidati di me su questo. Lascia fare a me e ti stupirò.»

«Sento che dovrei contribuire almeno.»

«Stai contribuendo! Stai pagando tu. Ma ti prego, ne ho bisogno. Ho bisogno di un progetto su cui lavorare, altrimenti me ne starò seduta nella mia stanza di motel ad avere una crisi esistenziale mentre aspetto che la nuvola di cenere passi.»

«Beh, okay allora. Messa così.»

«Grazie. Ma abbiamo ancora bisogno di una data. Ci sono compleanni in arrivo, o date significative—»

Gli occhi di Dan si spalancarono quando un pensiero lo colpì. «Sai cosa? Facciamola questo weekend. Perché aspettare?»

Per poco non feci cadere la penna che tenevo in mano. «Questo weekend? Ma è mercoledì! Dovremmo organizzare tutto in pochi giorni e—»

«Esatto», interruppe lui, la voce traboccante di eccitazione. «Facciamo le cose in grande. Assumiamo un catering, prendiamo della musica dal vivo, tutto quanto.»

La mia mente vacillò per l'improvviso cambiamento. «Dan, è un pensiero adorabile, ma la spesa... voglio dire, una festa su vasta scala come quella potrebbe costare una cifra significativa.»

Scacciò via la mia preoccupazione, gli occhi che gli brillavano di determinazione. «Va bene. Come ho detto, facciamola come si deve.»

Mi morsi il labbro, combattuta tra il desiderio di creare un'esperienza magica per Dan e Chloe e la voce pratica nella mia testa che urlava di budget e responsabilità finanziaria. «Capisco, ma dobbiamo essere realistici. Sei un padre single, e so quanto possa essere difficile arrivare a fine mese.»

Dan guardò Chloe, che era già al telefono a mandare messaggi ai suoi amici con la notizia. Si sporse in avanti in modo cospiratorio. «Apprezzo la tua preoccupazione. Davvero. Ma a questo ci penso io. Fidati di me.»

La sincerità nella sua voce mi diede fiducia, ma non riuscii a scrollarmi di dosso la preoccupazione insistente. «Mi fido di te, Dan. È solo che non voglio che tu faccia il passo più lungo della gamba per una sola festa.»

Sogghignò, con un lampo malizioso negli occhi. «Chi dice che sia solo una festa? Forse sto pensando di farla diventare una tradizione annuale.»

Dan si frugò in tasca e tirò fuori una carta di credito nera ed elegante. Scarabocchiò una cifra su un pezzo di carta e li fece scivolare entrambi sul tavolo verso di me.

«Cosa sono?»

«Il budget per la festa», disse, come se fosse la cosa più naturale del mondo. «Tutto ciò di cui hai bisogno per renderla perfetta. È solo che non mi piace parlare di soldi davanti a Chloe.»

Fissai la cifra sul foglio, il cuore che mi batteva forte. Era più di quanto avrei mai immaginato di spendere per una festa di inaugurazione. Più di quanto avrei pensato che Dan potesse permettersi.

«Dan, questo è... Ne sei sicuro? Sono un sacco di soldi.»

Si chinò in avanti, i suoi occhi che si agganciarono ai miei. «Ho guadagnato molto durante il periodo dello show, più di quanto sapessi cosa farne all'epoca. Ne ho investita una parte, e da allora sono stato attento. Non è un problema.»

Un debole sorriso gli aleggiò sulle labbra, e colsi il barlume di orgoglio nei suoi occhi. Era chiaro che non stava solo buttando soldi sul problema, ci aveva pensato bene.

Rassicurata, allungai la mano per prendere la carta, le mie dita che sfiorarono le sue, una scossa di quella che sembrava elettricità che mi attraversava. Alzai lo sguardo, chiedendomi se anche lui l'avesse sentita.

Ma stava già andando oltre, prendendo il suo telefono. «Bene», disse, tirando fuori una penna e un blocco note da un cassetto della cucina. «Scriverò alcuni numeri di contatto. La mia lista degli invitati. Scriverò anche chiunque penso possa essere utile. Credo di avere alcuni catering e fornitori che ho usato quando abbiamo comprato la casa la prima volta, ma ti avverto, alcuni di questi numeri potrebbero non essere più attivi.»

Dan mi riempì il bicchiere e, fedele alla sua parola, copiò i nomi e i numeri per me.

«Okay, prima di tutto. Il tema. Sto pensando a "Foresta Incantata". Possiamo trasformare il tuo giardino in un magico paese delle meraviglie boschivo.»

Chiusi gli occhi, immaginandomelo. Lucine scintillanti appese agli alberi, ghirlande di vegetazione, forse anche qualche stravagante fungo a cappello sparso qua e là.

«Mi piace», disse Dan, con voce sommessa. «È perfetto.»

Mentre Dan scarabocchiava altri numeri, mi appoggiai allo schienale della sedia, passando un dito sul bordo del mio bicchiere di vino. Mi sentivo bene a pianificare qualcosa, ad avere un progetto che richiedeva creatività e concentrazione. Sapevo di farlo per Chloe: meritava una serata magica, qualcosa da festeggiare. E lo stavo facendo anche per Dan, aiutandolo ad aprirsi di nuovo ai suoi amici e vicini.

Ma c'era un'altra parte di me che desiderava disperatamente che funzionasse, e non ero sicura che fosse del tutto altruistica. Forse era perché l'idea di essere utile, di fare qualcosa di tangibile, teneva a bada il rodente senso del fallimento. Un'elaborata distrazione. Più facile pianificare una festa che stare seduta in quella stanza di motel, a sezionare ogni momento dell'incontro di oggi. Chiedendomi se fossi brava come pensavo. O peggio, rendendomi conto di aver sempre bleffato. O ancora peggio, rendendomi conto che forse avevo bleffato per tutta la mia carriera.

Scacciai il pensiero, concentrandomi sul compito da svolgere. Organizzare questa festa mi dava uno scopo, mi sembrava qualcosa che potevo effettivamente controllare, a differenza della nuvola di cenere o dell'affare Harcourt o del modo in cui tutta la mia vita sembrava sospesa, bloccata in una sorta di limbo. Se fossi riuscita a farcela, se fossi riuscita a renderla bella, memorabile e perfetta per Chloe, forse avrei potuto dimostrare a me stessa che ero ancora brava in qualcosa.

«Ehi, tutto bene?» La voce di Dan interruppe i miei pensieri, e mi resi conto che stavo fissando il blocco note con aria assente.

Accennai un sorriso e annuii. «Sì, sto solo pensando a delle idee. A questo ci penso io.»

Mi rivolse un sorriso caloroso e riconoscente, e qualcosa nel mio petto si allentò un po'. Non avrei lasciato che le mie insicurezze rovinassero tutto questo. Non per loro. E non per me.

DIECI

━━━ ♥ ─────────────────────

Dopo aver passato gran parte della mattinata a dare la caccia a fornitori a Portland, guidai fino a casa di Dan sul grosso bestione rosso, optando per un percorso piuttosto tortuoso, convincendomi che stavo facendo la turista, quando la verità era che semplicemente adoravo guidare un pick-up enorme. Ero ufficialmente convertita.

Mi fermai davanti a casa di Dan e il motore rombò come un piccolo terremoto mentre mettevo in folle. Era ridicolo, praticamente un monster truck in confronto alla mia elegante auto da città, ma a quel punto avevo semplicemente accettato che io e il Maine avevamo idee molto diverse sui mezzi di trasporto appropriati.

Dan uscì sul portico mentre spegnevo il motore, con le braccia incrociate e le sopracciglia alzate. «Stai compensando qualcosa?»

Feci un sorrisetto, saltando giù dal sedile del conducente – seriamente, su quel coso ci si doveva arrampicare – e chiusi la portiera con un *tonfo* secco. «Sì. La totale mancanza di auto a noleggio funzionanti in questo stato.»

Lui fece un fischio sommesso, squadrando il pick-up. «Pensi di trasportare legname dopo la festa? O magari vuoi unirti a una squadra di operai?»

Lanciai le chiavi in aria e le afferrai. «Veramente, stavo pensando di avviare un'attività secondaria di corse nel fango. Pensi che potrei farcela?»

Dan inclinò la testa, fingendo di riflettere. «Non so. Forse dovresti prima sostituire i tacchi con degli scarponi da lavoro.»

Abbassai lo sguardo sui miei stivaletti e feci spallucce. «Eleganti e funzionali. Sono una donna dai molti talenti.»

Lui ridacchiò, avanzando per prendermi le borse dalle mani. «Andiamo, ragazza di città. Ti faccio entrare prima che tu inizi a spaventare la gente del posto.»

Lo seguii su per i gradini, sorridendo. «Sei consapevole di essere uno della gente del posto, vero?»

«Sì» gridò lui da sopra la spalla, «ed è per questo che parlo per esperienza.»

Scossi la testa, divertita, mentre lui apriva la porta e si faceva da parte per lasciarmi entrare. La casa odorava di legno fresco e caffè, e qualcosa in essa – nell'essere lì – sembrava stranamente... facile. Persino familiare.

Il che era una sensazione pericolosa.

La scacciai, lasciando cadere le chiavi sul bancone.

«Allora» disse lui, appoggiandosi al frigorifero, «cosa è rimasto da fare? Posso aiutare.»

Feci una pausa, con le mani sospese sopra la lista di cose da fare. Sentivo la sua irrequietezza, il modo in cui i suoi occhi continuavano a spostarsi verso il cortile, dove la rimessa per la barca, verniciata a metà, era in attesa.

Feci un sorrisetto. «Vuoi davvero aiutare con i preparativi della festa?»

Lui si strinse nelle spalle, staccandosi dal frigo. «Non mi dispiace.»

Inarcai un sopracciglio. «Non ti dispiace, o preferiresti essere fuori a dare un'altra mano di vernice alla rimessa?»

Dan sbuffò. «Pensi che ne abbia bisogno?»

Incrociai le braccia, inclinando la testa. «Chiaramente lo

pensi tu, per come la stai guardando...» Lasciai la frase in sospeso, stuzzicandolo.

La sua bocca ebbe un fremito, come se volesse ribattere ma sapesse che l'avevo in pugno. Lanciò un'occhiata fuori dalla finestra, solo per un secondo.

Sospirai platealmente, facendogli cenno di andare. «Vai. Dipingi. Lega con la tua struttura. Io posso occuparmi del resto.»

Dan esitò. «Sei sicura?»

Indicai le decorazioni disposte ordinatamente, che dovevano essere tutte appese. «Ce la faccio. E poi, probabilmente saresti solo d'intralcio.»

Lui alzò gli occhi al cielo ma non protestò. «D'accordo. Ma se hai bisogno di qualcosa...»

«Non ne avrò bisogno» lo interruppi.

Mi puntò un dito contro mentre indietreggiava verso la porta. «Se cambi idea...»

«Non la cambierò» ripetei, sorridendo.

Sbuffò una risata e finalmente cedette. «Va bene, va bene. Grida se hai bisogno di me.»

Lo guardai mentre usciva, infilandosi già la felpa con il cappuccio come se avesse aspettato il permesso per tornare al lavoro. Nel secondo in cui mise piede sul molo, le sue spalle si rilassarono, e io scossi la testa.

Eh sì. Voleva davvero che la rimessa risplendesse.

A mezzogiorno in punto, un fattorino arrivò con gli inviti stampati che avremmo usato per tutti quelli che vivevano in zona. Fissai la distesa colorata sparsa sul tavolo della cucina, con la mente che brulicava di possibilità. La festa di inaugurazione della casa di Dan era l'occasione perfetta per orchestrare l'annuncio del suo grande ritorno sulle scene.

Forse non lo sapeva ancora, ma era esattamente ciò di cui aveva bisogno.

Gli inviti con scritte dorate in rilievo sembravano abbastanza eleganti per annunciare un evento che avrebbe cambiato la vita. Erano perfetti.

Afferrai la mia penna preferita, quella che di solito riservavo alla firma dei contratti con i clienti, e iniziai a buttare giù delle idee per il testo dell'invito. Doveva essere il giusto mix di intrigante e misterioso, abbastanza da stuzzicare la curiosità della gente senza svelare la sorpresa.

«Siete cordialmente invitati a L'Evento del Maine, una serata di inaugurazione della casa, per celebrare nuovi inizi ed emozionanti rivelazioni.»

Lo lessi ad alta voce, picchiettandomi la penna sul mento. «Mmm, non male.»

Dan poteva essere riluttante all'inizio, ma sapevo che in fondo desiderava far rivivere la sua carriera di attore. Aveva solo bisogno di una piccola spinta nella giusta direzione.

Raccolsi gli inviti scelti, immaginando lo sguardo di sorpresa e gratitudine sul volto di Dan quando si sarebbe reso conto di ciò che avevo fatto per lui. Certo, era un po' anticonvenzionale prendere una decisione così importante senza consultarlo, ma a volte le persone hanno bisogno di una spinta, specialmente quando sono sull'orlo di qualcosa di grande e si rifiutano di fare il salto.

Mentre infilavo gli inviti in buste bianche e fresche di stampa, l'attesa cresceva nel mio petto. Questa festa non riguardava solo il ritorno di Dan sulle scene; si trattava di mostrargli che aveva qualcuno dalla sua parte, che faceva il tifo per lui e credeva nei suoi sogni.

Sigillai l'ultima busta con un gesto deciso, un sorriso che mi increspava le labbra.

Meglio chiedere perdono che permesso, giusto?

Beh.

Che vada come vada.

Infilai gli inviti nella borsa, le dita che indugiavano per un momento sul morbido lembo dell'ultima busta, come se una parte di me sapesse che stavo superando una specie di linea invisibile. Ma avevo fatto pace con la cosa. Forse Dan non lo capiva adesso, ma lo avrebbe capito.

A volte, dobbiamo credere noi per gli altri, quando loro non riescono a farlo da soli, almeno finché non si ricordano come si fa.

L'ufficio del Portland Tribune ferveva di attività quando varcai le porte a vetri, con una pila di inviti discretamente nascosta nella borsa.

L'aria era densa dell'odore di caffè fresco e inchiostro di stampante, il ticchettio delle tastiere riempiva lo spazio mentre i giornalisti parlavano rapidamente al telefono o stavano chini sulle loro scrivanie. Scrissi la stanza con lo sguardo, catalogando mentalmente l'energia. Le redazioni erano molto simili alle agenzie di PR: un caos organizzato, alimentato da caffeina e scadenze imminenti.

Mi avvicinai al banco della reception, spalle dritte, con la sicurezza impostata sulla massima modalità da PR.

Questa non era solo una festa.

Era una svolta.

E iniziava adesso.

«Salve» dissi, sfoderando il mio sorriso più accessibile ma professionale. «Speravo di parlare con qualcuno di un evento imminente. È piuttosto esclusivo, e penso che i suoi lettori sarebbero molto interessati.»

La receptionist, una giovane donna con un caschetto liscio e occhi curiosi, si sporse leggermente in avanti. «Oh. Di che tipo di evento stiamo parlando?»

Abbassai la voce in tono cospiratorio, come se le stessi svelando uno scoop colossale. «Diciamo solo che riguarda una celebrità locale molto amata che farà un annuncio importante. Non posso rivelare troppo per ora, ma si fidi, sarà sulla bocca di tutti.»

Le sue sopracciglia schizzarono in alto, e potevo quasi vedere le rotelline girare nella sua testa.

«Intrigante!» disse lei, afferrando un blocco note. «Che tipo di annuncio?»

«Qualcosa che farà parlare tutti.» Lasciai che la pausa si allungasse. «Un nuovo capitolo. Un ritorno. Forse anche... una storia di redenzione.»

Lei espirò, chiaramente abboccato. «Mi lasci vedere se il nostro redattore dello spettacolo è disponibile. Un secondo.»

Mentre alzava il telefono, mi concessi un piccolo sorriso soddisfatto. Il seme era stato piantato, e potevo già sentire l'entusiasmo iniziare a crescere.

Con l'articolo di giornale avviato, cambiai marcia e partii per la mia prossima missione: consegnare gli inviti ai vecchi amici di Dan, quelli che era stato così bravo a evitare per tutti quegli anni.

Tornai a Biddeford sul grosso bestione rosso, questa volta prendendomi il tempo di attraversare la città.

Non perché dovessi.

Solo perché...

Ok, va bene, adoro questo pick-up. Rende la guida divertente.

C'era qualcosa di stranamente potente nello stare seduta così in alto, sentire la potenza del motore sotto di me, guardare il pittoresco paesaggio del Maine scorrere via.

Biddeford non era grande o appariscente, ma c'era qualcosa di affascinante in essa.

Era una città con una storia, con un carattere, con persone che si conoscevano da decenni.

A differenza di Chicago, dove tutto si muoveva a rotta di collo, dove i volti delle persone si confondevano, dove persino le amicizie potevano sembrare... transazionali.

Mi fermai fuori dalla prima casa sulla mia lista – quella di Karl – una modesta villetta a due piani con un dondolo sul portico e un vecchio Labrador che mi osservava dai gradini.

Scesi, con l'invito in mano, e mi avvicinai alla porta. Sapevo che queste persone non si aspettavano di vedermi.

Diavolo, non mi conoscevano affatto.

Ma sapevo che significavano qualcosa per Dan. La sua vecchia comitiva, quelli che avevano cercato di riportarlo nel mondo dopo la morte di sua moglie.

Quelli che si era lasciato sfuggire.

Bussai due volte. La porta si aprì per rivelare un uomo dalle spalle larghe sulla fine dei trent'anni, con la fronte aggrottata mentre mi squadrava.

«Posso aiutarla?»

«Salve.» Sorrisi, porgendogli la busta. «Sono Rachel. Un'amica di Dan. Sta organizzando una festa di inaugurazione della casa e volevo assicurarmi che riceveste un invito.»

Una pausa. Il suo sguardo passò al pick-up, poi di nuovo a me.

«Lei è di queste parti?»

Scossi la testa. «Solo in visita. Ma ho pensato che agli amici di Dan avrebbe fatto piacere avere l'occasione di ritrovarsi con lui.»

L'espressione di Karl si addolcì leggermente. Prese la busta, rigirandosela tra le mani.

«Non vedo Dan da un po'.»

Annuii. «Sì, è una cosa che sento spesso.»

Ci fu un attimo di silenzio. Poi, con mia sorpresa, ridacchiò, scuotendo la testa.

«Cavolo, è sempre stato un testone cocciuto. Immagino sia ora che qualcuno lo trascini di nuovo nel mondo civile.»

Sogghignai. «È questo il piano.»

Uno è andato.

Risalii sul bestione di pick-up, inserii l'indirizzo successivo nel navigatore e feci rombare il motore.

Verso la prossima tappa.

UNDICI

Quando torno a casa, il sole ha già iniziato la sua lenta discesa dietro gli alberi, gettando una calda luce ambrata sul giardino. Il cuore mi batte ancora forte per il vortice delle ultime ore: rintracciare i vecchi amici di Dan, consegnare gli inviti e allertare la stampa sulla grande rivelazione.

Tecnicamente, non ho mentito. Semplicemente... non glie-l'ho detto. Non ancora.

Ora, il giardino si sta lentamente trasformando. Le ultime file di lucine vengono districate, alcune sedie pieghevoli sono già arrivate dal fornitore e sono impilate, pronte per essere sistemate domani. C'è un'aria frizzante di potenziale e la adoro.

La festa si farà. I ristoratori sono confermati, il menù finalizzato: locale, fresco e abbastanza ricercato da fare colpo senza mettere a disagio gli invitati. Ho persino trovato una ditta di noleggio per eventi disposta a fare una consegna e un'installazione dell'ultimo minuto di tavoli e decorazioni per domani. Foresta Incantata, come mi aveva promesso Pinterest.

Mi fermo vicino al portico, spolverandomi la terra dalle mani e osservando la scena con uno strano misto di nervosismo e orgoglio. Sta prendendo tutto forma. Spero solo che Dan la veda come la vedo io: una festa, non una trappola.

Come a comando, la zanzariera della porta cigola aprendosi alle mie spalle e Chloe irrompe fuori, con la borsa per la notte che le oscilla al braccio. I suoi occhi sono sgranati per l'eccitazione e all'improvviso tutto ricomincia a muoversi velocemente.

«Papà! Papà!» urla, serpeggiando tra i tavoli finché non raggiunge Dan, che è impegnato a riordinare la veranda. «Ha appena chiamato Sarah! Sua madre ha detto che posso dormire da lei stanotte! Posso andare?»

Dan si raddrizza, si pulisce le mani sui jeans e mi lancia un sorriso sghembo prima di tornare a guardare Chloe.

«Non lo so, Chloe. Domani c'è scuola.»

«La mamma di Sarah mi porta a scuola con lei domani.»

«Non è questo che mi preoccupa. Sono abbastanza sicuro che voi due starete sveglie tutta la notte a spettegolare e domani sarai esausta.»

«Prometto che non lo faremo. E poi, la mamma di Sarah ha una regola ferrea: a letto alle nove.»

Dan valuta la richiesta di Chloe, squadrando la figlia come un sergente istruttore prima di scoppiare in un gran sorriso.

«Ok, allora. Hai preparato tutto?»

Chloe annuisce entusiasta. «Sì! Ho già preparato le mie cose. Sua madre passa a prendermi tra dieci minuti!»

Le sopracciglia di Dan si sollevano in una lieve sorpresa. «Sono così prevedibile?»

«Sì,» afferma Chloe in modo pragmatico.

«Hai il pigiama? Lo spazzolino?»

«Sì, papà,» dice lei con una plateale alzata d'occhi, e io non posso fare a meno di soffocare una risata.

Dan mi lancia un'occhiata con un sorriso impotente e io faccio spallucce. «Sembra che abbia tutto sotto controllo.»

Lui sospira, fingendo di arrendersi. «Va bene. Allora vai.

Ricordati solo le regole: sii educata, di' grazie e non state sveglie tutta la notte a ridacchiare.»

Chloe gli lancia uno sguardo esasperato. «Papà.»

Lui alza le mani in segno di resa. «Ok, ok. Va' a divertirti.»

Gli getta le braccia intorno alla vita, stringendolo forte, e poi alza lo sguardo verso di me. «Ciao, Rachel!»

«Divertiti,» rispondo salutandola con la mano.

Quando se n'è andata, il giardino sembra più silenzioso, più spazioso in qualche modo. Dan la guarda allontanarsi con un sorriso persistente e lo sorprendo a passarsi una mano tra i capelli, come se non sapesse bene cosa fare di sé stesso ora.

Mi appoggio a uno dei tavoli, incrociando le braccia. «Sembri un uomo che ha appena perso il suo migliore amico.»

Ridacchia piano, voltandosi a guardarmi. «È strano, sai? Mi abituo così tanto alla sua presenza che quando non c'è, sembra che la casa... si fermi.»

«È fortunata ad averti,» dico, e lui mi rivolge un sorriso debole, quasi timido.

Dopo un istante, si schiarisce la gola, spostando il peso. «Ehi,» dice, con un tono più disinvolto, «dato che sono inaspettatamente senza figlia stanotte... ti va di andare a bere qualcosa? C'è un posto giù vicino all'acqua, niente di speciale, ma fanno un gin tonic da urlo.»

La sua voce è così noncurante, ma c'è un barlume di incertezza nei suoi occhi, come se si aspettasse quasi che io dicessi di no. Sorrido e inclino la testa. «Mi stai chiedendo di uscire, Dan?»

«No!» sbotta. «Cioè, ti sto chiedendo se ti andrebbe di uscire a bere qualcosa. Non lo so. Puoi restare qui se vuoi, pensavo solo che...»

«Solo se posso scegliere io la playlist in macchina.»

Scoppia in una risata, lanciandomi un'occhiata di sbieco. «D'accordo. Ma se sento alguna sciocchezza pop da classifica, ti lascio sul ciglio della strada ad arrangiarti da sola.»

Dan apre la macchina con un bip e, mentre scivoliamo sui sedili anteriori, mi guarda. «Bene. A te la scelta della playlist, giusto? Ricorda solo che questa macchina non risponde bene agli inni strappalacrime con l'autotune.»

Sorrido compiaciuta, scorrendo il telefono. «Rilassati. Non ti farò soffrire con niente di pop stasera. Che ne dici di un po' di Arctic Monkeys?»

Annuisce in segno di approvazione. «Ok, ti sei guadagnata cinque minuti di rispetto.»

«Cinque? E basta?» rido. «Pubblico esigente.»

La strada si snoda dolcemente lungo la riva del fiume, il cielo striato dei colori del tramonto: il rosa che sfuma nell'indaco, con accenni d'oro che tremolano tra gli alberi. C'è una serenità in tutto ciò, del tipo che non si trova davvero in città. La assaporo.

La mano di Dan riposa pigramente sul volante, l'altra tamburella leggermente sulla portiera a tempo di musica. «Sai,» dice, «è strano non avere Chloe sul sedile posteriore che mi assilla per come guido. O che mi chiede perché la luna ci segue.»

«È una ragazzina sveglia,» dico. «E molto persuasiva. La promessa di andare a letto alle nove è stata notevole.»

Lui ride. «È una forza della natura. Ma ci ho comunque pensato due volte. Mi preoccupo che si svegli spaventata o che le manchi casa, o... non lo so. Probabilmente penso troppo a tutto.»

«È vero,» dico con leggerezza, poi mi correggo. «Ma non è una cosa brutta. Voglio dire, certo, forse sei un po' iperprotettivo...»

«Oh, grazie.»

«...ma è solo perché ci tieni così tanto. Lei è tutto il tuo mondo. E questo è... una specie di meraviglia.»

Resta in silenzio per un attimo. «Voglio solo che abbia qualcosa di solido, capisci? Qualcosa di affidabile. Non tipo... un giorno ci sono, il giorno dopo no.»

Annuisco, guardando gli alberi sfrecciare sfocati fuori dal finestrino. «È fortunata, Dan. Lo è davvero.»

Mi ci vuole un momento per rendermi conto di essere caduta in silenzio, e lui si volta a guardarmi. «Che c'è?»

Scuoto la testa, abbozzando un piccolo sorriso. «Niente. Solo che... vorrei aver avuto un padre come te.»

Non dice nulla, ma vedo le sue nocche stringersi leggermente sul volante, e mi lancia una rapida occhiata di qualcosa che assomiglia quasi a compassione.

«Non c'era...?» chiede dolcemente.

«No,» dico, con la voce leggera ma secca. «È morto in un incidente sul lavoro. Mamma è rimasta sola con due di noi sotto i sei anni.»

Dan fa una smorfia. «Mi dispiace.»

Non insiste, annuisce e alza un po' il volume della musica. Lasciamo che la canzone riempia il silenzio.

Ma lo sento depositarsi dentro di me, questo strano misto di desiderio e ammirazione. Vedere Dan con Chloe negli ultimi giorni, il modo in cui l'ascolta, la fa ridere, la vede – la vede davvero – è qualcosa che non ho mai provato io stessa. E smuove qualcosa che non mi aspettavo. Non proprio invidia. Più... speranza. Che sia possibile. Che uomini così esistano. Che l'amore possa essere così.

Mentre entriamo nel parcheggio di ghiaia fuori dal bar, Dan mi lancia un'occhiata di sottecchi. «Giusto per essere chiari,» dice, «se ordini qualcosa con un ombrellino, ti prenderò in giro senza pietà.»

«Non mi aspetterei niente di meno,» ribatto. «Ricorda che vengo da Chicago, non sono una di voi attori eccentrici.»

Ridacchia. «Staremo a vedere.»

Il bar si rivela un posto accogliente, leggermente a tema nautico, decorato con vecchie nasse per aragoste e bandiere marittime sbiadite. Odora di cedro e sale, e la playlist è tutta indie dei primi anni 2010: Foster the People, The Lumineers, un po' dei primi Florence.

Prendiamo un separé nell'angolo, parzialmente protetti da un alto divisorio in legno. Dan ordina per noi — due gin tonic — poi mi guarda con un sorrisetto.

«A meno che tu non sia il tipo che cambia idea e vuole un espresso martini al latte d'avena?»

Inarco un sopracciglio. «Per favore. Per chi mi hai presa? Bevo i martini al latte d'avena solo sui voli a lungo raggio o dopo una rottura.»

Ride, una risata bassa e calda, e mi rendo conto che è la versione più rilassata di lui che abbia mai visto.

Arrivano i drink, che sudano leggermente nei loro bicchieri. Facciamo un brindisi.

«Alle serate libere a sorpresa,» propongo.

«E ai genitori responsabili tramite pigiama party,» aggiunge lui.

Ci sistemiamo, con il brusio delle conversazioni intorno a noi che ronza piacevolmente in sottofondo.

«Allora,» dice, sporgendosi leggermente, «dimmi qualcosa di te che non sia su LinkedIn.»

Sgrano gli occhi. «Questo è un modo molto da PR di chiedere segreti.»

«Colpevole. Dai. Qualcosa di casuale. Imbarazzante. Tipo... che pensavi che i narvali non fossero reali, o che eri in un fan club serio per una boy band.»

Sorrido. «Facile. Scrivevo fanfiction sulle Superchicche. Boccioli e cuori infranti e monologhi drammatici. La me di otto anni aveva talento.»

Dan scoppia a ridere. «Wow. Non ero pronto. Le Superchicche? Roba seria. Quale eri?»

«Dolly, ovviamente. Ma con gli accessori per capelli di Lolly.»

Si porta una mano al cuore. «Questa è la più grande confessione che abbia mai sentito in un bar.»

«Tocca a te,» dico, puntandogli contro la cannuccia. Dan si appoggia allo schienale del separé, un sorriso sghembo che gli aleggia sulle labbra. «Ok, la mia prima cotta per una celebrità è stata Avril Lavigne.»

Sollevo le sopracciglia. «La Avril di Sk8er Boi?»

«L'unica e inimitabile.» Fa spallucce, senza nemmeno fingere di essere imbarazzato. «La cravatta, l'eyeliner, tutta quell'aria da 'non mi importa di quello che pensi'? Era un'ossessione conclamata. Potrei aver provato a imparare a suonare la chitarra per non impressionare nessuno in particolare.»

Scoppio a ridere. «Ti prego, dimmi che esistono prove fotografiche.»

«Esistono. E sono sepolte in un posto così profondo che nessuno le troverà mai.»

«Che tragedia. Il mondo merita di vedere Dan-in-fase-pop-punk.»

«Tu ridi ora, ma ero un maestro nel look 'imbronciato con la felpa'. C'è chi dice che ho raggiunto il mio apice nel 2004.»

«E questo 'c'è chi' saresti tu?»

«Ovviamente.»

Dopo di che, entriamo in sintonia: ci scambiamo storie, ci prendiamo in giro per i nostri gusti musicali adolescenziali, le cattive scelte di moda, i nostri snack preferiti dell'infanzia. Mi racconta di quando si è chiuso fuori da un teatro in costume di scena e ha dovuto scalare una scala antincendio in calzamaglia. Io gli racconto di una riunione di presentazione al college in cui ho usato la parola 'disruption' così tante volte da farmi venire il mal di testa.

La risata viene facile, come se l'avessimo fatto cento volte prima.

Ma non è solo divertente. È confortevole.

Dan ascolta, non aspetta solo di parlare, ma ascolta davvero. Fa domande di approfondimento. Sorride nei punti giusti. Come se prestasse attenzione a qualcosa di più delle semplici parole.

E mi rendo conto, nel bel mezzo di tutto questo, che non

sono abituata a essere vista così. Non senza recitare. Ed è... bello.

Troppo bello.

Così, gli lancio un'arachide dalla ciotolina sul tavolo. «Ancora non posso credere che tu fossi un Black Star.»

La prende al volo e sorride. «È stato un momento. Non giudicarmi.»

«Oh, ti sto assolutamente giudicando,» lo prendo in giro. «Ma con rispetto.»

Si appoggia allo schienale del separé, il suo sguardo si posa su di me per un istante di troppo. «Sei diversa quando non stai proponendo qualcosa.»

Questa mi coglie alla sprovvista. «Diversa come?»

«Non lo so,» dice, facendo roteare il ghiaccio nel suo bicchiere. «Più... te, immagino.»

Non so cosa rispondere. Così, bevo un sorso e devio con un'altra domanda. «Allora, questo è il tuo ritrovo?»

Fa spallucce. «Non proprio. Venivo qui quando... beh, quando avevo ancora una vita sociale.»

«Prima di Chloe,» indovino, e lui annuisce.

«Non che mi dispiaccia,» dice rapidamente, quasi sulla difensiva. «Ma sì. Le cose sono diverse ora. Le priorità cambiano.»

Inclino la testa, studiandolo. «Hai mai pensato di tornare a recitare? O a qualcos'altro, forse? Hai questa energia che... appartiene semplicemente al palcoscenico.»

Ride, scuotendo la testa. «No. Quel treno è passato. Ma non sei la prima persona a suggerirlo.»

«E l'insegnamento?» propongo. «Ti ho visto con i ragazzi alle prove. Sei stato fantastico con loro.»

Mi lancia un'occhiata, un po' sorpreso. «Pensi?»

Annuisco. «Assolutamente. Hai tirato fuori la loro sicurezza senza farli sentire sciocchi o a disagio. Lo hanno adorato.»

Beve un sorso lento del suo whisky, riflettendoci. «Mi

piace, dare una mano a scuola, intendo. Ma insegnare significa sere e weekend, il momento clou con Chloe. Non sono sicuro di essere pronto a rinunciarvi. Inoltre, una parte di me sente che aiuterei i figli degli altri a scapito della mia.»

Gli rivolgo un sorriso gentile. «Sei un bravo papà, lo sai?»

Non risponde, mi fa solo una specie di sorriso timido e fa roteare il ghiaccio nel bicchiere.

«Allora,» dice, cambiando argomento, «l'altra sera non hai mai risposto veramente alla mia domanda. Qual è il problema con questa ossessione per le PR? Sei sicura che sia la tua vocazione?»

Sorrido ironicamente. «Assolutamente. È più di un semplice lavoro. Lo adoro. Ci sono capitata per caso, a dire il vero. Ho fatto uno stage l'estate dopo il secondo anno e ho capito subito che era quello che volevo fare dopo la laurea. C'è qualcosa di eccitante nel creare una storia, trovare l'angolazione che catturerà le persone. È come entrare nelle loro menti e capire cosa li fa scattare. Creare consapevolezza. Stabilire connessioni. Immagino di amare la sfida.»

«Ma ti rende felice?»

La domanda aleggia tra di noi, più pesante di quanto mi aspettassi. Esito.

«A volte. È gratificante quando le cose vanno bene. Ma è anche estenuante. Lavorare per una grande azienda significa essere costantemente disponibili. Non finisce mai.»

Annuisce, con comprensione negli occhi. «Sai... per fare bene il tuo lavoro, devi essere anche un po' un attore. Proporre, convincere, persuadere...»

Rido. «Non l'avevo mai vista così.»

Sorride e prende la penna dal tavolo, scarabocchiando distrattamente su un tovagliolo mentre lo guardo, incuriosita.

«Cosa stai scarabocchiando?» chiedo.

Mi lancia un'occhiata e poi, quasi con riluttanza, fa scivolare il tovagliolo sul tavolo. Invece di disegni, ci sono parole: *personaggio o attore?*

Lo guardo, alzando un sopracciglio. «Cos'è questo?»

Fa spallucce, rivolgendomi quel suo mezzo sorriso sghembo. «È solo una cosa a cui ho pensato ultimamente. Sul... essere chi la gente si aspetta, contro l'essere chi sei veramente.»

Seguo le parole con la punta del dito, la mente che turbina di pensieri. «E allora... tu quale sei?» lo sfido.

Il suo sorriso si fa malinconico. «È quello che sto ancora cercando di capire.»

Guardo di nuovo il tovagliolo, riflettendoci. «Penso... che forse siamo tutti entrambi. Recitiamo perché dobbiamo. Perché è quello che la gente ha bisogno da noi. Ma a volte, usciamo dal ruolo, ed è allora che siamo reali.»

Il suo sguardo si sofferma su di me, come se mi vedesse in modo diverso, più chiaramente di prima. Non so cosa fare di questa improvvisa intensità, quindi sollevo il bicchiere e finisco l'ultimo sorso di gin.

«Immagino di non essere l'unica filosofa nella stanza stasera,» mi prende in giro.

Alzo gli occhi al cielo ma non posso fare a meno di ridere. «È colpa del gin.»

«È colpa della compagnia,» ribatte, e c'è qualcosa di quasi tenero nel modo in cui mi guarda.

Prendo il tovagliolo e me lo infilo in tasca. Qualcosa in quelle parole, scarabocchiate nella sua grafia disordinata, passate su un tavolo appiccicoso, mi colpisce al petto. Non so perché. Ma sembra una domanda che ho evitato per molto tempo. Una a cui sono sicura di non avere una risposta.

«Allora, e il resto della tua vita?» chiede, con una scintilla scherzosa negli occhi. «Sei una di quelle donne in carriera che non credono nelle relazioni, o ti sei semplicemente difesa da una fila di corteggiatori?»

Ridacchio, appoggiandomi allo schienale. «Qualche appuntamento al buio qua e là. Di solito organizzati da amici che pensano di sapere di cosa ho bisogno meglio di me.»

Sorride. «E ci riescono?»

«Dio, no.» Scuoto la testa con una risata. «Sono sempre abbastanza carini, ma mai... wow. Sai? Passiamo una serata perfettamente civile, mangiamo qualcosa di troppo caro, ridiamo al momento giusto. Poi entrambi torniamo a casa e non ci richiamiamo mai più.»

Dan solleva un sopracciglio. «Spariti nel nulla?»

«No, è più apatia reciproca.» Sorrido ironicamente. «Come se entrambi concordassimo silenziosamente di lasciare che la cosa muoia di una morte dignitosa.»

Ride, in modo caldo e spontaneo. «Beh, per quel che vale, penso che tu sia un'ottima compagnia.»

Alzo un sopracciglio. «Attento, Dan. Sembra che tu stia flirtando.»

Allarga le mani innocentemente. «Sto solo facendo un'osservazione.»

Inclino la testa, studiandolo. «E tu? Sei uscito con qualcuna da quando...?»

Scuote la testa. «Non proprio. Non c'è stata nessuna di serio. Nessuna, punto, a essere onesti. Tra Chloe e il motel e... tutto il resto, non mi è mai sembrato il momento giusto.»

«È comprensibile,» dico dolcemente. «Ma... forse è ora che tu pensi a uscire per un appuntamento. Anche tu sei di buona compagnia. Divertente, perbene. Non male da guardare. Magari invita una potenziale persona speciale alla festa.»

Sorride. «Stasera ci stai andando pesante con i complimenti.»

«Beh, lavoro nelle PR,» sorrido io. «Vendere la gente è il mio mestiere.»

Si fa leggermente più serio, picchiettando sul fianco del bicchiere. «Non è che io sia chiuso all'idea. È solo... Chloe. Non voglio confonderla. Ha già avuto abbastanza sconvolgimenti. E se qualcuno arrivasse e le cose si complicassero?»

Annuisco, comprensiva. «Già. Mia madre è uscita una volta con un altro insegnante della sua scuola e ti assicuro che io e Claire siamo state terribili. Abbiamo fatto i capricci, le abbiamo reso la vita impossibile. Ancora oggi, non so se sia finita naturalmente o se siamo state noi a renderglielo impossibile. Imperdonabile, davvero. Passarono anni prima che ci riprovasse.»

Dan accenna un piccolo sorriso. «Esatto.»

C'è un momento di silenzio tra di noi, non imbarazzante, solo pensieroso. Poi alza di nuovo il bicchiere. «Ma... prometto di prenderlo in considerazione.»

«Bene,» dico. «E io prometto di andare a un altro appuntamento al buio... tra, oh, circa quattro mesi, quando avrò un'ora libera nella mia agenda.»

Ride, scuotendo la testa. «Sai proprio come corteggiare un uomo.»

«Punto a fare colpo.»

Usciamo dal bar nell'aria frizzante della notte, il profumo salmastro dell'oceano che arriva con la brezza. Le strade sono tranquille, illuminate dalla morbida luce ambrata dei lampioni. Mi stringo di più il cappotto mentre Dan apre la macchina.

«È stato divertente,» dico, guardandolo mentre camminiamo. «Grazie per la compagnia.»

Mi lancia un'occhiata dai contorni dolci e con gli occhi pieni di piccole rughe. «Grazie a te per aver detto di sì.»

Raggiungiamo la macchina e mi apre la portiera del passeggero, la sua mano esita per un secondo come se stesse decidendo se dire qualcos'altro. Scivolo dentro, ma lui non si muove subito. Invece, si appoggia al telaio dell'auto, guardandomi con una specie di quieta riflessione.

«Sai,» dice lentamente, «non lo faccio spesso. Uscire. Rilassarmi. Parlare.»

Sorrido dolcemente. «Non si direbbe.»

Fa spallucce. «Immagino... sia solo facile con te. Tu capisci.»

Non rispondo subito, mi limito a incrociare i suoi occhi e a sostenere il suo sguardo per un istante di troppo. E in quel momento, qualcosa cambia. Non in modo drammatico. Niente di esplosivo. Solo una sottile consapevolezza. La sensazione che forse, solo forse, siamo più che cospiratori in una recita scolastica o due persone bloccate nella stessa piccola città per ragioni molto diverse.

Solo... due persone a cui piace stare insieme. Forse un po' più di quanto siano disposte ad ammettere.

Dan si schiarisce la gola e si raddrizza, battendo due volte sul tetto della macchina prima di spostarsi verso il lato del guidatore. «Bene. Si torna a casa. Questa festa di inaugurazione non si organizzerà da sola.»

Mentre si immette sulla strada, il silenzio in macchina non è scomodo. È pieno di tutto ciò che non è stato detto.

E per una volta, non sento il bisogno di riempirlo.

Tornati al mio motel, la luce della reception si riversa sul parcheggio e, per un momento, nessuno di noi si muove. Dan spegne il motore e si appoggia allo schienale, espirando lentamente come se la notte lo stesse finalmente raggiungendo.

«Grazie ancora,» dice a bassa voce.

Annuisco, sorridendo, anche se c'è un barlume di qualcosa di più profondo sotto al sorriso. «Quando vuoi.»

Ci diamo la buonanotte senza cerimonie: niente sguardi prolungati, niente pause drammatiche. Solo un semplice, caloroso saluto. Ma mentre entro nella mia stanza e mi sfilo la giacca, il peso della serata mi si deposita addosso come un maglione preferito di cui non sapevo di sentire la mancanza.

Non sono solo i drink, o le risate, o il tovagliolo ancora infilato nella tasca del cappotto. È la sensazione di essere stata vista, vista davvero, per la prima volta da un po'. Le domande di Dan, le sue tranquille osservazioni, il modo in cui ascolta senza interrompere... tutto mi ha fatto sentire come se non stessi solo recitando, o vendendo, o rigirando qualcosa a beneficio di qualcun altro.

E mi è piaciuto. Più di quanto avrei dovuto.

DODICI

«Rachel, mi fa male la pancia» si lamentò Chloe, rannicchiata sul divano, ancora in pigiama e con un piccolo peluche stretto al petto.

Mi fermai mentre stavo appendendo una ghirlanda, con il cuore che mi sprofondava. La festa era a poche ore di distanza e tutto stava andando così liscio. Non potevo permettere che un mal di stomaco mandasse all'aria tutta la mia attenta pianificazione.

«Oh, tesoro» dissi, sedendomi accanto a lei e accarezzandole i capelli. «Dove ti fa male esattamente?»

Chloe tirò su col naso, i suoi grandi occhi castani lucidi di lacrime trattenute. «Sento lo stomaco tutto sottosopra e dolorante. Non credo di poter venire alla festa.»

Una fitta di preoccupazione si mescolò a un lampo di frustrazione. Sapevo che la salute di Chloe veniva prima di tutto, ma il tempismo non poteva essere peggiore. Mi ricordai di dare la priorità al suo benessere.

«Chloe, ti prometto che faremo tutto il necessario per farti sentire meglio» la rassicurai, con la mente che già correva alla ricerca di possibili soluzioni. «Perché non cominciamo con un po' di tè alla menta e vediamo se aiuta a calmare lo stomaco?»

Lei annuì, con un barlume di speranza negli occhi.

Mentre andavo in cucina a preparare il tè, non potei fare a meno di chiedermi se il mal di stomaco di Chloe fosse più che fisico. La festa, l'eccitazione, tutti i suoi amici che sarebbero arrivati... era tanto da elaborare per una bambina. Presi nota mentalmente di parlarle a cuore aperto una volta che si fosse sentita meglio.

Per ora, mi concentrai sul compito che avevo davanti, determinata a trovare un modo per dare priorità sia alla festa che al benessere di Chloe.

Tornai da Chloe con una tazza fumante di tè alla menta, il cui aroma rilassante portava già un senso di conforto.

«Ecco a te» dissi dolcemente, porgendogliela. «Attenta, è calda.»

Chloe prese un sorso cauto, arricciando il viso mentre si abituava alla temperatura. «Grazie» mormorò, con la voce flebile e vulnerabile.

Mi sedetti sul bordo del divano, scostandole delicatamente una ciocca di capelli dal viso. «Chloe, so che c'è molta agitazione per la festa e tutto il resto. È normale se ti senti sopraffatta.»

Lei mi guardò, con gli occhi spalancati e lucidi. «È che... non voglio deludere papà.»

«Oh, Chloe» sussurrai, stringendola in un abbraccio. «Non potresti mai deludere tuo padre. Ti ama più di ogni altra cosa al mondo.»

Tirò su col naso contro la mia spalla, il suo piccolo corpo che tremava. «Mi manca la mamma» confessò, con la voce appena udibile. «A lei piacevano sempre le feste con gli amici. Le sarebbe piaciuta tantissimo.»

Mi sentii subito malissimo. Non avevo fatto il collegamento. Certo che una cosa del genere le avrebbe riportato alla mente tutti i ricordi. La strinsi più forte, sperando che in qualche modo l'aiutasse.

«Lo so, tesoro. E sono sicura che sta vegliando su di te, così fiera della ragazza fantastica che sei diventata.»

Mentre il respiro di Chloe si calmava, mi chiesi se un cambio d'aria non fosse quello di cui avevamo bisogno entrambe.

«Chloe» dissi dolcemente, scostandomi per guardarla negli occhi. «Ho un'idea. Perché non...»

Prima che potessi finire la frase, Dan apparve sulla porta, con la fronte aggrottata per la preoccupazione. «Va tutto bene qui?» domandò, spostando lo sguardo tra me e Chloe.

Mi alzai, stringendo la mano di Chloe in modo rassicurante. «Chloe non si sentiva molto bene. Stavamo solo parlando un po' a cuore aperto» spiegai, rivolgendo a Dan un piccolo sorriso. «Credo che il peggio per Chloe sia passato, vero?»

Chloe annuì, un piccolo sorriso coraggioso sul viso. «Sì, papà. Il tè di Rachel mi ha aiutato molto.»

Le spalle di Dan si rilassarono, e il sollievo si dipinse sui suoi lineamenti.

«Ehi, Chloe» dissi. «So esattamente cosa ti tirerà su di morale. Che ne dici se facciamo un salto in quel diner dove ci siamo incontrate la prima volta, quello con i pancake con tutte le guarnizioni?»

Gli occhi di Chloe si spalancarono, una scintilla di eccitazione che sostituì la tristezza di prima. «Davvero? Intendi il Julie's Diner?»

Annuii, sorridendo. «Proprio quello!»

«Ma? Ma la festa?»

«Macché festa, abbiamo un sacco di tempo. Ho bisogno che tu sia in perfetta forma prima che arrivino gli ospiti e, a essere sincera, se non dovessi più gonfiare un altro palloncino in vita mia, non sarebbe comunque abbastanza presto!»

Dan rise. «Certo. Guido io.»

«A dire il vero, Dan» dissi, alzandomi. «Se per te va bene, è una cosa tra donne. Dovrai restare per far entrare quelli del catering. Arriveranno tra quarantacinque minuti.»

«Oh. Giusto... Beh...»

«Ti prego, papà?» Chloe sfoderò i suoi migliori occhi da cucciolo bastonato. Ne fui impressionata.

«E va bene» disse lui.

«Allora è deciso!» dichiarai, battendo le mani. «Andiamo a vestirti, Chloe, e poi partiremo per un'avventura a base di pancake.»

Il malessere precedente di Chloe sembrò svanire mentre si affrettava a prepararsi, chiacchierando con entusiasmo delle diverse guarnizioni per pancake che voleva provare.

Appena entrammo nel Julie's Diner, il caldo aroma di caffè e bacon sfrigolante ci avvolse come un abbraccio. La mia mente tornò immediatamente alla mia prima sera a Portland, alla povera donna che era svenuta proprio lì e a Dan che si era inginocchiato senza esitazione per aiutarla. Il locale brulicava del tranquillo brusio delle chiacchiere pomeridiane, del tintinnio dei piatti e del sibilo occasionale della piastra. Il pavimento a scacchi, i divanetti in pelle rossa e i banconi cromati lucidi davano all'intero posto una sorta di fascino senza tempo.

Chloe esitò all'ingresso, mordendosi il labbro mentre scrutava la stanza. Non era come casa, dove conosceva ogni angolo, o come la scuola, dove si confondeva con gli altri. Lì, nel mondo reale, sembrava incerta, come una bambina che cerca di orientarsi in uno spazio che all'improvviso sembra troppo grande.

Le diedi una leggera gomitata. «Prendiamo il separé vicino alla finestra. L'ho scelto io per prima.»

Questo le strappò un piccolo sorriso, e mi seguì mentre ci accomodavamo sui sedili di pelle rossa.

Chloe afferrò un menù, i nervi di prima dimenticati mentre esaminava le opzioni con l'intensità di chi sta per prendere una decisione che le cambierà la vita.

«Ora hanno ancora più scelte!» disse, con gli occhi che

sfrecciavano tra le diverse pile di pancake. «Mirtilli, gocce di cioccolato, banana... Oooh, ma hai detto che potevo prenderne solo due. Ma uno *deve essere* al burro d'arachidi, quindi—»

«Davvero?» sogghignai. «Sacrificheresti una delle tue opzioni per il burro d'arachidi?»

Sussultò, scandalizzata. «Il burro d'arachidi è il migliore! Tu semplicemente non capisci.»

Alzai le mani in segno di resa. «Okay, okay. Ma sappi che ti stimerò molto meno se non scegli lo sciroppo d'acero come una delle salse.»

Chloe ridacchiò, picchiettandosi il mento, pensierosa. «Forse è troppo presto per così tanto zucchero. Penso che mi atterrò alla frutta. Forse mirtilli e kiwi.»

«Ben pensato» dissi, mettendo da parte il mio menù. «Perché non scegli anche per me, signorina buonsenso?»

Mentre aspettavamo la nostra ordinazione, presi un sorso di caffè e la guardai. «Allora, dimmi una cosa. Qual è la cosa migliore di avere dodici anni?»

Inclinò la testa, considerando la domanda. «Mi hanno dato il telefono. È piuttosto fico. E, immagino... che posso fare più cose da sola? Ma questo... rende anche le cose più difficili.»

Annuii. «Capisco. Sei abbastanza grande da sapere cosa vuoi, ma la gente ti tratta ancora come una bambina.»

«Esatto!» Si sporse in avanti, appoggiando le braccia sul tavolo. «Cioè, voglio fare le cose da sola, ma voglio anche che papà sia lì... non si sa mai. Ma non in modo appiccicoso.»

«Quindi... presente, ma non troppo presente?»

«Sì.» Sospirò drammaticamente. «È un equilibrio molto delicato.»

Risi. «Sembra estenuante.»

Lei sorrise. «Lo è davvero.»

Mescolai distrattamente il caffè, guardandola giocherellare con un tovagliolo. Era una piccola cosa, ma capii che c'era qualcosa che le frullava per la testa.

Così, invece di tuffarmi con una domanda pesante, spinsi

le sue posate verso di lei. «Okay, domanda seria. Che ne pensi delle forchette del diner? Troppo pesanti o giuste?»

Chloe ne prese una, rigirandosela tra le mani come se stesse valutando un prezioso manufatto.

«Mmm... un po' pesanti. Ma anche robuste, sai?»

Annuii, solenne. «Esatto. Nessuno vuole una forchetta fragile. Non quando ci sono di mezzo i pancake.»

Lei ridacchiò, scuotendo la testa. «Sei un po' strana.»

«Vero» ammisi, «ma hai riso, quindi tecnicamente sei strana anche tu.»

Sbuffò, fingendosi indignata, ma vidi il sorriso che cercava di reprimere.

La cameriera ci portò i piatti e, così, tutto il resto svanì.

Chloe si tuffò sui suoi pancake come se non mangiasse da giorni, la tensione che prima aveva nelle spalle sparita. Prese un boccone enorme, poi emise un esagerato gemito di felicità.

«Ohhh mio Dio. Sono buonissimi.»

«Meglio del burro d'arachidi?» la presi in giro.

Masticò pensierosa, poi annuì. «Probabilmente. Ma non dirlo al burro d'arachidi che l'ho detto.»

«Bocca cucita.»

Sorrise, leccandosi un pezzo di kiwi dal pollice. «Sei forte, lo sai?»

Alzai un sopracciglio. «Wow. È il più grande onore che abbia mai ricevuto da una dodicenne.»

Lei alzò gli occhi al cielo ma rise, e non potei fare a meno di sentire... che qualcosa era cambiato tra di noi.

Forse non eravamo più solo due persone in un diner.

Forse eravamo diventate amiche.

Mentre accostavamo nel vialetto, notai Dan che ci aspettava sulla veranda, un'espressione preoccupata sul viso. Si precipitò verso l'auto, stringendo Chloe in un forte abbraccio non appena scese.

«Ehi, come ti senti?» domandò, scostandole una ciocca di capelli dal viso.

Chloe gli sorrise raggiante, le sue preoccupazioni di prima ormai un lontano ricordo. «Sto benissimo, papà! Davvero.»

Gli occhi di Dan incrociarono i miei sopra la testa di Chloe e vi vidi un misto di gratitudine e sorpresa. «Grazie. Ero preoccupato che dovessimo annullare.»

Feci spallucce. «È stato un piacere. È una ragazza fantastica.»

Mentre entravamo, Chloe chiacchierò con entusiasmo della festa, i suoi livelli di eccitazione tornati al massimo. «Non vedo l'ora di vedere le facce di tutti quando scopriranno del tuo grande annuncio, papà!»

Dan si bloccò, gli occhi sgranati dal panico. «Annuncio? Quale annuncio?»

Intervenni rapidamente, sperando di appianare la situazione. «Oh, solo una piccola sorpresa che ho pianificato per dopo. Niente di cui preoccuparsi.»

Dan mi guardò scettico, ma l'entusiasmo di Chloe era impossibile da ignorare. «Andiamo, papà, qualunque cosa sia, sarà fantastico! Rachel ha lavorato così duramente per rendere questa festa perfetta.»

Mentre Dan osservava la gioia genuina sul volto di sua figlia, vidi la sua resistenza iniziare a sgretolarsi. Annuii, un piccolo sorriso che gli tirava gli angoli della bocca.

«Va bene, se siete entrambe così entusiaste, immagino di non poter dire di no. Facciamolo.»

Li lasciai in salotto e uscii nel cortile sul retro. Il posto si era trasformato. I tavoli erano stati tutti apparecchiati e decorati e il team del catering aveva quasi finito di allestire il bar: lo avevo incluso come un riluttante cenno al desiderio di Dan per quella che essenzialmente era una festa da confraternita. Ora che era lì, in realtà aveva perfettamente senso.

«No, no, la scultura di ghiaccio deve andare laggiù, vicino alla coppa del punch.» Indicai l'angolo del tavolo mentre mi affrettavo verso l'addetto al catering. «E assicuratevi che ci siano abbastanza flûte da champagne su ogni tavolo. Non voglio rimanere senza a metà del brindisi.»

L'addetto al catering annuì e si affrettò a seguire le mie istruzioni. Il cortile di Dan aveva un aspetto incredibile. Era irriconoscibile. Le lucine, appese a incrocio dalla casa fino alla rimessa delle barche, scintillavano sopra di noi, gettando un bagliore caldo e magico sull'arredamento a tema nautico, che sarebbe apparso ancora più stupefacente una volta che il pomeriggio fosse diventato sera. Centrotavola di legni sbiancati adornavano i tavoli, accentuati da conchiglie e lumini. Sembrava qualcosa uscito direttamente da una rivista di arredamento costiero. Sarebbe stato fantastico.

Il campanello suonò, segnalando l'arrivo dei nostri primi ospiti. Diedi un'ultima occhiata al cortile, assicurandomi che tutto fosse perfetto. Le decorazioni, il catering: era tutto esattamente come l'avevo immaginato.

«Vado io» gridò Dan, dirigendosi verso la porta d'ingresso. Lo seguii da vicino, il cuore che mi batteva forte per un misto di nervosismo ed eccitazione.

Quando Dan aprì la porta, fummo accolti da un piccolo gruppo di suoi amici ed ex colleghi, tutti vestiti di tutto punto. Riconobbi alcuni volti di quando avevo consegnato gli inviti, ma la maggior parte erano nuovi per me.

«Dan, amico mio!» esclamò uno di loro, stringendolo in un abbraccio da orso. «È passato troppo tempo. E lei chi è?»

Feci un passo avanti, porgendo la mano con un sorriso sicuro. «Piacere, sono Rachel.»

Il lontano brusio di chiacchiere e portiere d'auto che sbattevano mi avvisò che stavano arrivando altri ospiti. Mi lisciai il vestito e mi passai una mano tra i capelli.

È ora di andare in scena.

«Rachel!» Una donna con corti capelli argentati si avvicinò, a braccia aperte. «È meraviglioso conoscerla finalmente. Sono Marge, la zia di Dan.»

«Marge, salve! Sono così felice che sia potuta venire.» Ricambiai il suo caloroso abbraccio, sentendo un profumo di lavanda. «So che Dan sarà entusiasta di vederla.»

«Oh, non me lo sarei perso per niente al mondo. Quando ho saputo che Danny stava finalmente uscendo dal suo guscio e organizzava una festa, ho prenotato subito il biglietto del treno. Anche con tutti quei problemi con i voli, non me lo sarei persa per niente al mondo.» Mi fece l'occhiolino in modo cospiratorio. «Sa, sono anni che non lascia entrare nessuno nella sua vita in questo modo. Qualunque cosa stia facendo, continui così.»

Arrossii, incerta su come rispondere. «Oh. Noi non stiamo veramente—»

Fortunatamente, altri ospiti cominciarono a entrare, risparmiandomi di dover spiegare la vera natura della mia relazione con Dan, che stavo ancora cercando di capire io stessa. Salutai ognuno con un sorriso e una stretta di mano, indirizzandoli verso il buffet e le aree salotto.

Mentre la casa e il cortile si riempivano del brusio eccitato delle chiacchiere, non potei fare a meno di meravigliarmi dell'affluenza. La gente era venuta davvero per Dan. Alcuni avevano guidato per ore, probabilmente speso più di quanto avrebbero dovuto per la benzina, e riorganizzato i loro piani solo per essere lì. Quel tipo di lealtà non era qualcosa che si poteva fingere.

Scrutai la folla, osservando vecchi amici dare pacche sulla schiena a Dan, vicini di casa portare torte appena sfornate come se fossero usciti da un quadro di Norman Rockwell, e persino suo fratello James sembrava divertirsi.

Ma ciò che mi fece davvero sorridere fu il piccolo angolo di festa di Chloe.

I bambini si erano impadroniti del molo. Chloe stava al centro di tutto, leader indiscussa del suo mini-regno, con le braccia incrociate mentre impartiva ordini ai suoi amici riuniti.

«Questa è una cosa seria, ragazzi» disse, con il viso contratto in una finta concentrazione. «Abbiamo solo un'occasione per un perfetto agguato con i palloncini d'acqua.»

Seguì un coro di «Giusto!» e «Sì!».

Uno dei ragazzi, alto, smilzo e chiaramente lo stratega del gruppo, si aggiustò gli occhiali. «Quindi, solo per conferma, colpiamo gli adulti dopo che hanno mangiato?»

«Esatto.» Chloe annuì. «Saranno lenti. Sazi. Vulnerabili.»

Una bambina più piccola, forse di otto anni, strinse forte il suo palloncino. «E se si arrabbiano?»

«Non lo faranno» la rassicurò Chloe. «Prenderemo di mira quelli che sembrano poter reggere il colpo. Mio padre? È un bersaglio valido.»

«Ohhh» mormorò il gruppo, con la gioia che lampeggiava nei loro occhi.

Mi morsi il labbro, osservando dalla linea laterale. Probabilmente avrei dovuto intervenire. Dire loro che inzuppare il padrone di casa con acqua gelida alla sua stessa festa poteva non essere la migliore delle idee.

Ma, onestamente?

Mi sarebbe piaciuto vedere come sarebbe andata a finire.

Lì vicino, una piccola squadra di ragazze sedeva a gambe incrociate su una coperta da picnic, intrecciandosi i capelli a vicenda e confrontando braccialetti dell'amicizia. Di tanto in tanto, lanciavano sguardi furtivi verso un altro gruppo: i ragazzi più grandi, un insieme di adolescenti che se la tiravano, che palleggiavano svogliatamente con un pallone da calcio, fingendo di non essere interessati al resto della festa.

Chloe, con mia sorpresa, saltellava tra tutti e tre i gruppi come se fosse la cosa più naturale del mondo.

Un secondo prima, stava tramando una guerra d'acqua su larga scala, quello dopo mostrava una fantastica treccia a spina di pesce, poi, prima ancora che mi rendessi conto che si era spostata, stava correndo verso i ragazzi più grandi e rubando loro il pallone da calcio con disinvoltura.

«Ehi!» gemette uno dei ragazzi. «Non puoi prenderlo e basta, Chloe.»

Lei fece girare il pallone su un dito. «Perché no? Non lo stavate nemmeno usando bene.»

Un barlume competitivo scintillò nei suoi occhi. «Scommettiamo?»

«Sì» lo sfidò Chloe. «Rendiamola interessante. Se vinco io, voi ragazzi dovrete unirvi al nostro agguato con i palloncini d'acqua.»

Il ragazzo sogghignò. «E se vinco io?»

Chloe esitò, poi fece spallucce. «Non so. Potrai sentirti orgoglioso?»

I suoi amici ulularono dalle risate e Chloe sorrise, lanciando di nuovo il pallone verso di loro. In pochi istanti, furono completamente coinvolti in una partita confusionaria e veloce, urlando insulti e facendo passaggi audaci che per un pelo non finirono nel fiume.

Non potei fare a meno di scuotere la testa.

Era brava.

Non solo a calcio, ma a inserirsi ovunque.

Lanciai un'occhiata a Dan, che era ancora immerso in una conversazione con un vecchio amico, completamente ignaro del mini-impero diplomatico che sua figlia stava costruendo là fuori.

Chloe stava forse ancora scoprendo se stessa, stava ancora crescendo per diventare la persona che sarebbe stata, ma era già una forza della natura.

E non credo che se ne rendesse ancora conto.

L'addetto al catering catturò il mio sguardo e mi fece un pollice in su, segnalando che tutto era a posto. Annuii in risposta, scrutando il cortile alla ricerca di Dan. La scultura di ghiaccio luccicava, lo champagne era freddo e gli ospiti chiacchieravano allegramente. Perfetto.

Mi feci strada tra la folla, contenta di vedere che tutti avevano un drink e un sorriso. L'energia era elettrica, una testimonianza dell'impatto che Dan aveva avuto su così tante vite e un chiaro segno che questa festa era attesa da tempo.

Vidi Chloe vicino al tavolo dei rinfreschi, con gli occhi spalancati mentre osservava l'elaborato buffet. Mi avvicinai a lei, prendendo un paio di tartine lungo il percorso.

«Ti stai divertendo?» chiesi, porgendole un tovagliolo.

Annuì con entusiasmo, la bocca piena di mini quiche. «È fantastico, Rachel! La. Festa. Migliore. Di. Sempre.»

Come a un segnale, la porta della rimessa delle barche si spalancò e Dan uscì, facendo cenno a tutti di raggiungerlo.

«Forza, tutti quanti» gridò Chloe. «Papà ha qualcosa da mostrarvi!»

Gli ospiti si diressero verso il molo e raggiunsero Dan alla rimessa delle barche.

Rimasi in disparte, contenta di osservare dalla linea laterale. Quello era il momento di Dan e non volevo intromettermi. Ma mentre la folla si apriva, il suo sguardo incrociò il mio e mimò un silenzioso "Grazie".

Annuii e alzai il bicchiere verso di lui.

Dan si schiarì la voce e gli ultimi mormorii si spensero.

«Grazie a tutti per essere venuti» cominciò, con la voce leggermente roca per l'emozione. «So che non è stato facile, con i voli e tutto, ma significa tantissimo per me, per noi, che così tanti di voi siano qui.»

Guardò Chloe, che lasciò i suoi amici e lo raggiunse, e sentii un nodo formarsi in gola. L'amore tra loro era così forte, così puro.

«Come alcuni di voi sanno, e probabilmente la maggior parte no» continuò Dan, «ho lavorato a un piccolo progetto in questi ultimi mesi. Beh, anni, in realtà. È qualcosa che mi sta molto a cuore e sono entusiasta di condividerlo finalmente con voi.»

Dan fece un respiro profondo, poi si fece da parte, rivelando un grande lenzuolo bianco. «Senza ulteriori indugi, vi presento... la rimessa delle barche.»

Con un gesto teatrale, strappò via il lenzuolo e ci fu un sussulto collettivo da parte della folla. L'interno della rimessa era sbalorditivo, una miscela perfetta di fascino rustico ed eleganza moderna. Le travi di legno lucido all'interno brillavano sotto una serie di faretti discreti, e il tenue rosso esterno sembrava risplendere contro lo sfondo del fiume.

Sentii un'ondata di emozione mentre assimilavo i dettagli: l'arredamento a tema nautico, le grandi finestre che offrivano una vista incredibile sull'acqua. Era chiaro che Dan aveva riversato anima e corpo in questo progetto e il risultato era a dir poco spettacolare.

Mentre gli ospiti si facevano avanti per dare un'occhiata più da vicino, li lasciai passare, felice di rimanere in disparte e lasciare che si godessero questo momento con Dan e Chloe.

La voce di Chloe interruppe i miei pensieri e mi voltai per vederla in piedi accanto a me, con gli occhi che brillavano di lacrime.

«È bellissimo» disse, con lo sguardo fisso sulla rimessa. «È come avere un pezzetto della mamma, proprio qui con noi.»

Annuii, con la gola che si stringeva per l'emozione. «Tuo padre ha fatto un lavoro fantastico» dissi a bassa voce, mettendole una mano sulla spalla. «Tua madre sarebbe così orgogliosa.»

Chloe si appoggiò al mio tocco, un sorriso acquoso che si diffondeva sul suo viso. «Non posso credere a quanto lavoro ci abbia fatto. Pensavo avesse solo spazzato il pavimento e dato una mano di vernice fresca, ma è come... è come se l'avesse riportata in vita, solo per un momento.»

Mentre stavo lì con Chloe, guardando Dan che mostrava agli ospiti la rimessa delle barche, non potei fare a meno di sentire una fitta di nostalgia. L'amore che Dan e Rebecca avevano condiviso, l'amore che ancora brillava in ogni dettaglio di quello splendido spazio... era il tipo d'amore che avevo sempre sognato. Nonostante tutto il successo che avevo ottenuto, tutte le vite che avevo toccato con il mio lavoro, c'era ancora un vuoto nel mio cuore che niente sembrava poter riempire.

Scacciai mentalmente quel pensiero. Non era il momento di autocommiserarsi. Era un momento di festa, per onorare l'amore che Dan e Rebecca avevano condiviso, l'amore che viveva in Chloe.

Strinsi la spalla di Chloe, rivolgendole un caldo sorriso. «Andiamo» dissi, facendo un cenno verso la rimessa. «Andiamo a dare un'occhiata.»

Insieme, ci dirigemmo verso la struttura, le risate e le chiacchiere degli ospiti che ci avvolgevano come una brezza calda. E mentre entrammo, ammirando gli incredibili dettagli, i tocchi amorevoli che Dan aveva riversato in ogni angolo, il fiato mi si mozzò in gola.

Le pareti erano adornate di fotografie che catturavano momenti preziosi della sua vita con Rebecca, ognuna delle quali raccontava una storia d'amore, risate e avventura. Una giacca di pelle consumata era appesa a un gancio, a testimonianza dello spirito libero di Rebecca, mentre una collezione di conchiglie disposte su uno scaffale parlava di pigri pomeriggi passati a perlustrare la spiaggia insieme.

Gli ospiti erano altrettanto affascinati, le loro voci un misto di stupore e nostalgia mentre esploravano lo spazio.

«Vi ricordate quando Rebecca ha indossato questo alla nostra laurea?» chiese una donna, indicando un cappello da sole a tesa larga appeso al muro. «Quel giorno era l'anima della festa.»

«E guardate questo» intervenne un altro ospite, mostrando un libro molto usato. «Dan, non era questa la raccolta di poesie che le hai regalato per il vostro primo anniversario?»

Dan annuì, un sorriso malinconico che gli aleggiava sulle labbra. «Portava quel libro con sé ovunque. Diceva che era come avere un pezzo di me con sé, non importava dove andasse.»

Mentre ascoltavo le storie e i ricordi che venivano condivisi, sentii una sensazione di calore diffondersi nel petto. Era chiaro che Rebecca era più che la semplice moglie di Dan: era un faro di luce nella vita di tutti coloro che la conoscevano. E sebbene se ne fosse andata, la sua presenza aleggiava ancora in ogni ricordo scelto con cura, in ogni racconto narrato con amore.

Mi ritrovai attratta da una fotografia in particolare, una che mostrava Dan e Rebecca il giorno del loro matrimonio. Si stavano guardando negli occhi, i loro volti illuminati da quel tipo di gioia che deriva dal sapere di aver trovato la propria anima gemella. È uno sguardo che non avevo mai visto prima sul volto di Dan. Gli donava.

«Erano così carini insieme, vero?» disse Chloe a bassa voce, venendo a mettersi accanto a me.

Annuii, incapace di staccare gli occhi dall'immagine. «Lo erano davvero» dissi, con la voce densa di emozione. «Tuo padre... amava tua madre con tutto se stesso. E riesco a vedere quell'amore riflesso in tutto ciò che ha fatto qui.»

Chloe sorrise, appoggiando la testa contro il mio braccio. «Sono contenta che tu sia qui, Rachel» disse. «So che per mio padre significa molto averti con noi oggi.»

Le avvolsi un braccio intorno, stringendola delicatamente. «Non c'è nessun altro posto in cui preferirei essere» dissi, e lo pensavo con ogni fibra del mio essere.

TREDICI

Il caldo bagliore di un filo di luci illuminava il sentiero del giardino mentre io e Dan ci allontanavamo dal chiacchiericcio degli ospiti, che si erano ormai spostati in casa. Una brezza leggera portava con sé il dolce profumo del caprifoglio, e i grilli ci facevano da serenata dall'ombra. Ero grata per quell'attimo di tregua con lui.

Camminammo fianco a fianco, con le spalle che quasi si sfioravano, finché la rimessa per le barche apparve alla vista in riva al mare. Al chiaro di luna, sembrava uscita da un dipinto: travi di legno rustiche, grandi finestre che riflettevano increspature argentate, un esterno appena verniciato che l'avrebbe protetta dalla salsedine e dal tempo per gli anni a venire.

Dan entrò e io lo seguii, felice di avere l'occasione di vederla come si deve.

«Dan, è assolutamente stupenda», dissi, passando una mano lungo le lisce pareti rivestite in legno. «L'hai ristrutturata tutta da solo.»

Lui annuì, un sorriso malinconico che gli aleggiava sulle labbra mentre chiudeva i grandi portelloni a battente. «Era il suo santuario. Amava stare sull'acqua, sentire il vento tra i capelli.» La sua voce era velata di affetto e tristezza insieme.

«Capisco perché. È così tranquillo.» Mi voltai a guardarlo. «Hai fatto un lavoro fantastico.»

Gli occhi di Dan incontrarono i miei, lucidi per l'emozione nella penombra. «Grazie. Significa molto.» Fece un respiro tremante. «Volevo un posto dove sentirmi più vicino a lei. Per ricordare il tempo passato insieme.»

Allungai la mano e gli strinsi delicatamente la sua, sperando che il gesto trasmettesse la mia comprensione e il mio sostegno. Restammo lì per un momento, mano nella mano, con lo sciabordio delle onde come unico suono.

Stando qui con Dan, in questo posto che lui aveva creato per onorare la sua defunta moglie, provavo un profondo senso di connessione, di empatia, e c'era anche qualcos'altro: una scintilla, un'attrazione innegabile tra noi. Sapevo che avrei probabilmente dovuto ignorarla, ma in quel momento, era la sensazione più vitale che avessi provato da molto tempo.

Dan si voltò a guardarmi, con la mano ancora nella mia. Al chiaro di luna, potei scorgere un fremito nei suoi occhi: desiderio, curiosità, un pizzico di senso di colpa. «Sai, non posso fare a meno di pensare che tu e Rebecca sareste andate molto d'accordo. Aveva la tua stessa grinta, la tua stessa passione per il lavoro.»

Sorrisi dolcemente, sentendo un calore diffondersi nel petto alle sue parole. «Davvero? Com'era?»

«Brillante, tanto per cominciare. Tirava sempre fuori idee creative, vedeva possibilità dove altri non ne vedevano. E gentile, così incredibilmente gentile.» La sua voce era malinconica, ma c'era anche una nota d'orgoglio.

«Era un'artista», continuò Dan, con lo sguardo che si addolciva mentre guardava verso il giardino. «Non il tipo da pennello e tela. Più... eclettica. Faceva la graphic designer per agenzie pubblicitarie, ma nel tempo libero, creava questi incredibili collage multimediali. Vecchie fotografie, ritagli di giornale, scampoli di tessuto... li fondeva in qualcosa di meraviglioso. Passava ore qui dentro. Era il suo studio.»

Lo immaginai per un momento: uno studio immerso in una luce calda, Rebecca curva sul suo tavolo da lavoro, con pezzetti sparsi intorno a lei, totalmente assorta nella trasformazione del caos in arte. Potevo quasi sentirne l'energia, come se la creatività stessa fosse qualcosa che si potesse toccare.

Dan sorrise, un po' nostalgico, un po' triste. «Aveva un modo di guardare il mondo che faceva sembrare tutto connesso, come se ogni oggetto casuale avesse una storia che aspettava solo di essere scoperta. È per questo che i suoi lavori erano così buoni. I suoi clienti la adoravano perché prendeva queste idee abbozzate e in qualche modo le trasformava in qualcosa che faceva provare un'emozione alle persone. Non si limitava a rendere le cose belle... le rendeva... importanti.»

Non potei fare a meno di sorridere a quella descrizione. «Sembra che fosse davvero talentuosa.»

«Lo era», convenne lui. «Ed era una frana totale con la tecnologia.» Rise, un suono basso e affettuoso. «Scherzavamo sempre sul fatto che se il suo portatile le faceva anche solo un bip, lei si arrendeva e andava a farsi un caffè finché non glielo sistemavo io. Una volta ha cancellato un'intera presentazione per un cliente premendo accidentalmente un tasto. In preda al panico, mi ha chiamato sul set, convinta di aver rovinato la sua carriera.»

Risi piano. «Sei riuscito a salvarla?»

«Certo. Mi ci sono voluti circa cinque minuti per ripristinarla dal cestino. Ma era così sollevata che avresti detto che le avessi appena fatto un'operazione a cuore aperto.» Scosse la testa, chiaramente divertito dal ricordo. «Il giorno dopo mi ha comprato una tazza ridicola con su scritto 'Genio della Tecnologia' come ringraziamento. Ce l'ho ancora da qualche parte.»

I suoi occhi si fecero di nuovo distanti e capii che stava lottando con il dolore della sua assenza.

Esitai, non volendo essere indiscreta, ma non potei fare a meno di chiedere: «Era difficile per lei conciliare il lavoro e il suo ruolo di madre?»

Dan annuì lentamente. «Sì, a volte. Amava stare con Chloe, ma creare era come la vita stessa per lei. A volte mi preoccupavo che si stesse facendo in quattro, cercando di essere tutto per tutti. Non aiutava il fatto che io fossi via così tanto. Ma lei non l'ha mai vista in quel modo. Per lei, creare non era solo un lavoro, era parte di ciò che era. Anche nei giorni più difficili, trovava sempre il tempo per fare uno schizzo o mettere insieme qualche colore su una mood board. Non le piaceva sentirsi stagnante, come se non stesse andando avanti.»

Non potei fare a meno di rivedermici: il bisogno costante di essere in movimento, di produrre, di raggiungere obiettivi.

«Mi suona familiare», dissi con un sorriso ironico.

Lui mi guardò e sogghignò. «Sì, pensavo che l'avresti capito.»

Annuii, sentendomi un po' più legata alla donna che non avevo mai avuto modo di conoscere. «Sembra incredibile.»

«Lo era», convenne, la voce più bassa ora. «E testarda. Dio, se era testarda. Una volta che si metteva un'idea in testa, niente poteva fargliela cambiare. Una volta decise che avrebbe costruito una casa sull'albero per Chloe, anche se non aveva mai costruito nemmeno una casetta per uccelli prima di allora. Mi sono offerto di aiutarla, ma lei ha insistito che era una cosa che doveva fare da sola. Tre mesi dopo, era finita: leggermente storta e molto meno alta da terra di quanto avesse previsto, ma Chloe la adorava.»

Non potei fare a meno di ridere a quell'immagine mentale. «Sembra che fosse determinata.»

Il sorriso di Dan si fece dolce e un po' triste. «Sì. Diceva sempre che solo perché una cosa è difficile non vuol dire che non valga la pena farla.»

Avevo un nodo in gola che non riuscivo a mandare giù. Allungai la mano, posandogliene una sul braccio.

«Sembra una donna fantastica. Chloe è fortunata ad aver avuto una madre così.»

Lui abbassò lo sguardo sulla mia mano, e per un momento pensai che si sarebbe ritratto, ma non lo fece.

«Sì», disse piano. «E immagino sia per questo che a volte mi spaventa. La velocità con cui sta crescendo. Non voglio... non so... deluderla. O farla sentire sola.»

«Non lo farai», dissi dolcemente. «Te la stai cavando alla grande con lei. Davvero. E penso che Rebecca sarebbe fiera di te. Vorrei averla potuta conoscere.»

«Anch'io.» Il suo pollice tracciò delicati cerchi sul dorso della mia mano, mandandomi un brivido lungo il braccio. «Ma in un certo senso, sento che è stata lei a portarti qui, a questo momento. È una pazzia?»

Il cuore mi saltò un battito alle sue parole, al sottinteso dietro di esse. «No, non è affatto una pazzia.»

Dan fece un passo verso di me, l'altra mano si sollevò per sistemarmi una ciocca di capelli ribelle dietro l'orecchio. Il suo tocco indugiò, le punta delle dita mi sfiorarono la guancia.

«Rachel, io...» I suoi occhi cercarono i miei.

L'aria era elettrica, carica di un desiderio inespresso. Sapevo che eravamo sull'orlo di qualcosa di grande, qualcosa che avrebbe potuto cambiare tutto. E anche se una parte di me era terrorizzata, non volevo più fuggire.

La mano di Dan mi accarezzò la guancia, il pollice sfiorò le mie labbra. Mi protesi verso il suo tocco, chiudendo per un attimo le palpebre. Quando le riaprii, era così vicino che potevo sentire il suo respiro sulla mia pelle.

«Dimmi di fermarmi», sussurrò, con la voce roca per l'emozione.

Invece, mi mossi verso di lui, premendo le mie labbra sulle sue in un bacio appassionato. Dan rispose immediatamente, le braccia mi avvolsero, stringendomi contro di lui. Mi sciolsi nell'abbraccio, perdendomi nella sensazione della sua bocca che si muoveva contro la mia.

Il bacio si approfondì, diventando più urgente. Le mie mani scivolarono tra i suoi capelli, le dita si intrecciarono nelle ciocche scure. Le mani di Dan vagarono sulla mia schiena, il suo tocco lasciava scie di calore attraverso il tessuto della mia camicetta. Mi inarcai contro di lui, desiderando più contatto, più di lui.

Barcollammo all'indietro finché la mia schiena non colpì la parete della rimessa. Le labbra di Dan lasciarono le mie per tracciare una scia infuocata lungo il mio collo, i suoi denti sfiorarono la mia giugulare. Ansimai, la testa mi cadde all'indietro per dargli maggiore accesso.

Dita maldestre si diedero da fare con i bottoni della mia camicetta, e poi questa scivolò via, scoprendo i miei seni coperti di pizzo. Le mani di Dan scivolarono su per la mia cassa toracica, stringendoli attraverso il tessuto delicato. Gemetti, il suono si perse in un altro bacio rovente.

Allungò le mani dietro di me, slacciandomi il reggiseno con dita abili. Si unì alla mia camicetta sul pavimento, lasciandomi nuda davanti a lui. Per un momento, si limitò a fissarmi, con lo sguardo ardente e riverente.

«Sei così bella», disse, prima di chinare il capo per posare baci umidi lungo la mia clavicola, sulla mia spalla.

Ero persa in una nebbia di sensazioni, il mio mondo si era ridotto alle mani e alla bocca di Dan sulla mia pelle. Nient'altro esisteva al di fuori di quel momento, di quella connessione che ardeva tra noi. Volevo affogarci dentro, arrendermi completamente al desiderio che mi scorreva nelle vene.

Feci scivolare le mani sotto la sua maglietta, esplorando la sua schiena, i muscoli che si flettevano. Volevo toccare ogni centimetro di lui, mappare il suo corpo con la punta delle dita, essere la causa di altri di quei fremiti. Dan gemette contro la mia pelle mentre le mie unghie lo graffiavano leggermente lungo la spina dorsale.

Eravamo un groviglio di tocchi disperati e baci ardenti, anni di desiderio represso che si riversavano fuori da noi. L'intensità era travolgente ed esaltante. Non avevo mai desiderato nessuno come desideravo lui in quel momento.

Le mani di Dan scivolarono più in basso, giocando con l'orlo della mia gonna. Miagolai, inarcandomi contro di lui, supplicando silenziosamente di più. Le sue dita sollevarono il tessuto e...

Cercai la cintura di Dan, armeggiando con la fibbia nella mia fretta. Lui si tirò indietro quel tanto che bastava per aiutarmi, slacciandosi i pantaloni e lasciandoli cadere a terra. Potei vedere la prova della sua eccitazione tesa contro i boxer, e la bocca mi si seccò.

Con mani tremanti, agganciai le dita nell'elastico e tirai, liberandolo. Sibilò quando gli avvolsi le dita intorno, dandogli una carezza sperimentale. La pelle vellutata era calda contro il mio palmo, e mi meravigliai del suo peso nella mia mano.

«Rachel», ansimò, i fianchi che scattavano involontariamente mentre lo accarezzavo di nuovo, questa volta più forte.

Incoraggiata dalla sua reazione, trovai un ritmo, godendomi i gemiti sommessi e le lodi sussurrate che cadevano dalle sue labbra. La sensazione era incredibile, e sapere che ero io a farlo sentire così era inebriante.

Le mani di Dan mi afferrarono i fianchi, le dita si conficcarono nella mia pelle mentre cercava di mantenere il controllo. Capivo che era vicino al limite, il respiro affannoso e i muscoli tesi. Una parte di me voleva spingerlo oltre, vederlo disfarsi al mio tocco.

Ma poi fece un passo indietro, togliendomi delicatamente la mano. Il suo petto si alzava e si abbassava mentre cercava di calmarsi, e la confusione mi travolse. *Ho fatto qualcosa di sbagliato?*

«Dan?» domandai, la voce flebile e incerta.

Scosse la testa, passandosi una mano tra i capelli. «Non possiamo. Non qui.»

La comprensione affiorò mentre osservavo l'ambiente circostante: la rimessa, il rifugio di Rebecca. Il senso di colpa mi attanagliò lo stomaco quando la realtà di ciò che stavamo per fare mi piombò addosso. *A cosa stavo pensando, a lasciare che le cose si spingessero così oltre in un posto che significa così tanto per lui?*

«Mi dispiace», dissi, con le lacrime che mi pungevano gli occhi. «Non stavo pensando.»

Dan mi prese il viso tra le mani, i pollici mi sfiorarono gli zigomi. «Non scusarti. Lo voglio, Rachel. Voglio te. Ma non così. Meriti di meglio. Non qui... non ora.»

Le sue parole mi spezzarono il cuore. Sapevo che stava cercando di mettermi al primo posto. Sapevo che lo diceva sul serio. Ma io mi ero completamente persa nel momento. Perché lui no?

Raggiunsi la mia camicetta abbandonata, sentendomi improvvisamente esposta e vulnerabile. Stringendola al petto, cercai di ritrovare un briciolo di compostezza. Il silenzio si allungò tra noi, denso di emozioni inespresse e desiderio persistente.

Dan si schiarì la gola, sul punto di dire qualcosa, quando una voce squarciò la tensione.

«Papà? Sei qui fuori?»

Era Chloe, che chiamava dalla porta sul retro della casa. Il suono della sua voce ci riportò bruscamente alla realtà, ricordandoci della festa in corso all'interno. Le nostre responsabilità di padroni di casa ci piombarono addosso, e ci scambiammo uno sguardo di comprensione venato di rammarico.

Mi rimisi in fretta la camicetta, armeggiando con i bottoni mentre le dita mi tremavano. Dan si sistemò i vestiti, cercando di cancellare le prove del nostro incontro ardente. Sapevamo entrambi che non potevamo ignorare la chiamata di Chloe, ma una parte di me desiderava poter rimanere lì, avvolti in quel momento, per sempre.

«Arrivo subito, tesoro!» gridò Dan in risposta, con la voce tesa.

Si voltò verso di me, con le scuse dipinte sul viso. «Rachel, io...»

Scossi la testa, forzando un sorriso. «Va tutto bene, Dan. Dovremmo tornare. La gente si chiederà dove siamo.»

Lui annuì, ma il desiderio nei suoi occhi mi disse che non era finita. Avevamo aperto una porta che non si poteva chiudere facilmente, e le implicazioni mi esaltavano e terrorizzavano allo stesso tempo.

Mentre tornavamo verso la casa, non potei fare a meno di provare una fitta di delusione. Eravamo così vicini, così pronti a fare quel passo, e ora eravamo di nuovo al punto di partenza. Ma sapevo che Dan aveva ragione. Non potevamo affrettare le cose, non con così tanto in gioco.

Ci fermammo davanti alla porta sul retro, prendendoci un momento per ricomporci. Dan allungò la mano, stringendo dolcemente la mia. Era una promessa silenziosa, una rassicurazione che quella non era la fine.

Poi si allontanò, sfoderando un sorriso mentre entrava per salutare i suoi ospiti.

Mi lisciai i vestiti e mi sistemai una ciocca di capelli dietro l'orecchio, preparandomi ad affrontare il resto della serata. Sapevo che avrei dovuto fare buon viso a cattivo gioco, fingere che il mio mondo non fosse appena stato messo sottosopra.

I suoni delle risate e delle chiacchiere della festa filtravano dalla porta aperta sul retro, in netto contrasto con il momento intimo che io e Dan avevamo appena condiviso.

Entrando in cucina, vengo accolta dalla vista di Dan che, da perfetto padrone di casa, offre da bere a un piccolo gruppo di ospiti. Incrocia il mio sguardo da un capo all'altro della stanza e, per un istante fugace, la maschera cade. Vedo lo stesso struggimento, lo stesso desiderio inespresso che sento riflesso nel suo sguardo.

Ma poi qualcuno fa una battuta e l'attimo svanisce. Dan ride insieme agli altri, l'immagine perfetta di un padrone di casa spensierato e affascinante.

Io, invece, mi sento come se stessi navigando in acque inesplorate. Ogni sorriso, ogni risata sembra forzata, una brutta imitazione delle emozioni autentiche che mi scorrono dentro. Sono dolorosamente consapevole della presenza di Dan, del modo in cui i suoi occhi si soffermano su di me quando pensa che nessuno stia guardando.

Mi verso un bicchiere di vino e ne bevo un sorso, lasciando che il sapore ricco e fruttato mi indugi sulla lingua mentre osservo la stanza. Gli ospiti si sono diradati, ma quelli rimasti si stanno ancora divertendo un mondo, tra risate e chiacchiere che riempiono l'aria. Scorgo Chloe dall'altra parte della stanza, con il viso illuminato dall'entusiasmo mentre mostra i suoi nuovi passi di danza a un gruppo di adulti ammirati.

Un trambusto vicino alla porta d'ingresso attira la mia attenzione. Un uomo con una macchina fotografica al collo si fa strada superando chiunque abbia aperto la porta, seguito da vicino da una donna che stringe un taccuino. Lo stomaco mi si stringe. Mi ero completamente dimenticata del grande annuncio.

Il volto di Dan si indurisce mentre la giornalista lo bombarda di domande. «Signor Rhodes, le voci sono vere? Sta per tornare a recitare?»

«Non rispondo a nessuna domanda» dice Dan seccamente, cercando di accompagnare i reporter fuori da casa sua. Ma la giornalista insistente infila un piede nello stipite della porta.

«Il pubblico ha il diritto di sapere» insiste lei. «Ha intenzione di lasciare il Maine e tornare a Hollywood?»

La rabbia balena negli occhi di Dan. «Questa è una festa privata. Dovete andarvene, ora.»

Confusa dallo scambio ostile, mi avvicino a Dan e agli ospiti indesiderati. Perché è così infastidito da un po' di attenzione mediatica? Potrebbe essere un'ottima pubblicità per la sua carriera.

Tocco leggermente il braccio di Dan. «Perché non rispondiamo solo a qualche domanda? Non può fare male, no?»

Dan si scosta, con la mascella contratta. «Rachel, per favore, resta fuori da questa storia.»

Imperterrita, mi rivolgo alla giornalista con un sorriso smagliante. «Salve! Sono Rachel Holmes, la consulente PR di Dan. Apprezziamo il vostro interesse, ma questo è un evento privato per amici e parenti. Se desidera programmare un'intervista, sarò lieta di organizzarla in un secondo momento.»

«Veramente, siamo stati invitati» il fotografo dai capelli unti agita un invito in aria prima di scattare alcune foto a me e Dan, con il flash che ci acceca per un istante. Dan si copre il viso, la sua frustrazione è palpabile.

«Niente interviste» sbotta. «Voglio che ve ne andiate entrambi. Adesso. Questa è proprietà privata.»

Cerco di appianare le cose, mantenendo la mia compostezza professionale. «Come ho già detto, oggi non rispondiamo a domande. Vi prego di rispettare la privacy del signor Rhodes e di lasciare la proprietà.»

La giornalista fa una smorfia ma alla fine cede. «Bene. Ma non è finita qui. Il pubblico merita di sapere cosa sta succedendo veramente a Dan Rhodes.»

Mentre se ne vanno a malincuore, chiudo la porta e mi volto verso Dan, perplessa dalla sua reazione. Perché è così contrario all'idea di rilanciare la sua carriera? Voglio solo aiutarlo a raggiungere il suo pieno potenziale.

Ma l'espressione sul volto di Dan mi gela il sangue.

«Dove hanno preso quell'invito?» chiede Dan, con un misto di rabbia, dolore e delusione.

Sento un tuffo al cuore quando capisco di aver forse passato il segno. «Volevo solo aiutare...»

Dan mi passa accanto senza una parola, lasciandomi sola nell'ingresso, con la mente in subbuglio. Pensavo di fare la cosa giusta, ma ora non ne sono più così sicura. Devo trovare un modo per rimediare, per sistemare le cose. Ma prima, devo capire perché Dan è così contrario a tornare sotto i riflettori. Pensavo davvero che avesse svoltato accettando di fare questa festa.

Avvilita, vago per il soggiorno, sentendomi un'estranea.

L'atmosfera un tempo vivace ora sembra soffocante, e non riesco a scrollarmi di dosso la sensazione che tutti gli occhi siano puntati su di me. Li supero e mi dirigo verso le scale per prendermi un momento per raccogliere i pensieri.

Mentre mi lascio cadere sull'ultimo gradino, con la testa tra le mani, qualcuno chiede ad Alexa di mettere un po' di musica, e pochi istanti dopo il brusio della conversazione riprende e la festa torna nel vivo.

Resto seduta lì sulle scale, con il cuore che mi martella nel petto, cercando di capire come la serata sia precipitata così in fretta. Solo un'ora fa, tutto sembrava perfetto: io e Dan, avvinghiati nel calore della darsena, così vicini a superare quel confine su cui sono in bilico dal momento in cui l'ho incontrato. Ma ora, la festa che doveva essere il suo grande ritorno si è trasformata in un circo, e la responsabile sono io. Pensavo di restituirgli il suo scopo, la sua passione, ma tutto ciò che ho fatto è stato trascinarlo di nuovo sotto i riflettori che non voleva mai più affrontare.

Lo stomaco mi si attorciglia per il senso di colpa e la frustrazione. Ero così sicura di sapere cosa fosse meglio per lui, così sicura di poter sistemare le cose. Ma ora tutto ciò a cui riesco a pensare è il dolore nei suoi occhi, il modo in cui mi ha guardata come se lo avessi tradito. Il rumore della festa filtra di nuovo nell'aria, ma sembra distante, come se appartenesse alla vita di qualcun altro. So solo che ho combinato un disastro totale e, per una volta nella vita, non ho idea di come rimediare.

Rimango in cima alle scale molto tempo dopo che la festa ha ritrovato il suo ritmo, inosservata e senza che nessuno senta la mia mancanza. La verità è che non mi basta mai lasciarmi trasportare dalla corrente. Ho sempre avuto bisogno di fare qualcosa, qualcosa di significativo. Penso sia per questo che Chicago non mi è mai sembrata del tutto giusta, anche quando avevo successo. Certo, ero brava nel mio lavoro, bravissima, persino. Ma far guadagnare soldi ai clienti e vedere le campagne raggiungere i loro obiettivi non mi sembrava abbastanza importante. Volevo di più. Volevo fare qualcosa che lasciasse il segno.

Forse è per questo che mi sono aggrappata all'idea di aiutare Dan, perché mi sembrava di poter fare davvero la differenza, di poterlo aiutare a reclamare la vita che meritava. Solo che non mi sono fermata a pensare se fosse quello che voleva lui. Ero troppo impegnata a cercare di dimostrare di non essere solo una donna in carriera tutta d'un pezzo che sa risolvere i problemi solo con un comunicato stampa e una campagna sui social media. Volevo mostrargli che potevo essere più di questo: qualcuno che migliora davvero le cose, non solo più efficiente.

Proviamo con questa valutazione d'impatto, un documento richiesto dopo ogni incarico di PR: ho demolito i suoi confini e ho fatto un gran casino. Non ho ascoltato. Non ho chiesto. Ho solo dato per scontato di sapere cosa fosse meglio, perché è quello che faccio. Mi butto a capofitto, convinta di salvare la situazione, senza fermarmi a pensare se qualcuno abbia davvero bisogno di essere salvato. E ora, invece di aiutare Dan ad andare avanti, l'ho trascinato di nuovo nell'unico posto che stava cercando di lasciarsi alle spalle.

Meno male che esistono le piccole fortune: sono sollevata che Chloe sia andata a letto da un po' e non mi vedrà così. Nessuno sembra aver notato la mia assenza, seduta qui, con i gomiti sulle ginocchia e il mento appoggiato sulle mani. Lontano dagli occhi, lontano dal cuore...

Probabilmente è meglio così. Non saprei nemmeno cosa dire se qualcuno si avvicinasse. Sono bloccata in questo limbo terribile, tra il voler scappare e nascondermi e il bisogno di fare qualcosa, qualsiasi cosa, per rimediare al disastro colossale che ho combinato. Pensavo di essere stata furba, orchestrando il grande ritorno di Dan come se stessi lanciando un nuovo marchio di patatine nel Midwest.

Volevo restituirgli il suo scopo, il suo orgoglio... ma non mi sono fermata a considerare se fosse ciò che voleva davvero.

Ora sono bloccata qui, svuotata e dolorante, a chiedermi come sia riuscita a distruggere l'unica cosa buona che ho avuto da quando sono arrivata in questo stato. Mi passo le mani sul viso, cercando di scacciare il bruciore delle lacrime, quando sento delle voci provenire dalla cucina.

Sono Dan e James, impegnati in un'accesa conversazione. So che non dovrei ascoltare, ma non posso fare a meno di cogliere frammenti della loro discussione.

«Non ne aveva alcun diritto, assolutamente nessun diritto» dice Dan, con la voce tesa per la rabbia. «Venire qui, cercare di gestire la mia vita, la mia carriera. Lei non capisce.»

La voce di suo fratello è più pacata. «Sono sicuro che aveva buone intenzioni, Dan. Sta solo cercando di aiutare.»

«Aiutare?» la schernisce Dan. «Spingendomi di nuovo sotto i riflettori? Ignorando i miei desideri, la mia privacy? No, questo non è aiutare. Questo è lei che cerca di controllare tutto, pensando di sapere cosa sia meglio.»

«Non si tratta solo di proteggere Chloe, James» dice Dan. «Si tratta di non farsi risucchiare di nuovo in quel mondo. Sai com'è: il controllo infinito, le aspettative, il modo in cui la gente ti fa a pezzi solo perché esisti. Ho promesso a me stesso che non avrei permesso a Chloe di crescere all'ombra di tutto ciò. Abbiamo costruito qualcosa di buono qui, tranquillo, stabile. Non ho intenzione di rischiare tutto solo perché Rachel pensa che io abbia bisogno di sentirmi di nuovo una star. Non voglio che ogni aspetto della mia vita sia di dominio pubblico. Ho chiuso con tutta quella roba.»

Ogni parola è come un pugno nello stomaco. È così che mi vede davvero? Come una specie di rompiscatole manipolatrice e maniaca del controllo?

Stringo le ginocchia al petto, ricacciando indietro le lacrime. Non ho mai voluto ferire Dan o oltrepassare i limiti. Volevo solo sostenerlo, tirarlo fuori dalla sua apatia, aiutarlo a vedere le possibilità che lo attendevano. Ma nella mia brama di aiutare, ho perso di vista ciò che conta davvero: la felicità di Dan, la sua autonomia, il suo diritto di fare le proprie scelte.

Mentre la loro conversazione continua, mi rendo conto di non poter sopportare di sentire altro. Silenziosamente, scivolo di nuovo giù per le scale e fuori dalla porta principale, alla disperata ricerca di un po' d'aria. La brezza fresca fa poco per lenire il mio cuore turbato mentre cammino senza meta lungo il vialetto, chiedendomi come ho potuto essere così cieca, così insensibile ai veri sentimenti di Dan.

Devo rimediare, trovare un modo per scusarmi e ricostruire la fiducia che ho così sconsideratamente mandato in frantumi. Ma prima, devo fare un esame di coscienza approfondito, su me stessa e sulle mie motivazioni. Perché se non riesco a essere un'amica senza trasformare tutto in affari, allora forse non ho alcun diritto di far parte della sua vita.

Mentre mi avvicino alla fine del vialetto, scorgo la giornalista e il fotografo rannicchiati insieme, che esaminano le foto scattate poco prima.

«...pubblichiamo questa, Rhodes che perde le staffe» dice il fotografo, sfogliando le immagini sulla sua macchina fotografica. «L'ho decisamente colto nel suo momento peggiore.»

La giornalista annuisce, scarabocchiando furiosamente sul suo taccuino. «Questa è oro. Sceglieremo l'angolazione della stella caduta, l'attore finito che non riesce a gestire la pressione di un ritorno. 'Dan Rhodes: Problemi di rabbia e una carriera a pezzi.' È perfetto.»

Il cuore mi sprofonda mentre realizzo la gravità della situazione. Non solo ho messo a repentaglio la mia relazione con Dan, ma ho anche inavvertitamente alimentato un polverone mediatico che potrebbe distruggere la sua reputazione e ogni possibilità di una vita tranquilla con Chloe.

Non posso permettere che accada. Non lascerò che i miei errori rovinino il futuro di Dan.

Con ritrovata determinazione, mi avvicino alla giornalista

e al fotografo, schiarendomi la gola per attirare la loro attenzione. Loro alzano lo sguardo, sorpresi di vedermi lì.

«Mi scusi» dico, con la voce ferma nonostante le farfalle nello stomaco. «Credo che ci sia stato un malinteso.»

La giornalista inarca un sopracciglio, con la penna sospesa sul taccuino. «Ah sì? E quale sarebbe?»

Scelgo attentamente le parole. «Dan Rhodes non è un attore finito con problemi di rabbia. È un padre devoto che ha subito una perdita inimmaginabile. È un uomo che sta cercando di fare la cosa giusta per sua figlia, di darle l'amore e la stabilità di cui ha bisogno.»

Il fotografo abbassa la macchina fotografica, un barlume di incertezza gli attraversa il volto. «Ma le foto... il modo in cui ha reagito...»

«Ha reagito come farebbe qualsiasi padre protettivo quando la sua privacy viene invasa» ribatto, con la voce che si rafforza a ogni parola. «Non è interessato alla fama o a un ritorno sulle scene. Vuole solo essere lasciato in pace per crescere sua figlia.»

La giornalista mi studia per un lungo momento, la sua espressione indecifrabile. «E perché dovremmo crederle? Che interesse ha in tutto questo?»

Sostengo il suo sguardo, con la mia determinazione incrollabile. «Perché tengo a Dan e Chloe, e ho fatto un errore a invitarvi. Non spettava a me decidere, e non posso sopportare l'idea di essere responsabile di un titolo sensazionalistico. Se avete un briciolo di decenza, rispetterete la loro privacy e li lascerete in pace.»

Cala un silenzio pesante, rotto solo dal suono lontano delle risate provenienti dalla casa. Alla fine, la giornalista sospira, riponendo il taccuino nella sua borsa.

«D'accordo» dice, con tono secco. «Lasceremo perdere la storia. Ma è meglio per lei che Rhodes apprezzi quello che ha fatto.»

Detto questo, sblocca la sua auto e i due salgono. Li guardo allacciarsi le cinture di sicurezza, con il cuore che batte forte nel petto mentre il peso delle mie azioni si abbatte su di me.

«Veramente» busso con le nocche sul finestrino del passeggero dell'auto. C'è un'esitazione prima che si abbassi. «Ho bevuto qualche bicchiere di vino, c'è la possibilità di avere un passaggio fino a Biddeford se siete di strada?»

«Le cose vanno così male in casa?» La giornalista si morde il labbro inferiore.

«Sì.»

«Certo. Salga. Scusi il disordine.»

Scivolo sul sedile posteriore, con il cuore che ancora corre per lo scontro. Il sedile in pelle è fresco contro la mia pelle mentre mi allaccio la cintura, cercando di trattenere le lacrime.

«È sicura di non volersi unire a noi per un drink?» chiede la giornalista, guardandomi nello specchietto retrovisore. «Potrebbe aiutare a smorzare la tensione.»

Scuoto la testa, abbozzando un debole sorriso. «Grazie, ma penso di aver bisogno di un po' di tempo da sola per elaborare tutto.»

Il fotografo fa spallucce, armeggiando con la sua macchina fotografica. «Come preferisce.»

«Dove deve andare?»

«Al White Pines Motel.»

«Lo conosco» dice la giornalista mentre preme il pulsante di accensione.

Mentre l'auto si allontana dal marciapiede, appoggio la testa al finestrino, guardando le luci scintillanti della casa svanire in lontananza. Il dolce ronzio del motore riempie il silenzio, e mi ritrovo persa nei miei pensieri, ripercorrendo gli eventi della serata nella mia mente.

Serpeggiando tra le strade buie e alberate, giungo a un'amara conclusione: devo concentrarmi sui miei obiettivi e sulle mie aspirazioni, e lasciarmi alle spalle la faccenda caotica delle relazioni. Ogni volta che mi sono aperta alla possibilità di qualcosa di più, sono finita ferita, delusa e sola.

Sembra proprio che io non sia capace di andare d'accordo con gli altri.

Meglio attenersi alle cose che posso controllare, come portare a casa un cliente enorme per Channing Gabriel.

L'auto si ferma davanti al motel, e ringrazio la giornalista e il fotografo per il passaggio. Mentre mi dirigo verso la mia stanza, un'ondata di determinazione mi pervade. Apro la porta, entro, mi tolgo le scarpe e mi lascio semplicemente cadere sul letto, completamente ed assolutamente esausta.

QUATTORDICI

Un leggero bussare alla porta mi distoglie dai miei pensieri. Mi metto a sedere, asciugandomi le guance, prima di andare ad aprire. Quando lo faccio, vengo accolta dal viso raggiante di Chloe, e la sua vista – così luminosa ed eccitata – quasi mi spezza.

«Rachel!» cinguetta lei, praticamente saltellando sul posto. «Papà ha detto che potevamo passare a ringraziarti per la festa! È stata fantastica! Tutti dicono che è stata una figata.»

Prima che io possa rispondere, lei mi sfreccia accanto entrando nella stanza, piena di energia ed entusiasmo, e io noto Dan in bilico, a disagio, sulla soglia, con le mani infilate in tasca. Il suo sguardo incrocia il mio solo per un istante prima che lui distolga gli occhi, chiaramente ancora arrabbiato, o almeno ancora intento a elaborare la sua rabbia. Lo stomaco mi si stringe.

«Ehi» riesco a dire, cercando di sembrare normale. «Siete... qui entrambi?»

«Sì» borbotta Dan. «James forse ha bevuto un po' troppo ieri sera, quindi faccio io un turno. Chloe voleva passare a ringraziarti. Ho pensato... che non avrebbe fatto male.»

Chloe sta già ispezionando la stanza come se fosse una

caccia al tesoro, prendendo la mia spazzola e rimettendola a posto.

«Guarda quante foto ci sono nella chat di gruppo?» squittisce, avvicinandomi il telefono al viso. «Tutti hanno adorato le decorazioni e il cibo. E gli amici di papà continuavano a dire quanto fosse bello vederlo. È stata tipo... la festa più bella nella storia delle feste.»

Forzo un sorriso, anche se il senso di colpa mi punge la pelle come mille spilli. «Sono contenta che tu e i tuoi amici vi siate divertiti.»

Dan si limita ad alzare le spalle, il suo viso è indecifrabile. «Noi, ehm... non volevamo interrompere. Solo... volevamo ringraziarti.»

Chloe mi guarda con un'eccitazione così innocente da far male.

«Possiamo uscire insieme oggi?» chiede, con gli occhi spalancati e pieni di speranza. «Papà lavorerà per un sacco di tempo e mi annoio. Ho pensato che magari potevamo andare da qualche parte. Solo noi due?»

Il cuore mi sprofonda in petto. Non avevo esattamente pianificato di socializzare oggi – specialmente dopo il disastro di ieri sera – ma non riesco a dirle di no. Lancio un'occhiata incerta a Dan, che si limita ad alzare di nuovo le spalle, come se lasciasse a me la decisione.

«Chloe, non sono sicura...» comincio, ma lei mi interrompe, lasciandosi cadere sul letto e facendomi quegli occhioni supplicanti che, giuro, potrebbero spaccare il granito.

«Ti prego? Prometto che non ci metteremo nei guai. Voglio solo passare del tempo con te, davvero. Pensavo... che dopo la festa avremmo potuto fare qualcosa di divertente insieme.»

Mando giù il nodo che ho in gola, cercando disperatamente di bilanciare la mia vergogna con il non deluderla. «Non lo so, Chloe» temporeggio, guardando Dan. «Io... ho lasciato la mia macchina a noleggio a casa vostra, ieri sera. Dovremmo andare a prenderla.»

«Se potessi tenerla d'occhio oggi, in realtà mi faresti un favore enorme. Qui non c'è molto da fare per lei. Se non ti dispiace prendere un Uber. Andate... a casa, e restate lì se volete. Io finisco qui e vi raggiungo più tardi.»

Il viso di Chloe si illumina come fuochi d'artificio, e si alza in piedi in un batter d'occhio, saltellando praticamente sulla punta dei piedi. «Sì! Grazie, papà! Grazie, Rachel!»

Io e Dan ci scambiammo un'occhiata.

«State solo attente» dice lui, con voce burbera. «E non uscite di casa senza di me, okay?»

«Sì, papà» cinguetta Chloe, già trascinandomi verso la porta.

Afferro la borsa e faccio un piccolo cenno a Dan mentre passiamo. «Grazie» dico, e lui si limita ad annuire senza incrociare il mio sguardo.

Chloe chiacchiera senza sosta mentre percorriamo il corridoio del motel, già pianificando la giornata come se fosse una grande avventura. Non posso fare a meno di sorridere, anche se il mio cuore è oppresso dal peso di quanto io abbia mandato tutto a rotoli.

Forse passare la giornata con Chloe mi aiuterà. Forse riuscirò a schiarirmi le idee. E forse – solo forse – troverò un modo per sistemare le cose con Dan.

L'Uber ci lascia a casa di Dan, e Chloe saltella subito avanti, la sua energia sembra quasi rimbalzare sul terreno. La seguo con un po' più di cautela, osservando la casa che sta rapidamente diventando familiare, nonostante io non c'entri assolutamente nulla qui. Il giardino ha un aspetto immacolato, i tavoli, le sedie e le decorazioni della festa sono stati tutti messi via, come se non fosse mai successo niente.

Riesco ancora a vedere il fantasma della notte precedente, di quanto tutto sembrasse perfetto prima che andasse in pezzi.

Mi sforzo di scacciare il ricordo e di concentrarmi su Chloe, che è già sulla veranda e mi fa cenno di raggiungerla con entusiasmo impaziente.

«Forza, Rachel!» chiama. «Cosa vuoi fare per prima cosa?»

Sorrido al suo ardore, cercando di raccogliere lo stesso livello di entusiasmo. «È la tua giornata, Chloe. Decidi tu.»

Il suo viso si illumina come la mattina di Natale. «Possiamo prendere la barca?» chiede, praticamente saltellando sulla punta dei piedi.

Mi si chiude lo stomaco. «Oh... non lo so. Tuo padre non ha detto niente riguardo alle barche.»

Chloe non sembra nemmeno notare la mia esitazione. «Andrà tutto bene. Papà mi ha insegnato a remare, e mettiamo sempre i giubbotti di salvataggio. Ti faccio vedere!»

Dovrei impormi, insistere per rimanere sulla terraferma, ma l'eccitazione nei suoi occhi mi fa esitare. Non voglio essere un'altra adulta che toglie a Chloe la sua autonomia e le dice sempre di no, troppo spaventata di sbagliare per correre un rischio. L'ho fatto per tutta la vita: evitare qualsiasi cosa potesse esplodermi in faccia. Ma Chloe conta su di me perché io dica di sì, perché per una volta stia al gioco.

Prima che io possa inventare un'altra scusa, lei sta già correndo verso la darsena, non lasciandomi altra scelta che seguirla. Forse vale la pena abbassare la guardia. Solo per questa volta.

Mentre ci avviciniamo, non posso fare a meno di sentire una fitta cruda nel petto. Il sole del mattino filtra attraverso l'ampia porta aperta, riflettendosi sulla fresca mano di vernice rosso intenso e rimbalzando sull'acqua al di là. È bellissimo.

Ma entrare è come ricevere un pugno allo stomaco. È qui, proprio qui, che avevo pensato che forse – solo forse – tutto sarebbe andato bene. Dove le mani di Dan sulla mia pelle erano sembrate l'inizio di qualcosa di incredibile. Dove la sua bocca sulla mia mi aveva fatto girare la testa e battere forte il cuore. E appena un'ora dopo, tutto era andato in pezzi.

Mando giù il nodo che ho in gola e mi sforzo di concentrarmi su Chloe, che sta già sfrecciando avanti, completamente ignara della tempesta che infuria dentro di me.

«Guarda!» dice, raggiante mentre indica la piccola barca a remi appesa a un argano a trenta centimetri dall'acqua, appena verniciata e praticamente scintillante. «Io e papà ci abbiamo lavorato per settimane! Mi ha lasciato dipingerla lui. Non è fantastica?»

Mi addentro ulteriormente nella darsena per dare un'occhiata più da vicino. Ieri sera era coperta di festoni e decorazioni da festa e, be', pensavo che facesse parte della decorazione piuttosto che essere una barca realmente funzionante, inoltre la mia attenzione era rivolta a tutt'altro. È una cosina semplice, niente di speciale, ma il legno è levigato e la verniciatura è impeccabile. Bianca con una rifinitura blu intenso, e appesa a un gancio a poppa, una targa di legno con il nome dipinto in una grafia attenta e decisa: Rebecca.

Mi fermo, provando una fitta agrodolce. «Rebecca» mormoro. «Porta il nome di tua madre.»

Chloe annuisce, le sue dita sfiorano le lettere dipinte con una sorta di riverenza. «Sì. Papà l'ha chiamata come lei quando l'abbiamo sistemata. Prima era tutta rotta e dall'aspetto triste, ma lui ha detto che darle il suo nome l'avrebbe resa di nuovo bella.»

La gola mi si stringe e distolgo lo sguardo, non volendo che lei veda il modo in cui i miei occhi pizzicano.

«È bellissima» la rassicuro. «Avete fatto un lavoro fantastico. Adoro anche il nome.»

Mi lancia un'occhiata, un po' timida ora, le sue dita tracciano la scritta precisa. «Mamma amava l'acqua... Voleva sempre andare in barca a vela, ma papà non ha mai trovato il tempo di riparare la vecchia barca fino a... be', dopo.»

Le parole aleggiano pesanti nell'aria, e provo una fitta di tristezza per lei. Non conoscevo Rebecca, ma so che tipo di impatto può avere una perdita su una famiglia.

«Tuo padre sembra che ce la stia mettendo tutta» dico dolcemente. «Devi essere orgogliosa di lui.»

Chloe annuisce, ma non sorride più. «Si sforza così tanto di fare da entrambi i genitori. Pensa che io non me ne accorga, ma me ne accorgo. A volte esagera, sai? Tipo, quando cerca di preparare dei cupcake elaborati per la vendita di dolci a scuola, quando io volevo solo quelli semplici. O mi sistema i capelli con queste trecce perfette che non mi assomigliano nemmeno.» Alza le spalle, lanciandomi uno sguardo di sbieco. «Non voglio che pensi di non essere abbastanza. Ma... a volte, vorrei solo che mi lasciasse fare alcune cose da sola.»

Trattengo il nodo in gola, colpita da quanto sia acuta. «Sei una ragazzina intelligente, Chloe. E hai ragione, ce la sta mettendo tutta. Ma forse va bene dirgli che puoi gestire alcune cose da sola.»

Ci pensa, la sua piccola fronte si corruga in riflessione. «Forse. È solo che... non voglio renderlo triste. A volte ha quello sguardo, come se cercasse di non piangere quando pensa che io non lo veda.»

Deglutisco, desiderando avere le parole giuste. «Sai una cosa? Tuo padre è fortunato ad averti. Sei coraggiosa, riflessiva e ti preoccupi per lui. Non tutti i ragazzi lo capirebbero. Siete una squadra davvero incredibile.»

Il suo sorriso ritorna, esitante ma reale. «Pensi davvero?»

«Assolutamente.»

Chloe si rasserena un po', e vedo la tensione allentarsi dalle sue spalle. Mi guarda con una scintilla di curiosità. «Tu non hai figli, vero?»

«No» ammetto, cercando di mantenere un tono leggero. «Mi dimentico a malapena di annaffiare le piante, figuriamoci di prendermi cura di un altro essere umano.»

A quella battuta lei ridacchia, e il suono solleva l'umore come un raggio di sole attraverso una finestra impolverata. «Be', sei molto forte. Probabilmente saresti una brava mamma, se mai volessi esserlo.»

Il complimento inaspettato mi colpisce dritto al petto, e non sono del tutto sicura del perché.

Accenno un sorriso e le scompiglio i capelli. «Grazie, Chloe. Significa molto.»

Chloe non sembra notare il mio turbamento. È troppo impegnata a passare le mani sui remi, assicurandosi che tutto sia a posto. «È assolutamente sicuro» mi rassicura, tirando fuori i giubbotti di salvataggio da una cassa di legno e sollevandone uno con enfasi. «Andiamo sul fiume. Abbiamo tutta l'attrezzatura di sicurezza.»

Forzo un sorriso, cercando di eguagliare il suo entusiasmo, ma le mie viscere si sentono contorte e a disagio. Non è solo il pensiero di andare in acqua, anche se neanche quello mi entusiasma. È più l'eco persistente della notte precedente: del tocco di Dan, della sua rabbia e del mio schiacciante senso di colpa.

Chloe nota la mia esitazione e aggrotta la fronte. «Non ti piacciono le barche?»

Mi schiarisco la gola, cercando di sembrare disinvolta. «Non è quello. È solo che... non mi piace molto stare in acqua. Sono più una persona da... terraferma.»

Inclina la testa, come se cercasse di capire come qualcuno possa sentirsi in quel modo.

«Ma è divertente! E non fa paura. Potremmo semplicemente uscire per qualche minuto. Solo fino a quella boa e ritorno. Vedrai, è facile.»

Mi mordo il labbro, combattuta tra il dirle di no e il non volerla deludere. Chloe ne ha passate abbastanza, e l'ultima cosa che voglio è essere un'altra persona nella sua vita che la delude. Inoltre, che senso ha andare sempre sul sicuro? Forse è ora di rischiare, anche per qualcosa di piccolo. Forse ho bisogno di spingermi fuori dalla mia zona di comfort, di agitare un po' le acque, per così dire.

Annuisco. «Va bene. Facciamolo.»

Il viso di Chloe si illumina di pura gioia, e saltella quasi mentre allaccia i giubbotti di salvataggio a entrambe.

«Vedrai,» promette. «È super divertente.»

Chloe gira l'argano per qualche giro, e la barca si abbassa in acqua. Salta dentro con la grazia di chi l'ha fatto cento volte, mentre io impiego un po' più di tempo per calarmi con cautela sulla panca, aggrappandomi ai bordi.

Lei ridacchia. «Sembri pronta per un uragano.»

«Non voglio solo ribaltarci prima ancora di iniziare» borbotto, cercando di trovare l'equilibrio.

Una volta sistemate, Chloe prende i remi e mi fa un sorriso rassicurante. «Visto? Facilissimo. Devi solo trovare il tuo equilibrio in mare.»

La barca scivola fuori dalla darsena con una spinta leggera, e sento il cuore accelerare un po' mentre le onde dolci ci cullano. Ma i movimenti di Chloe sono costanti e sicuri, e lentamente – con mia grande sorpresa – mi rilasso.

«Visto?» dice Chloe con orgoglio. «Non vomiterai o cose del genere, vero?»

Rido, più di me stessa che di altro. «No. Penso di star bene.»

Lei sorride e immerge i remi nell'acqua, trovando un ritmo che ci fa scivolare verso la boa. Mi lascio andare un po', la tensione nelle mie spalle si allenta mentre la barca dondola dolcemente sotto di noi. C'è qualcosa di pacifico in tutto questo, qualcosa di calmante che non mi aspettavo. Forse è la sicurezza di Chloe. O forse è solo che stare qui fuori sembra una pausa dalla realtà, una bolla di calma lontano da tutto il casino che ho combinato.

Chloe mi guarda, il suo viso pensieroso. «Sei brava in questo» dice.

Inarco un sopracciglio. «A fare cosa? Stare seduta ferma senza andare nel panico?»

Lei ridacchia. «No, solo... a stare al gioco. Non tutti lo fanno. Alcune persone dicono subito di no senza nemmeno provarci.»

Le sue parole mi colpiscono un po' più a fondo di quanto

mi aspettassi, e mi chiedo se sia quello che ho fatto per tutta la vita: dire di no a qualsiasi cosa sembrasse rischiosa o scomoda. Giocare sempre sul sicuro. Fare sempre la cosa sensata. Forse mi sono persa molto per questo.

«Sì» dico a bassa voce, più a me stessa che a lei. «Immagino sia ora che impari a... stare al gioco.»

Chloe sorride, soddisfatta, e immerge di nuovo i remi, guidandoci dolcemente in avanti. Chiudo gli occhi per un momento, respirando solo l'aria fresca e lasciando che il suono del fiume mi riempia le orecchie.

Il ritmo dei remi che fendono l'acqua diventa quasi rilassante, e mi permetto semplicemente di... esistere. Il fiume si estende intorno a noi, calmo e silenzioso, e per la prima volta da un po' di tempo, sento di poter davvero rallentare. Niente scadenze. Niente presentazioni. Niente pressione per dimostrare il mio valore. Solo... essere qui.

Mentre la barca scivola più lontano dalla riva, Chloe canticchia tra sé e sé una melodia che non riconosco, ma è dolce e soave, e si adatta perfettamente all'atmosfera.

«Sai,» dico, cercando di mantenere un tono leggero, «sei piuttosto coraggiosa a portarmi in barca quando sono totalmente negata.»

Chloe ridacchia di nuovo. «Non sei negata. Avevi solo bisogno di una piccola spinta. Inoltre, non sei andata nel panico, quindi è piuttosto fico.»

Sorrido a quella frase. Forse ha ragione. Forse ho passato così tanto tempo a convincermi di non poter gestire certe cose che non mi sono mai presa la briga di provarci davvero.

«La prossima volta,» dico, guardando l'immobilità dell'acqua, «prenderò io i remi. Affare fatto?»

Chloe fa un sorrisetto. «Perché non iniziare ora?»

«Cosa?»

«Prendi questo» dice, porgendomi un remo. «È come andare in bicicletta. Be', una bicicletta sull'acqua.»

«Non è rassicurante come pensi» borbotto, ma prendo il remo, cercando di imitare la presa di Chloe.

Mi mostra le basi: come remare, come governare, come lavorare con la corrente invece che contro. Con mia sorpresa, imparo in fretta; i movimenti sembrano naturali e fluidi.

Mentre ci avviciniamo alla boa, lo sciabordio ritmico dei remi e il dolce dondolio della barca mi cullano in una sensazione di tranquillità. Le mie paure iniziano a svanire, sostituite da un crescente senso di euforia.

«Sei una forza della natura!» esclama Chloe, mentre riesco a girare la barca a mio piacimento con un abile colpo di remo.

Sento un'ondata di orgoglio alle sue lodi. Qui fuori, con l'immensità dell'acqua intorno a noi e la brezza fresca sul viso, provo una leggerezza che non conoscevo da anni. È come se il peso delle mie responsabilità, della mia colpa, della mia insicurezza rimanesse a riva, lasciandomi libera e senza fardelli.

«È fantastico» dico, inclinando la testa all'indietro. «Mi sento come se potessi remare per sempre.»

«Sapevo che ti sarebbe piaciuto! Aspetta di vedere dove stiamo andando.»

Indica davanti a sé, e io seguo il suo sguardo verso una struttura lontana, arroccata su uno sperone roccioso dall'altra parte del fiume.

«Aspetta. Un attimo. Avevamo detto fino alla boa e ritorno. Questo era l'accordo.»

«È solo un po' più lontano.» Indica col dito. «Anzi, è meno strada che tornare a casa.»

Mi volto e mi rendo conto che ha ragione, siamo già a più di metà del fiume. Che differenza fa un po' più lontano, ora che siamo qui?

«Cosa c'è lì?»

«Vedrai.» Sorride.

Mentre ci avviciniamo, distinguo la forma caratteristica di un piccolo faro, la vernice bianca scrostata da tempo e la struttura ora coperta di piante rampicanti.

«Quello è il vecchio faro» spiega Chloe, con una nota malinconica nella voce. «Io e mamma venivamo qui in barca tutto il tempo. Era il nostro posto speciale.»

Il cuore mi si stringe ogni volta che Chloe menziona sua madre. Non riesco nemmeno a immaginare il vuoto che la sua perdita ha lasciato nella sua vita, nella vita di Dan.

Mentre ci avviciniamo alla base del faro, Chloe mi guida verso una piccola spiaggia rocciosa. Non appena la prua della barca tocca la sabbia, Chloe salta giù, poi si volta, offrendomi la mano mentre scavalco la prua e torno sulla terraferma. Tiriamo la barca a riva e saliamo lungo un sentiero tortuoso fino alla porta del faro.

Chloe tira fuori una chiave dalla tasca e apre la porta. «Papà ne cura ancora la manutenzione» dice a bassa voce. «Per la mamma.»

All'interno, l'odore di muffa di pietra antica e aria di mare ci avvolge. Saliamo le scale a chiocciola, i nostri passi echeggiano nello spazio stretto, fino a sbucare sul ballatoio in cima.

La vista è incredibile. Da questo punto di osservazione, il fiume si estende in entrambe le direzioni, fondendosi con l'orizzonte. La brezza è più forte quassù e mi scompiglia i capelli intorno al viso.

Chloe si appoggia alla ringhiera, lo sguardo perso. «A volte, quando mi manca, vengo qui con papà e in qualche modo mi sento più vicina a lei. Come se fosse ancora qui con me.»

Impulsivamente, le metto un braccio intorno alle spalle, stringendola a me. «Lo è, Chloe. È sempre con te.»

Stiamo lì per un lungo momento, osservando la luce del sole danzare sull'onda, ognuna persa nei propri pensieri.

«Forse dovremmo tornare indietro» dico a malincuore, guardando l'orologio. «Tuo padre finirà presto di lavorare.»

Chloe annuisce, la sua espressione malinconica si trasforma in un sorriso malizioso. «Facciamo a gara per arrivare alla barca!»

Scende di corsa le scale, la sua risata rieccheggia dietro di lei. Scuoto la testa, un sorriso mi increspa le labbra, e la seguo a un ritmo più pacato. Quando arrivo in fondo, lei ha già spinto la barca in acqua.

Mi sistemo al mio posto, afferrando i remi. Il legno è caldo e liscio sotto le mie mani, i movimenti sembrano già più naturali, più istintivi. Scivoliamo nel fiume, il faro si allontana dietro di noi.

Chloe lascia scivolare le dita nell'acqua, creando piccole increspature che si allargano nella nostra scia. «Vorrei che potessimo rimanere qui per sempre» sospira.

«Anch'io» ammetto, sorprendendomi della sincerità di quella frase. Qui fuori, con il sole sul viso e la brezza tra i capelli, lo stress e le pressioni della mia vita a Chicago sembrano a un milione di chilometri di distanza.

Persa nei miei pensieri, non noto la mano di Chloe che si avvicina furtivamente alla superficie del fiume finché non è troppo tardi. Raccoglie una manciata d'acqua, lanciandomela contro con una risata gioiosa.

«Oh, adesso si fa sul serio!» balbetto, ricambiando con uno spruzzo tutto mio.

Le nostre risate si mescolano al suono dell'onda che lambisce la prua mentre ci impegniamo in una vera e propria battaglia d'acqua, la barca dondola dolcemente sotto di noi. Per pochi preziosi minuti, siamo solo due amiche che giocano e scherzano, senza pensieri al mondo.

Ma il momento viene infranto da un improvviso, nauseante scricchiolio. Mi blocco, il cuore mi si ferma in gola, mentre vedo l'acqua che inizia a infiltrarsi attraverso una crepa frastagliata nello scafo.

«Rachel?» La voce di Chloe è flebile e spaventata. «Cosa sta succedendo?»

«Non lo so!»

Lascio andare i remi e unisco le mani a coppa, cercando di raccogliere manciate d'acqua per gettarle di nuovo nel fiume.

Deglutisco a fatica, cercando di reprimere il panico

crescente. La barca sta affondando, la crepa si allarga sotto i miei occhi, l'acqua si riversa dentro più velocemente di quanto io riesca a svuotarla.

«Andrà tutto bene» riesco a dire, la mia voce suona molto più calma di quanto mi senta. «Tieniti a me, va bene?»

Chloe annuisce, il viso pallido, gli occhi spalancati e fiduciosi. La stringo a me, la mente che corre, cercando una soluzione, una via d'uscita. Ma la riva è troppo lontana, l'acqua troppo fredda e la barca sta affondando velocemente.

Mentre l'acqua ci lambisce le caviglie, mentre la barca comincia a inclinarsi sotto di noi, tutto ciò che posso fare è stringere Chloe più forte e pregare che arrivino i soccorsi, prima che sia troppo tardi.

«Chloe, controlla il tuo giubbotto di salvataggio! Svelta!» urlo. Le mie mani tremano mentre controllo le cinghie e le fibbie del mio giubbotto, l'urgenza rende i miei movimenti goffi.

Chloe si arrampica a poppa, quasi perdendo l'equilibrio sul pavimento scivoloso.

«Ho paura, Rachel» piagnucola, con la voce tremante.

«Lo so, tesoro. Ma andrà tutto bene.» Cerco di infondere nelle mie parole una sicurezza che non provo. L'acqua gelida ci arriva ora agli stinchi, la barca geme e si inclina pesantemente da un lato. «Dovremo saltare in acqua, okay? Al mio tre.»

Chloe annuisce, il suo viso una maschera di paura e determinazione. Mi stringe forte la mano, le sue piccole dita gelide. Cerco di calmare il battito frenetico del mio cuore.

«Uno... due... tre!»

Saltiamo dalla barca che affonda, tuffandoci nell'acqua gelida. Lo shock mi toglie il respiro, il freddo mi blocca i muscoli. Per un momento terrificante, sono disorientata, non so da che parte sia l'alto. Ma poi il mio giubbotto di salvataggio mi riporta in superficie e io emergo, ansimando e sputando acqua.

«Chloe!» chiamo, la voce roca per la paura. «Chloe, dove sei?»

Una piccola mano afferra la mia, e quasi scoppio a piangere dal sollievo. Chloe si aggrappa a me, i denti che battono, il viso spettralmente pallido. Dietro di noi, la barca scivola sotto la superficie, lasciando solo delle increspature sulla sua scia.

Galleggiamo nell'acqua, l'adrenalina e la paura ci scorrono nelle vene. La riva in entrambe le direzioni sembra impossibile da raggiungere, l'acqua si estende in una distesa infinita. Ma siamo vive. Siamo insieme. E in qualche modo, dobbiamo muoverci. Dobbiamo raggiungere la terraferma.

Avvolgo il braccio intorno a Chloe, tenendola stretta. «Tieniti a me» dico, con la voce tremante. «Andrà tutto bene. Lo prometto.»

E mentre galleggiamo lì, due piccole figure nel vasto e spietato fiume, posso solo sperare che sia una promessa che posso mantenere.

Scalcio con le gambe, adattandomi per accogliere Chloe, e mi dirigo verso la riva. Ma per quanto io scalci, non sembra che stiamo andando avanti.

Semmai, stiamo andando di lato.

Sembra che la corrente abbia altre idee e continui la sua inarrestabile corsa verso l'oceano. Mi giro sulla schiena e, usando la galleggiabilità del salvagente, trascino Chloe sopra di me in modo che possa stringermi il petto. Passando allo stile a rana, sento di avere più potenza in ogni calcio.

Bracciata. Bracciata. Bracciata. Ricordo le parole delle mie lezioni di nuoto di tanti anni fa. Le semplici istruzioni dell'insegnante venivano urlate a tutti gli studenti in acqua. Ma quella era una piscina, a temperatura controllata, senza maree, senza alcun movimento se non lo spruzzo occasionale di un altro studente il cui calcio era troppo alto. Questo è un fiume vero, arrabbiato, inarrestabile.

L'acqua ci sbatte in faccia, fredda e implacabile. Ogni onda mi provoca un nuovo brivido, i denti mi battono in modo incontrollabile. La presa di Chloe intorno al mio collo è come una morsa, le sue unghie mi scavano nella pelle. Ma accolgo con favore il dolore, l'ancora fisica alla realtà.

«Aiuto!» urlo, la mia voce roca e disperata. «Qualcuno, vi prego, aiutateci!»

Ma non c'è risposta, nessun segno di nessuno nelle vicinanze. Continuo a scalciare, mettendo ogni briciolo di sforzo, ma il fiume rimane silenzioso, indifferente alla nostra sorte. Tendo le orecchie, sperando di sentire il ronzio lontano di un motore di barca o le grida di una squadra di ricerca. Ma non c'è niente.

Perché dovrebbe esserci? Nessuno sa che siamo qui fuori.

Chloe piagnucola, il viso premuto contro la mia spalla. «E se nessuno ci trovasse?» sussurra, la sua voce flebile e fragile.

Deglutisco a fatica, cercando di ignorare i tentacoli gelidi della paura che mi stringono il cuore. «Ci troveranno» dico, infondendo nella mia voce una convinzione che non provo. «Tuo padre... Si renderà conto che qualcosa non va quando non torneremo. Verrà a cercarci.»

Ma anche mentre le parole mi escono di bocca, non posso fare a meno di chiedermi... E se non pensasse di doversi affrettare a tornare perché qualcuno si sta occupando di Chloe?

Ah. *Occupando*. Già, la prima volta che sono l'adulto responsabile di un bambino, e questo è il risultato.

No. Non posso pensare così. Non ora. Non quando Chloe ha bisogno che io sia forte.

Forzo un sorriso, scostando una ciocca di capelli bagnati dal viso di Chloe. «Ehi, canta quella canzone che hai fatto alle prove.»

«Ora?»

«Sì, mi è piaciuta molto.»

Le sue labbra tremano. «Non sono sicura di ricordare le parole.»

«Prova» suggerisco, con voce gentile. «Aiuterà a passare il tempo finché non arriveranno i soccorsi.»

Per un momento, Chloe esita. Ma poi, dolcemente all'inizio, comincia a cantare. La sua voce è tremula e incerta, le note vacillano nell'aria. Ma gradualmente, diventa più forte, più sicura. La melodia ci avvolge come una coperta, uno scudo fragile contro il freddo e la paura.

E mentre ascolto, il mio cuore si gonfia di un amore feroce e protettivo. Potrei non essere sicura di molto in questo momento: non della mia carriera, non del mio futuro, nemmeno della mia stessa identità. Ma una cosa la so con assoluta certezza: farò tutto il necessario per tenere al sicuro questa preziosa bambina.

QUINDICI

♥

Ho le membra intorpidite. L'acqua gelida non sembra più così fredda, e so che non è un buon segno. Fatico a tenere la testa di Chloe fuori dalle onde. E la mia. Il panico minaccia di sopraffarmi. Lo ricaccio indietro. Devo essere forte per Chloe.

«Tieniti forte a me», le dico con voce tremante. «Andrà tutto bene».

Le manine di Chloe si aggrappano al mio collo, il suo respiro è affannoso. La sento tremare contro di me. La poverina deve essere terrorizzata.

Mi guardo intorno freneticamente, cercando di orientarmi. Non riesco più a distinguere il faro. Ma credo di riuscire a scorgere un molo, simile a quello di Dan, dove un motoscafo ormeggiato blocca la vista della casa. Se solo riuscissimo ad arrivare là...

Un colpo secco mi fa trasalire. La gamba di Chloe che si dimenava ha colpito qualcosa: la targa con il nome della barca. *Rebecca*. Le lettere brillano accusatrici mentre galleggia in superficie.

«Chloe, prendila!», grido sopra il vento. «Ti aiuterà a galleggiare!».

Insieme, ci tuffiamo per prenderla. Riesco ad afferrarne un

angolo e a spingerla sotto il braccio di Chloe. Lei la stringe come se fosse un'ancora di salvezza.

Sto esaurendo le energie. Sento di non averne più in corpo. Devo. Resistere. Avanti.

Mi impongo di mantenere la calma. Una gambata alla volta. È tutto ciò su cui riesco a concentrarmi. Una gambata, poi un'altra. Ignoro il bruciore nei muscoli. Escludo il freddo che mi sta penetrando nelle ossa. Nuotare e basta.

Chloe geme e io la stringo più forte a me. «Tuo padre ci troverà», le prometto, pregando che sia vero. «Ci starà cercando. Dobbiamo solo arrivare a riva».

Strizzo gli occhi nella luce che si affievolisce, valutando la distanza dal molo. Troppo lontano, ma non abbiamo scelta. Prendendo una boccata d'aria, inizio a scalciare verso terra, con Chloe che è un peso tremante contro il mio petto.

Ti prego, fa' che ce la facciamo, supplico in silenzio. *Ti prego. Dan, dove sei? Abbiamo bisogno di te. Chloe ha bisogno di te.*

Serro i denti e continuo a nuotare.

Le onde sono più violente ora. In realtà sono piccole, ma la loro dimensione è irrilevante. Mi schiaffeggiano il viso mentre lotto per tenere la testa fuori dall'acqua.

«Continua a scalciare, tesoro», la incoraggio, cercando di sembrare calma nonostante il panico che mi serra la gola. «Stai andando alla grande. Andrà tutto bene».

Ma anche mentre pronuncio le parole, il dubbio mi rode. La riva sembra incredibilmente lontana, un miraggio che brilla nel crepuscolo che avanza. Sento braccia e gambe come piombo, ogni bracciata un'agonia di sforzo.

La presa di Chloe sulla targa col nome si allenta e lei grida allarmata. «Lasciala andare!», le dico, rafforzando la mia presa. «Tieniti solo a me».

Annuisce, il viso pallido e tirato. È così giovane, così vulnerabile.

Devo salvarla. Nient'altro ha importanza. Non il dolore, non la stanchezza, non la paura. Solo Chloe conta.

Con un'esplosione di determinazione, rinnovo i miei sforzi, tirando Chloe più sopra di me. «Muovi le gambe», le dico, mostrandole come fare. «Come se stessi andando in bicicletta. Più forte che puoi, va bene?».

Obbedisce senza parole, le sue piccole scarpe da ginnastica che battono un ritmo contro l'acqua. Mi unisco a lei, spingendoci centimetro dopo centimetro verso la salvezza.

È un lavoro estenuante, lottare contro le correnti che vogliono trascinarci sotto. L'acqua mi brucia gli occhi. I polmoni mi bruciano a ogni boccata d'aria.

Ma una bracciata lenta dopo l'altra, una gambata faticosa dopo l'altra, il molo si avvicina. Mi fisso su di esso, riversando ogni briciolo di forza che mi resta per raggiungerlo.

Ancora un po'. Continuare. Non fermarsi. Per Chloe.

Non so per quanto tempo annaspiamo insieme, sospese tra la speranza e il terrore. Il tempo perde di significato al di là del ritmo irregolare dei nostri movimenti e del martellare del mio polso nelle orecchie.

C'è solo il freddo. Le correnti. Chloe. Il molo lontano. E l'unico, implacabile pensiero: dobbiamo farcela.

Dobbiamo.

Un grido frenetico di Chloe mi scuote dalla mia lotta semi-delirante.

«Papà!», urla, con la voce roca. «Papà! Aiutaci!».

Giro la testa, seguendo il suo sguardo, e quasi piango di sollievo alla vista dell'auto di Dan che percorre lentamente il sentiero costiero. Salta fuori, scrutando l'acqua, cercandoci.

La speranza mi invade, elettrizzandomi. Unisco la mia voce a quella di Chloe, gridando il suo nome con la poca forza che mi è rimasta. «Dan! Dan, siamo qui! Aiuto!».

All'inizio non sembra sentirci: si dirige di nuovo verso la sua auto, sul punto di andarsene. Un nodo di angoscia mi si stringe nel petto. Non può andarsene. Non ora. Non quando siamo così vicine...

«Papà!», strilla di nuovo Chloe, la disperazione impressa in quell'unica sillaba.

Finalmente, miracolosamente, la sua testa scatta verso l'acqua. Vedo il momento in cui si rende conto della nostra situazione, il suo corpo che si irrigidisce per lo shock. Poi si mette a correre, scattando verso la riva del fiume con una velocità che farebbe invidia a un olimpionico.

Non esita un istante quando raggiunge il bordo, scalciando via le scarpe e sfilandosi la giacca con un unico movimento fluido. Il telefono e il portafoglio colpiscono il suolo una frazione di secondo prima che si tuffi in acqua, fendendo la superficie con un arco netto.

Quasi singhiozzo per il sollievo mentre nuota verso di noi a bracciate potenti, colmando la distanza in pochi istanti. Pochi attimi dopo, le sue braccia forti ci circondano, sostenendoci mentre sta a galla.

«Vi ho prese», dice bruscamente, gli occhi folli di paura e sollievo. «Vi ho prese entrambe. State bene».

Controlla Chloe freneticamente, cercando qualsiasi segno di ferita. Lei si aggrappa a lui, le piccole mani che stringono la sua maglietta. Soddisfatto che sia illesa, rivolge la sua attenzione a me.

«Tu stai bene?», chiede, la sua presa sul mio braccio quasi dolorosa.

Riesco a fare un cenno tremante, troppo sopraffatta per formulare parole. Sembra capire, tirandomi più vicino finché le nostre fronti si toccano, tutti e tre avvinghiati in un abbraccio disperato.

Delicatamente, stacca Chloe dal suo petto e la sistema sulla schiena. «Tieniti forte, piccola», le dice. «Come quando eri piccola, ricordi?».

Lei obbedisce, intrecciando le braccia intorno al suo collo e nascondendo il viso tra le sue scapole. Con le mani libere,

Dan mi raggiunge, guidando le mie braccia intorno alla sua vita.

«Aggrappati a me», ordina dolcemente. «Ci porto a riva. Tieniti forte, Rach».

Lo faccio, aggrappandomi a lui come a un'ancora di salvezza mentre si dirige verso la riva, il suo corpo forte che fende l'acqua con grazia determinata. Il solido calore di lui contro di me è un'ancora, una promessa di salvezza in mezzo al caos persistente.

Mentre ci avviciniamo alla riva del fiume, lascio che i miei occhi si chiudano, la stanchezza che mi travolge in ondate implacabili. Sono vagamente consapevole di Dan che ci tira fuori dall'acqua, della piccola figura di Chloe ancora aggrappata a lui come una patella.

Poi, in qualche modo, sono seduta sul sedile posteriore della sua auto, ancora aggrappata a Chloe, con il ronzio distante e preoccupato della voce di Dan e il beato sollievo di essere viva.

Ce l'abbiamo fatta, penso confusamente, arrendendomi finalmente all'attraente richiamo dell'incoscienza. *Siamo vive. Siamo al sicuro.*

Ci ha salvate lui.

Le mie palpebre si aprono tremolando alla vista del viso di Dan che mi sovrasta, la sua fronte corrugata dalla preoccupazione. «Rachel? Ehi, ci sei?».

Annuisco debolmente, aprendo gli occhi. Accanto a me, Chloe è rannicchiata su se stessa, il suo piccolo corpo scosso dai brividi.

«A cosa stavi pensando?», chiede Dan, la voce roca per la paura residua. «Prendere la barca in quel modo senza dirmelo?».

«Mi dispiace», dico, con un nodo alla gola. «Volevamo solo... pensavo che sarebbe stato divertente».

«Divertente?». Si passa una mano tra i capelli, la frustrazione che emana da ogni linea del suo corpo. «Rachel, quella barca non era in condizioni di navigare. L'avevo levigata, verniciata per farla sembrare carina, ma non avevo sostituito l'impermeabilizzante tra le assi. Era solo da esposizione».

Una sensazione di sprofondamento si fa strada nel mio stomaco mentre la grandezza del nostro errore mi colpisce. «Non lo sapevo», riesco a dire, con un filo di voce.

«Sei fortunata che non sia stato più grave», continua Dan, ammorbidendo leggermente il tono. «Tutto questo tempo, mi hai chiesto di trattare Chloe come un'adulta. Beh, guarda cosa succede. È solo una bambina, Rachel».

Le lacrime mi pungono gli angoli degli occhi, offuscandomi la vista.

«Mi dispiace», dico di nuovo, le parole inadeguate di fronte a quello che sarebbe potuto succedere. «Non avrei mai voluto che accadesse».

Dan sospira, la rabbia che svanisce dai suoi lineamenti mentre allunga una mano per scostarmi una ciocca di capelli bagnati dalla fronte. «Lo so», dice. «Ma è successo. E ora dobbiamo affrontarlo».

Si volta verso Chloe, prendendola tra le braccia. Lei si aggrappa a lui, il viso pallido e tirato. «Portiamovi dentro», dice, la voce gentile ma ferma. «Vi riscaldiamo, e poi ne parliamo».

Annuisco, permettendogli di aiutarmi a scendere dall'auto.

Il calore della casa ci avvolge appena entriamo, un contrasto scioccante con il gelo che mi è penetrato nelle ossa. Dan si affretta, prendendo asciugamani e coperte, i suoi movimenti efficienti ma tinti di una tensione persistente.

Chloe si rannicchia sul divano, avvolta in un soffice asciugamano, gli occhi distanti. Desidero consolarla, assicurarle che andrà tutto bene, ma le parole mi si bloccano in gola. Come posso fare tali promesse quando le ho così palesemente mancato di rispetto?

«Togliti subito quei vestiti bagnati», dice.

Accetto un asciugamano e una vestaglia da lui, e lui si volta e si occupa di Chloe mentre io mi spoglio, i miei vestiti fradici che atterrano sul pavimento con un tonfo umido.

«Vado a fare della cioccolata calda», annuncia Dan, la sua voce che taglia il silenzio pesante. «Chloe, perché non vai a farti una doccia? Calda quanto riesci a sopportarla».

Lei annuisce, scivolando giù dal divano e dirigendosi lungo il corridoio con una vestaglia molto più grande di lei. La guardo andare, il mio cuore che duole per il peso dei miei errori.

Dan torna con due tazze fumanti di cioccolata calda, posandole sul tavolino. Si siede su una delle sedie della sala da pranzo di fronte a me, le mani strette in grembo.

«A cosa stavi pensando?», chiede, con la voce tesa. «Hai idea di quanto sia pericoloso quel fiume?».

Sussulto, il senso di colpa che mi travolge di nuovo. «Lo so. Mi dispiace, Dan. Non mi ero resa conto che la barca non fosse in condizione di navigare. Volevo solo fare qualcosa di speciale per Chloe, per dimostrarle che ci tengo».

«Mettendo a rischio la sua vita?». Il suo tono si fa aspro, la rabbia che gli balena negli occhi. «Mi sono fidato di te con mia figlia, Rachel. Pensavo che avessi capito quanto sia importante per me».

«Infatti è così», insisto, sporgendomi in avanti. «Anche Chloe è tutto per me. Non la metterei mai intenzionalmente in pericolo».

«Ma l'hai fatto». Le parole pesano nell'aria. «Non posso perderla, Rachel. Non come ho perso Rebecca. Non sopravvivrei».

Il mio cuore si stringe al dolore crudo nella sua voce. «Mi dispiace tanto, Dan. Non era mia intenzione. Pensavo di fare la cosa giusta. Chiaramente non lo era. Non so che altro dire».

«So che non era tua intenzione», dice, la voce che si addolcisce leggermente. «Ma questo non cambia quello che è successo».

Prima che io possa rispondere, Chloe scende le scale,

vestita con abiti caldi e asciutti. Si arrampica sul divano accanto a me, rannicchiandosi al mio fianco. Le passo un braccio attorno, tenendola stretta.

«Scusa, papà», mormora, con un filo di voce. «Non volevo spaventarti».

L'espressione di Dan si addolcisce mentre guarda sua figlia. Si sposta per raggiungerci sul divano, stringendo Chloe in un forte abbraccio. «Lo so, tesoro. Sono solo felice che tu stia bene».

Sopra la testa di Chloe, i nostri sguardi si incontrano. Devo distogliere lo sguardo. La vergogna. Il senso di colpa. La delusione verso me stessa...

Mi alzo a fatica, stringendo più forte la vestaglia intorno a me. La stanchezza della nuotata, il panico, la discussione con Dan: tutto mi si abbatte addosso in un'onda soffocante. Devo andarmene, schiarirmi le idee. Cammino verso la porta, ogni passo uno sforzo.

«Rachel, aspetta». La voce di Dan mi ferma. «Non puoi andartene così. Non sei in condizione di andare da nessuna parte».

Mi fermo, senza voltarmi. La preoccupazione nel suo tono mi tocca il cuore, ma la fitta delle sue parole precedenti persiste. «Starò bene», mormoro, anche se non ci credo neanche io.

«Mi dispiace davvero», dico mentre apro la porta e me ne vado per sempre dalla vita di Dan e dal Maine.

SEDICI

Fisso il mio biglietto aereo per Chicago, l'orario di partenza si offusca davanti ai miei occhi mentre siedo al bar dell'aeroporto. Nonostante l'uscita melodrammatica da casa di Dan, ho trascorso due giorni a Portland prima che il traffico aereo tornasse di nuovo del tutto operativo. Ma almeno ho potuto affogare i miei dispiaceri nel comfort relativo di un hotel a cinque stelle nel centro della città e ho avuto modo di provare il servizio in camera tre volte al giorno.

«Cosa posso portarLe?»

La voce del barista mi strappa ai miei pensieri. È appoggiato al bancone di legno lucido, i suoi occhi gentili colgono il mio turbamento con un'aria preoccupata.

Sbatto le palpebre rapidamente, cercando di mettere a fuoco. «Ehm, prenderò un...» La mia voce si spegne mentre do un'occhiata alle file di bottiglie scintillanti dietro di lui.

Cosa importa quello che ordino? Tra poche ore sarò di nuovo a Chicago, di nuovo alla normalità. Di nuovo al lavoro. Anche se, a dire il vero, non sono più sicura che sia la vita che voglio.

Il barista attende pazientemente, la sua presenza gentile in qualche modo rassicurante in mezzo al mio tumulto.

Mi schiarisco la gola. «Un vodka sour, per favore.»

Annuisce con un sorriso comprensivo. «Arriva subito.»

Mentre si dà da fare per preparare il mio drink, fisso senza vederlo l'atrio affollato oltre il bar.

I viaggiatori passano di fretta, i volti illuminati da uno scopo e dall'entusiasmo. Coppie passeggiano mano nella mano, famiglie gestiscono bambini esuberanti. Sembrano tutti sapere esattamente dove stanno andando, con le loro strade tracciate chiaramente davanti a sé.

E invece io sono seduta qui, con la mia strada che si fa improvvisamente nebulosa quanto il mio riflesso sulla parete a specchio del bar. Pensavo di avere tutto chiaro: fare carriera, concentrarmi sul mio lavoro, mettermi alla prova in un settore spietato dove il successo è l'unica moneta che conta.

E in qualche modo, ho portato quella mentalità qui, nel Maine. Cercando di dimostrare che potevo migliorare le cose per Dan e Chloe, che potevo sistemare le loro vite come una specie di angelo custode. Ma non stavo pensando a ciò di cui avevano davvero bisogno. Volevo solo sentirmi di nuovo utile. Sentire che stavo facendo qualcosa che valesse la pena. E invece, ho quasi causato la morte di Chloe.

«Ecco a Lei.» Il barista mi fa scivolare il drink sul bancone, il liquido rosso vivo ondeggia dolcemente. «Posso portarLe qualcos'altro?»

Avvolgo le dita attorno al vetro freddo, ancorandomi alla sua solidità. «No, grazie. Io... sto bene così.»

Ma è vero? Sono davvero pronta ad abbandonare tutto ciò che queste ultime settimane hanno risvegliato in me? Il legame, l'appartenenza, la sensazione di poter far parte di qualcosa di reale?

Lo stomaco mi si attorciglia e prendo un sorso corroborante del mio drink. Brucia mentre scende, una gradita distrazione dal dolore nel mio cuore. Andrà tutto bene. Deve andare bene. Questo è il percorso che ho scelto molto tempo fa e non posso semplicemente abbandonarlo per poche settimane di... cosa, esattamente?

Una fantasia, ecco cos'è. Un bel sogno che non ha posto nella dura luce della realtà. Rachel Holmes non si lascia distrarre dal fascino delle piccole città e dalle accoglienti feste di famiglia. Non abbassa la guardia, non si permette di immaginare un futuro diverso.

No, Rachel Holmes sale su un aereo per Chicago e non si guarda indietro. Anche se ogni fibra del suo essere le urla di ripensarci. Anche se non riesce a scrollarsi di dosso la sensazione di stare commettendo un terribile errore.

Posso farcela. Devo farcela. Alzo lo sguardo ancora una volta verso il barista.

«Potrei avere il conto, per favore?»

Mentre metto la mano in tasca per prendere il portafoglio, le mie dita sfiorano qualcosa di inaspettato. Aggrottando la fronte, tiro fuori un tovagliolo stropicciato, il cuore mi perde un battito quando riconosco la grafia scarabocchiata. Il tovagliolo di Dan, quello che mi aveva dato quella sera al bar. La sera in cui tutto è... iniziato.

Lo liscio sulla superficie lucida del bancone, i miei occhi ripercorrono le parole che sono diventate così familiari, così preziose.

Personaggio o attrice?

Tre semplici parole che avevano acceso una connessione, una comprensione. Un promemoria del fatto che sotto la superficie, entrambi stavamo lottando per conciliare le nostre identità pubbliche con il nostro vero io.

La vista mi si offusca e ricaccio indietro le lacrime che minacciano di cadere. Come può un piccolo e stupido tovagliolo avere così tanto significato? Come può farmi mettere in discussione tutto ciò che pensavo di sapere su me stessa, su ciò che voglio?

Dovrei buttarlo via. Lasciarmelo alle spalle, come mi sto lasciando alle spalle il Maine e tutti i ricordi che custodisce.

Ma mentre lo accartoccio nel pugno, non riesco a lasciarlo andare. È un pezzo tangibile del viaggio che ho intrapreso, un simbolo della persona che sono diventata.

O forse, della persona che sono sempre stata, sotto la patina lucida di professionalità e ambizione. La persona che brama un legame, un senso di casa e di famiglia. La persona che si nasconde da troppo tempo dietro la maschera di Rachel Holmes, Direttrice dello Sviluppo Nuovi Affari.

La mano mi trema mentre rimetto il tovagliolo in tasca, un talismano contro i dubbi che turbinano dentro di me. Non posso tornare indietro; non posso annullare le scelte che ho fatto. Ma forse, solo forse, posso portare un pezzo di questa esperienza con me, un promemoria di ciò che potrebbe essere, se sarò abbastanza coraggiosa da afferrarlo.

Con un cenno risoluto, scivolo giù dallo sgabello e mi dirigo verso il gate d'imbarco. Verso Chicago, verso la vita che ho costruito, la vita che ho scelto.

Ma anche mentre porgo il biglietto all'addetto al gate, anche mentre salgo sull'aereo, sento il peso del tovagliolo in tasca, una presenza costante, la promessa di una possibilità.

E per la prima volta dopo tanto tempo, mi permetto di chiedermi... E se?

Personaggio o attrice?

Riesco quasi a sentire la voce di Dan, quel suo tono gentile e consapevole che riserva ai momenti in cui mi legge dentro. Mi sta chiedendo di scegliere, di decidere chi voglio essere. L'impeccabile e composta dirigente di PR, che recita sempre una parte? O la vera Rachel, quella che ride liberamente, che apre il suo cuore, che osa sognare una vita diversa?

Una parte di me desidera ardentemente essere quella persona, liberarsi dell'armatura che ho indossato per così tanto tempo e abbracciare la vulnerabilità che deriva dall'essere vista veramente. Ma un'altra parte di me si ritrae, terrorizzata dalle implicazioni, dallo sconvolgimento che potrebbe portare al mondo che ho costruito con tanta cura.

Come può una semplice domanda avere così tanto potere, così tanto potenziale di cambiamento? Come possono poche parole di un uomo che conosco da così poco tempo farmi mettere in discussione tutto ciò che pensavo di volere?

Il cuore mi batte all'impazzata mentre contemplo la scelta che ho davanti: il sentiero che percorro da così tanto tempo o il territorio inesplorato che mi chiama. Posso davvero rinunciare alla sicurezza, allo status, all'identità a cui mi sono aggrappata? Posso rischiare tutto per una possibilità di avere qualcosa di più, qualcosa di reale?

Personaggio o attrice. Autenticità o finzione. Amore o ambizione.

Cerco di placare le voci in guerra nella mia testa. E in quel momento, mi rendo conto che forse, solo forse, non devo scegliere. Forse posso trovare un modo per essere entrambe le cose, per abbracciare la forza e la resilienza che ho affinato come Rachel Holmes, pur permettendomi di essere vulnerabile, di essere reale.

Avvicinandomi al gate, sento un nuovo senso di chiarezza e determinazione. Ogni passo è deliberato, una manifestazione fisica della mia risolutezza. Il terminal affollato svanisce sullo sfondo, la mia attenzione è rivolta unicamente al percorso che mi attende.

Mi fermo sulla soglia, la mano appoggiata al banco del check-in. Per un momento, mi permetto di guardarmi indietro, non con nostalgia o rimpianto, ma con gratitudine. La nuvola di cenere, l'incontro con Dan e Chloe, il tovagliolo stropicciato: tutti hanno avuto un ruolo in questo viaggio alla scoperta di me stessa. Sono stati dei catalizzatori, che mi hanno spinto a confrontarmi con le parti di me che avevo a lungo ignorato.

Mentre salgo sull'aereo, l'assistente di volo controlla il mio biglietto e mi accoglie con un sorriso caloroso. «Benvenuta a bordo, signorina Holmes. Siamo felici di averLa con noi oggi e siamo felici di poter volare di nuovo.»

Ricambio il sorriso, uno genuino che mi arriva agli occhi. «Grazie. Anch'io.»

E lo sono. Davvero. Mi sistemo al mio posto, lo sguardo che vaga verso il piccolo finestrino accanto a me. La pista si estende davanti a me, una rete di strade che portano a innumerevoli destinazioni. Ma per ora, la mia destinazione è chiara. Chicago. Channing Gabriel. Un nuovo capitolo della mia storia.

Mentre l'aereo inizia a rullare, mi appoggio allo schienale del sedile, un senso di pace mi pervade. Personaggio e attrice. Due facce della stessa medaglia. Due parti di un tutto.

Il dolce ronzio dei motori dell'aereo mi riempie le orecchie mentre saliamo sempre più in alto nel cielo. Guardo fuori dal finestrino, osservando il mondo sottostante diventare sempre più piccolo. Gli edifici, le strade, gli alberi: tutto si fonde in una trapunta patchwork di colori e forme.

Mi ritrovo a pensare a Dan, al tempo che abbiamo condiviso. Le risate, le lacrime, i momenti di connessione che sono sembrati così reali, così crudi. E mi rendo conto che, in un certo senso, lui sarà sempre una parte di me. Una parte della mia storia, un capitolo del libro della mia vita.

Ma è un capitolo che è giunto al termine. Ho sbagliato. E per quanto faccia male, per quanto io possa voler aggrapparmi al passato, so che devo lasciarlo andare. Devo andare avanti, abbracciare il futuro che mi attende.

Metto la mano in tasca, le dita sfiorano la superficie liscia del mio telefono. Lo tiro fuori, fissando lo schermo vuoto per un momento prima di sbloccarlo. Apro le email, i miei occhi scorrono la posta in arrivo alla ricerca di un messaggio in particolare.

Eccola. L'email di Channing Gabriel, che conferma il mio ritorno al lavoro. Ci clicco sopra, leggendo le parole che ho letto una dozzina di volte. Ma questa volta, sembrano diverse. Questa volta, sembrano una promessa. Una promessa di nuovi inizi, di seconde possibilità.

Mi immagino entrare in ufficio a testa alta, pronta ad affrontare qualsiasi sfida si presenti. Mi immagino prosperare, crescere, diventare la versione migliore di me stessa.

E so che, qualunque cosa accada, avrò sempre questo momento. Questo momento di chiarezza, di scopo, di pura e assoluta determinazione.

L'aereo continua a librarsi in volo, portandomi sempre più vicino alla mia destinazione. E mentre siedo lì, con il cuore pieno di speranza e possibilità, so di essere esattamente dove dovrei essere.

DICIASSETTE

QUATTRO MESI DOPO

Non avrei mai immaginato che vestirsi per un appuntamento potesse sembrare come assemblare un'armatura da battaglia.

Sono in piedi davanti allo specchio a figura intera e liscio il tessuto setoso del mio vestito con le mani che tremano leggermente. È di un intenso verde bosco — un colore che secondo Zoe faceva sembrare i miei occhi 'preziosi' — ma stasera non sono sicura del messaggio che sto cercando di inviare. Sicura di me? Curiosa? Emotivamente disponibile?

Sono mesi che non esco per un vero appuntamento. Non da Portland. Non da Dan.

Quel pensiero mi coglie di sorpresa, insinuandosi come un ospite indesiderato. Me lo scrollo di dosso, aggiustandomi la spallina del vestito. Non si tratta di lui. Si tratta di me. Di andare avanti. Di dire di nuovo sì al mondo.

L'appartamento è silenzioso, quasi in modo sospetto. Niente email urgenti. Niente scadenze impossibili. Nessuna crisi di campagna elettorale che richieda un triage immediato. Solo il basso ronzio della città all'esterno e il lieve tintinnio della chiusura della mia collana mentre la allaccio dietro il collo.

Controllo il telefono: il mio Uber è a due minuti. Afferro la borsa, infilo un cappotto mentre do un'occhiata in giro. Ogni cosa è esattamente dove dovrebbe essere. Ordinata. Organizzata. Prevedibile.

Non sembra una casa. Sembra una base operativa.

L'idea mi turba, ma la metto da parte. Stasera non è il momento per l'introspezione. Stasera si tratta di rimettere un piede nel mondo degli appuntamenti, e forse di ricordarmi che la vita esiste ancora al di fuori di presentazioni di PR, piani di crisi e rimpianti.

Chiudo la porta a chiave dietro di me e scendo le scale, il familiare ticchettio dei miei tacchi sul cemento è uno strano conforto. L'Uber è lì che aspetta, il suo interno debolmente illuminato come la promessa di qualcosa di nuovo.

Mentre l'auto si allontana dal marciapiede, scorgo il mio riflesso nel finestrino: composta, elegante, in tutto e per tutto una donna che sa ciò che vuole.

Vorrei solo sapere con certezza di cosa si tratti.

L'Uber mi lascia al *Nouveau* — un suo suggerimento — il ristorante alla moda nel cuore del centro. Appena entro, il vivace chiacchiericcio e il tintinnio dei bicchieri promettono una serata memorabile. La hostess mi conduce a un tavolo vicino alle ampie vetrate, offrendomi una vista perfetta sulla strada affollata sottostante.

Scivolo sulla sedia di velluto, accavallando le gambe con cura e dispiegando il tovagliolo in grembo come se l'avessi fatto cento volte. Ma dentro, ho i nervi a fior di pelle. Non necessariamente in senso negativo... solo che sono arrugginita. Mi concentro sull'arredamento elegante: pareti di mattoni a vista, lampadine di Edison che proiettano una luce calda e un eclettico mix di opere d'arte. Il brusio della conversazione riempie l'aria, punteggiato da scoppi di risa dai tavoli vicini. Non posso fare a meno di sentire una scintilla di anticipazione. Forse è proprio quello di cui ho bisogno, un'opportunità per conoscere qualcuno di nuovo e lasciarmi un po' andare.

La verità è che non sono più abituata a questa versione di me stessa. Quella che arriva in anticipo agli appuntamenti. Quella che si veste elegante per curiosità, per il gusto della possibilità. Per così tanto tempo, mi sono vestita solo per essere presa sul serio. Blazer professionali. Palette monocromatiche. Sempre con l'obiettivo di scomparire dietro la competenza.

Stasera, sto provando qualcosa di diverso.

Mi guardo intorno nel ristorante, osservando gli altri tavoli per trarne ispirazione. Una coppia alla mia sinistra è a metà di una bottiglia di vino, le mani che si avvicinano furtivamente tra una portata e l'altra. Dall'altra parte della sala, qualcuno ride un po' troppo forte per qualcosa che non è poi così divertente. Agitazione da primo appuntamento, sospetto.

Degli amici brindano con cocktail colorati, e io giocherello con il tovagliolo in grembo, cercando di calmare le farfalle nello stomaco. Gli appuntamenti non sono mai stati il mio forte, passando sempre in secondo piano rispetto alla mia carriera. Ma ora sono qui, mi sto mettendo in gioco. Significherà pur qualcosa, no?

Do un'occhiata al telefono, controllando l'ora. Dovrebbe arrivare da un momento all'altro. Bevo un sorso d'acqua, esaminando il menu senza leggerlo davvero. Il profumo di aglio ed erbe aromatiche si diffonde dalla cucina, mescolandosi con la musica jazz soft in sottofondo. Mi ricordo che stasera devo essere coraggiosa. Spontanea. Vivere la mia vita migliore... o, per lo meno, provarci.

Lyle arriva esattamente puntuale, entrando con passo sicuro nel ristorante con lo stesso fascino presuntuoso che ricordo dalla riunione di presentazione. È elegante e impeccabile in un abito color carbone, i capelli perfettamente acconciati, e devo ammettere che sa come presentarsi bene.

Mentre si dirige verso di me, ogni occhio nella stanza

sembra notarlo. Ha quell'energia, come se sapesse di essere nel suo elemento.

E proprio così, ricordo esattamente perché all'inizio gli dissi di no.

«Rachel» mi saluta con un sorriso, allargando le braccia come per abbracciarmi, ma poi ci ripensa e mi offre invece la mano. «È fantastica.»

«Grazie» dico. «Anche Lei non è male.»

Lui ridacchia, squadrandomi da capo a piedi. «Devo ammettere che sono rimasto piacevolmente sorpreso di ricevere la Sua chiamata. Pensavo non mescolasse affari e piacere.»

Faccio spallucce con un sorriso, anche se non apprezzo il suo sguardo insistente. «Di solito non lo faccio. Ma sto cercando di cambiare, di essere un po' più aperta a... nuove esperienze.»

Lyle solleva un sopracciglio, chiaramente incuriosito, ma ho la netta impressione che la sua mente sia finita dritta nella fogna prima che la riportasse coscientemente fuori.

«Questo mi piace. La vita è troppo breve per attenersi alle regole, in ogni caso.»

Rido leggermente, anche se non sono del tutto sicura di essere d'accordo con lui. «Esatto. A volte bisogna solo buttarsi.»

Il cameriere appare quasi subito, prendendo le nostre ordinazioni per le bevande mentre sfogliamo il menu: un whisky per lui e un bicchiere di Pinot Nero per me.

Una volta arrivate le bevande, Lyle alza il bicchiere, rivolgendomi un sorriso sicuro. «Ai nuovi inizi» dice, e questa volta sono pienamente d'accordo, facendo tintinnare il mio bicchiere contro il suo.

«Ai nuovi inizi» gli faccio eco, bevendo un sorso.

Lyle si appoggia allo schienale, chiaramente a suo agio. «Sa, devo dire che rispetto chi sa cosa vuole e se lo va a prendere. La presentazione che ha fatto per acquisire il nostro business è stata micidiale. Sa davvero come tenere banco. Vorrei solo che venisse più regolarmente nei nostri uffici.»

Sorrido, ma una parte di me si chiede se lo intenda come un complimento o come una strategia. Le lodi arrivano spesso facilmente da persone che si aspettano che tutto sia transazionale.

Tuttavia, lo accetto. Ho lavorato troppo duramente per non farlo. «Grazie» rispondo.

Lui annuisce con apprezzamento. «Intelligente. Ho sempre creduto che i rischi calcolati siano l'unico modo per andare avanti. Bisogna essere disposti a infrangere le regole quando conta.»

C'è qualcosa di viscido nel modo in cui lo dice, come se non parlasse di idee audaci, ma di prendere scorciatoie e giustificarle in seguito. Mi ricorda una dozzina di altri uomini che ho incontrato nelle sale riunioni e durante i brunch: motivati, sì, ma mai rallentati da cose come l'etica o l'empatia.

«Allora» dico, dirottando la conversazione, «quando non gira hamburger, cosa Le piace fare? Hobby? Passioni?»

Mi lancia uno sguardo a metà tra il divertito e l'inorridito. «Scherza, vero? Non mi ci vedrebbero nemmeno morto in uno dei nostri ristoranti, né davanti né dietro il bancone.»

Rido, ma il suono esce fragile. Lui non se ne accorge. O forse sì, e semplicemente non gli importa. C'è un orgoglio nella sua voce con cui non riesco a identificarmi. Penso a Dan che insegnava ai ragazzi come impostare le scene, che si sporcava le mani con l'attrezzatura audio-video e le luci, mai al di sopra di nulla. C'è una dignità nel farsi vedere, anche quando è un casino. Lyle sembra allergico al disordine e a mischiarsi con il personale.

«Oh» dico, il mio sorriso che vacilla appena. «Sicuramente, per ricerche di mercato, o per la soddisfazione dei dipendenti, Lei deve—»

Fa un gesto sbrigativo con la mano. «Sono un vicepresidente, Rachel. Il mio staff si occupa dei dettagli spiccioli. Io mi occupo della visione d'insieme. Per quanto riguarda gli hobby, non credo ci sia spazio per le distrazioni se si vuole avere successo. Ho sempre detto che le relazioni e le questioni personali possono aspettare finché non si è affermati. Bisogna prima costruire il proprio impero. Poi ci si può godere il tutto.»

Annuisco lentamente, anche se ogni fibra del mio essere si ritrae. Un tempo la pensavo così. Forse a volte lo penso ancora. Ma sentirlo ad alta voce — così clinico, così certo — lo fa suonare più come un avvertimento che come una filosofia.

Annuisco lentamente, ma sento una stretta, come qualcosa di piccolo e appuntito che si arriccia dietro le mie costole.

«Ha senso, immagino... ma non pensa che ci sia altro nella vita oltre al lavoro?»

Lui ridacchia, come se avessi fatto una battuta carina. «Certo, certo. Ma immagino che una volta arrivato in cima, avrò un sacco di tempo per rilassarmi. In questo momento, sono concentrato sull'arrivarci.»

La sua voce riempie lo spazio tra noi come il jingle di una pubblicità: forte, sicura, ripetitiva. Cerco di tenere il passo, ma è come giocare a tennis con qualcuno che si limita a provare il servizio.

La conversazione sembra essere molto unilaterale. Elenca i suoi successi professionali, i grandi marchi per cui ha lavorato, seguito da un monologo su come si è fatto strada a gomitate sulla scala aziendale. Annuisco e sorrido nei punti giusti, ma la mia mente è altrove, a chiedersi perché diavolo ho pensato che quest'uomo meritasse il mio tempo.

Dopo cena, insiste per pagare il conto — facendone quasi uno spettacolo, in realtà — prima di accompagnarmi fuori.

Si ferma sul marciapiede, voltandosi verso di me con lo stesso sorriso sicuro di sé. «Mi sono divertito» dice, avvicinandosi. «È davvero impressionante come pensavo.»

Riesco a fare un sorriso educato, ma mi sto già tirando indietro, non ancora pronta a lasciargli colmare la distanza.

C'è un momento in cui sembra che possa tentare di darmi

il bacio della buonanotte. Invece del panico, sento... una lieve curiosità, come guardare qualcuno che tenta di cantare al karaoke in una lingua che non conosce.

Faccio un passo indietro, sorridendo. Non è imbarazzante, solo... prevedibile.

«Grazie per la serata» dico con cautela, «ma non credo che funzionerà.»

La sua espressione sicura vacilla per una frazione di secondo prima che si riprenda. «Aspetti, cosa? Pensavo ci stessimo divertendo un mondo. Una cena fantastica. Un ristorante magnifico—»

«Era deliziosa» dico onestamente. «È stata fantastica, davvero. Ma... credo solo che non siamo sulla stessa lunghezza d'onda. Sto cercando di essere più aperta a cose nuove, ma immagino di aver capito stasera che non sto cercando lo stesso tipo di vita che cerca Lei.»

La sua mascella si contrae, ed emette una risata breve e priva di umorismo. «Sul serio? Non vuole nemmeno dare una possibilità a questa cosa?»

Scuoto la testa dolcemente. «Non sarebbe giusto nei Suoi confronti fingere di provare qualcosa che non provo. Lei merita qualcuno che sia motivato quanto Lei, che voglia le stesse cose.»

Lui sbuffa, infilando le mani in tasca. «È incredibile, lo sa? La maggior parte delle donne ucciderebbe per stare con uno come me. Di successo. Determinato.»

Reprimo una smorfia. «Ne sono sicura. E sono sicura che troverà qualcuna che eguagli quell'ambizione. Ma non sono io.»

Il suo viso si indurisce e, per un momento, sembra che stia per ribattere, ma poi scuote semplicemente la testa. «Peggior per Lei» borbotta, lanciandomi un ultimo sguardo quasi sprezzante prima di girare sui tacchi e allontanarsi a grandi passi.

Si allontana come se avesse lasciato una sorta di profonda

impressione. E suppongo che l'abbia fatto, solo non quella che sperava.

La verità è che ho detto di sì a Lyle perché mi sembrava un progresso. Una mossa da adulti. Ultimamente stavo cercando di dire di sì a più cose: meno esitazione, più vita. Era affascinante nelle riunioni, ambizioso, forse un po' viscido, ma era interessato, e questo contava qualcosa, no?

Inoltre, non è che stessi aspettando i fuochi d'artificio. Ne avevo avuto abbastanza di standard impossibili e cotte perfette sulla carta. Forse quello di cui avevo bisogno era qualcosa di diverso. Concreto. Semplice. È solo un peccato che Lyle sia un completo stronzo.

Lo guardo andare via, poi tiro fuori il telefono dalla borsa per cercare un autista. Ho immerso un dito nel mondo degli appuntamenti e, francamente, l'ho trovato carente. Ma almeno mi sono messa in gioco. E forse questo è un progresso sufficiente per una notte.

L'app va in timeout per la quarta volta e mi arrendo. *Nessun autista attualmente disponibile.* Fantastico. Sono circa sei chilometri fino al Lower West Side. Non ho intenzione di farmela a piedi — non con questi tacchi — ma decido di camminare nella direzione generale nella speranza che la ressa del venerdì sera si plachi e che io possa beccare un autista più tardi.

È passato molto tempo da quando sono stata in centro. Sicuramente di notte. Le strade della città brulicano di energia mentre cammino, i miei tacchi che ticchettano sul marciapiede. Le insegne al neon brillano, proiettando un caleidoscopio di colori sui volti dei passanti. Risate e chiacchiere fuoriescono da ristoranti e bar affollati, il suono che si mescola al lontano clacson delle auto.

Nonostante l'atmosfera vivace, mi sento stranamente distaccata, persa nei miei pensieri. L'appuntamento con Lyle continua a ripetersi nella mia mente, ogni momento sezionato e analizzato. In superficie, era determinato, attraente, di successo — tutto ciò che pensavo di volere. Allora perché mi sono sentita così... sbagliata?

Mi fermo a un passaggio pedonale, aspettando che il semaforo cambi. Una coppia passa, mano nella mano, la loro risata portata dalla brezza. Una fitta di nostalgia mi colpisce, così acuta da far male. L'ultima volta che ho riso così, l'ultima volta che ho sentito quel tipo di connessione con qualcuno, è stato con Dan.

Il semaforo cambia e mi muovo con la folla, ancora persa nei miei pensieri. Ho passato così tanto tempo a inseguire il successo, a scalare la gerarchia aziendale, da aver trascurato ciò che conta davvero. Amicizie, hobby, amore... hanno tutti lasciato il passo alla mia ambizione.

Ma cos'è il successo, in realtà, se non hai nessuno con cui condividerlo? Che senso ha raggiungere la vetta se sei solo quando ci arrivi? Sarei potuta arrivarci con Dan, davvero. Ma ho fatto un casino.

Una folata di vento mi fa venire un brivido lungo la schiena e mi stringo di più nel cappotto. Le luci della città si offuscano mentre le lacrime mi pungono gli occhi, un'improvvisa ondata di emozione che mi coglie di sorpresa. Ho perso la mia unica opportunità, o è vero quello che dicono, che il mare è pieno di pesci?

Quello che so è che voglio di più. Merito di più. Più di appuntamenti superficiali e connessioni di facciata. Voglio qualcosa di reale, qualcosa di significativo. Voglio una vita ricca di amore, risate e scopo.

Lascio che la rivelazione mi travolga. È spaventoso ammettere ciò che voglio. Significa essere vulnerabile, aprirmi alla possibilità di essere ferita.

Ma significa anche aprirmi alla possibilità di qualcosa di meraviglioso.

Raddrizzo le spalle, un nuovo senso di determinazione che mi riempie. Forse non so esattamente cosa sto cercando, ma so che non lo troverò giocando sul sicuro. Questa serata potrebbe essere stata un disastro totale, ma non dovrebbe significare provare una volta e arrendersi. È ora di rischiare, di mettermi in gioco in un modo che non ho mai fatto prima.

È ora di andare a prendermi ciò che voglio davvero.

Mentre giro l'angolo, persa nei miei pensieri, un volto familiare attira la mia attenzione. Mi fermo di colpo, sbattendo le palpebre incredula davanti all'enorme cartellone pubblicitario che torreggia sopra di me.

Dan Rhodes.

Mi sorride dall'alto, i suoi occhi che scintillano con lo stesso fascino malizioso che ricordo dal nostro tempo nel Maine. Ma c'è qualcosa di diverso in lui ora, una ritrovata sicurezza che si irradia dal cartellone.

"Sintonizzatevi su *Heartstrings* quest'autunno" proclama il cartellone, "con protagonista Dan Rhodes."

Fisso l'immagine, un'ondata di emozioni che mi travolge. Sorpresa, prima di tutto. L'ultima volta che avevo visto Dan, era stato categorico sul fatto di aver voltato le spalle alla recitazione per sempre, determinato a non perdersi un momento della crescita di Chloe. Ma ora, eccolo lì, a grandezza naturale su un cartellone pubblicitario per una nuova sitcom.

L'orgoglio mi gonfia il petto, misto a una punta agrodolce di rimpianto. Avevo ragione. Vedendolo lassù, è chiaro che ha preso a cuore il mio consiglio. Ha scelto di riprendere la sua carriera di attore. È tornato sotto i riflettori, e sta brillando.

Eppure, c'è anche qualcos'altro. Una frustrazione che non riesco a scrollarmi di dosso, un senso di opportunità mancata e di ingiustizia che mi stringe il cuore. Abbiamo litigato perché io vedevo ciò che Dan non riusciva a vedere. Certo, non avrei dovuto insistere senza il suo consenso, ma alla fine ci è arrivato. E se non fosse stato così veloce a scartare l'idea? E se avessi solo... aspettato? Lasciato che fosse una sua decisione, a tempo debito?

La mia mente torna a quel tovagliolo, quello che mi fece

scivolare sul tavolo con il suo sorriso tranquillo e consapevole. Personaggio o attore?

Allora non gli risposi. Non so se potrei rispondere ora. Ma forse quello è stato il momento, il bivio.

Scuoto la testa, cercando di scacciare i pensieri. È ridicolo. Conosco a malapena quell'uomo. Non per davvero. Eppure, in qualche modo, vedendolo lassù su quel cartellone, mi manca... lui. Noi. O almeno il potenziale di noi.

Rimango lì, a fissare il cartellone, lasciando che le emozioni contrastanti mi pervadano. Soddisfazione e rimpianto. Nostalgia e rassegnazione. Orgoglio per il fatto che abbia trovato la sua strada. E una sofferenza silenziosa per non essere stata lì a condividerla.

Ma quando finalmente distolgo lo sguardo e continuo lungo la strada, non posso fare a meno di sorridere. Perché anche se Dan Rhodes e io non ci incroceremo mai più, anche se la connessione che abbiamo condiviso è stata fugace, vederlo lassù su quel cartellone mi dà speranza.

Speranza che non sia mai troppo tardi per inseguire un sogno. Speranza che, anche quando la vita ci porta in direzioni diverse, le persone che toccano le nostre vite rimangano con noi, ispirandoci a essere la versione migliore di noi stessi.

E soprattutto, speranza che da qualche parte là fuori, il tipo di amore che sto cercando mi stia aspettando. Devo solo essere abbastanza coraggiosa da andarmelo a prendere.

Le strade sono vive al solito ritmo del venerdì sera: musica che si diffonde da porte aperte, risate che echeggiano nei vicoli, il tintinnio di bicchieri e occasionali esplosioni di grida. Dovrebbe essere elettrizzante. Invitante. Ma mi sento stranamente distaccata da tutto, come se stessi camminando nella vita di qualcun altro.

I miei tacchi echeggiano sul marciapiede mentre mi dirigo verso un punto imprecisato, ed è allora che mi colpisce: quanto spesso mi sono mossa in linea retta. Conoscendo sempre la destinazione. Inseguendo sempre il prossimo traguardo, il prossimo titolo, la prossima "vittoria". Tutta la mia vita è stata un lungo itinerario, e stasera, per una volta, non ho un posto dove andare. Nessuna scadenza. Nessun invito a calendario. Nessun obbligo.

E mi sento... senza appigli.

Ma sotto, qualcosa di più profondo si agita. Una domanda che non mi sono mai fermata abbastanza a lungo da pormi: se spoglio via la carriera, la frenesia, la facciata, cosa rimane? Chi rimane?

Ho sempre pensato che l'ambizione fosse ciò che mi definiva. Ma forse l'ho usata per proteggermi, per tenermi abbastanza occupata da non dover guardare troppo da vicino a ciò che potrei starmi perdendo.

E mi è mancato qualcosa.

Non solo una persona. Nemmeno Dan. Ma una versione di me stessa che è curiosa. Dolce. Presente. Una Rachel che non sta recitando, non sta vendendo una visione, *non è un'attrice*, ma sta semplicemente essendo.

Forse, per la prima volta nella mia vita adulta, voglio sapere cosa si prova a vivere senza un copione.

E il pensiero mi terrorizza... ma mi elettrizza anche.

E forse è questa la lezione in tutto ciò. Che la vita è piena di opportunità mancate e strade non intraprese, ma è anche piena di nuovi inizi e seconde possibilità. Da qualche parte là fuori, il mio cartellone personale sta aspettando. E quando lo troverò, sarò pronta a prendere il centro del palco e a brillare.

DICIOTTO

Fisso il cursore lampeggiante sullo schermo del portatile, cercando di trovare un briciolo di entusiasmo per il nuovo menù a basso contenuto calorico di Incrediburger. Sulla base del successo iniziale del loro hamburger vegetale, hanno accolto le nostre idee per diversificare ulteriormente la loro offerta di prodotti con una nuova gamma che arriverà sugli scaffali non appena avremo finito con il Ringraziamento.

La campagna è forte e il nostro team artistico ha fatto un lavoro straordinario con le immagini di prova e gli slogan, ma nonostante la reale necessità aziendale di lanciare il tutto, il loro processo decisionale è diventato glaciale.

Quando dico il *loro* processo decisionale, intendo quello di Lyle.

Lyle non ha preso affatto bene il mio rifiuto. Ha passato le ultime due settimane a rivelarsi per lo stronzo totale e completo che è, e si sta dimostrando una spina nel fianco ritardando e ostacolando deliberatamente ogni email, ogni approvazione, ogni riunione... È meschino, patetico e prevedibile.

Potrei dovermi ritirare dal cliente per permettere a tutti noi di rimetterci in carreggiata, ma mi infastidisce immensamente il fatto che non potrò lavorare con il resto del team, che si è dimostrato incredibilmente professionale.

Sistemo distrattamente le piante grasse sulla mia scrivania, un futile tentativo di dare vita a questo spazio sterile. Il vaso di zinnie, un regalo di Zoe dopo la presentazione per Green-Shoots, funge da promemoria agrodolce. Abbiamo vinto l'appalto, il più grande colpo della mia carriera alla Channing Gabriel. Ma a quale prezzo? Notti in bianco, cene mancate con gli amici, una vita personale perennemente trascurata?

Come a comando, il telefono della mia scrivania mi scuote dai miei pensieri. È Jenna, la mia assistente.

«Rachel, i soci vogliono vederLa in sala riunioni. Tipo, adesso.»

Mi raddrizzo sulla sedia, con il polso che accelera. «Le hanno detto di cosa si tratta?»

«No, ma hanno detto di mollare quello che sta facendo e di andare di là. Sembra urgente.»

«Ok, grazie, Jenna. Vengo subito.»

Mi liscio la camicetta di seta e controllo velocemente il viso in un portacipria. Una convocazione improvvisa dai piani alti raramente è un buon segno. La mia mente turbina di possibilità mentre percorro il corridoio. Ho sbagliato qualcosa? Ho trascurato un dettaglio cruciale per il cliente Incrediburger?

Mi fermo davanti alle imponenti porte di mogano, facendomi forza. Qualsiasi cosa mi aspetti dall'altra parte, la affronterò con la calma e la professionalità che mi hanno portata fin qui. Giro la maniglia di ottone lucido ed entro, pronta ad affrontare la situazione.

Entro nella sala riunioni, con i tacchi che affondano nella moquette felpata. I soci sono già riuniti, seduti intorno all'enorme tavolo di vetro come un consiglio di guerra aziendale. A capotavola siede Crystal Channing in persona, impeccabilmente pettinata e posata, con il suo sguardo d'acciaio fisso su di me.

«Rachel, si accomodi, prego» dice, indicando una sedia vuota.

Mi siedo, cercando di interpretare l'atmosfera. Nell'aria aleggia una tesa aspettativa, ma c'è una corrente sotterranea di qualcos'altro. Eccitazione?

«Abbiamo delle notizie,» esordisce Crystal, le unghie laccate di rosso che tamburellano sul tavolo. «GreenShoots ha terminato il periodo di preavviso di sei mesi con la Overt PR, quindi da stamattina sono ufficialmente un cliente della Channing Gabriel. È ufficiale.»

Un'ondata di sollievo mi travolge, seguita da un impeto di orgoglio. Ce l'abbiamo fatta. Mesi di lavoro estenuante, revisioni infinite e negoziazioni spietate hanno finalmente dato i loro frutti.

«Congratulazioni d'obbligo,» interviene Ethan, il direttore clienti. «Questa è una vittoria enorme per l'azienda e per Lei, Rachel.»

Annuisco con garbo, ma dentro di me sono perplessa. Di certo non mi hanno chiamata qui solo per farmi le congratulazioni.

Crystal, come se percepisse la mia confusione, si sporge in avanti. «Volevamo riconoscere il Suo ruolo fondamentale nell'assicurarci questo cliente. La Sua visione strategica e la Sua instancabile dedizione hanno gettato le basi per il nostro successo.»

«Anche se è stata Zoe a fare la presentazione finale,» aggiunge Helen, il suo tono un misto di lode e qualcosa di più tagliente. Un promemoria, forse, che la mia protetta mi sta alle calcagna.

«Certo,» rispondo con disinvoltura. «È stato un lavoro di squadra. Sono solo contenta che siamo riusciti a soddisfare il cliente.»

«Questo cliente apre nuove ed entusiasmanti strade per la Channing Gabriel» dice Crystal, con gli occhi che brillano. «E dobbiamo ringraziare Lei, Rachel. Il Suo duro lavoro non è passato inosservato.»

Eccola di nuovo, quella corrente sotterranea di attesa. Mi sento sulla soglia di qualcosa di grande, ma non riesco a capire di cosa si tratti.

«Infatti,» continua Crystal, «abbiamo discusso del Suo futuro in azienda...»

Fa scivolare un documento sul tavolo, con il logo della Channing Gabriel in rilievo in cima. Il mio cuore accelera di colpo mentre leggo l'intestazione: Offerta di Partnership.

La stanza esplode in un applauso, una cacofonia di congratulazioni e auguri. Ma il suono sembra distante, attutito dal martellare del mio cuore nelle orecchie.

Una partnership. L'apice del successo in questo mondo di vetro e acciaio, di tailleur e battaglie in sala riunioni. La convalida di ogni notte insonne, di ogni weekend mancato, di ogni sacrificio che ho fatto sull'altare della mia carriera.

Le mie dita tracciano i bordi netti del documento, il cui peso diventa improvvisamente greve nelle mie mani. È tutto ciò per cui ho lavorato, il passo logico successivo nel mio percorso meticolosamente pianificato.

Allora perché un barlume di dubbio si agita nel mio petto?

La voce di Crystal mi strappa alla mia fantasticheria. «Questo è un giorno memorabile, Rachel. Siamo entusiasti di darLe ufficialmente il benvenuto tra i soci.»

Mi porge una penna, con un sorriso speranzoso sulle labbra. «Basta che firmi sulla linea tratteggiata e rendiamo la cosa ufficiale.»

Fisso lo spazio bianco in attesa della mia firma, il peso della decisione che si posa sulle mie spalle. La parte razionale di me sa che questa è un'opportunità incredibile, il culmine di anni di duro lavoro e dedizione.

Ma un'altra parte, una piccola voce insistente che ho a lungo ignorato, semina dubbi. È davvero questo quello che voglio? È questa la strada per la realizzazione, per una vita ben vissuta?

Immagini mi balenano in mente: il vuoto sterile del mio appartamento all'attico, la pianta appassita sulla mia scrivania, una testimonianza silenziosa della mia negligenza. I compleanni mancati, le ferie pagate mai prese, le relazioni lasciate appassire sulla vite della mia ambizione.

E poi, non richiesto, riaffiora un ricordo. La rimessa per le barche vicino al fiume, il calore del sorriso di Dan, il suono della risata di Chloe. Quella porta è certamente chiusa, ma l'esperienza mi ha dato un assaggio di una vita diversa, una in cui il successo non si misura in titoli e clienti, ma in momenti di connessione e gioia.

La mia mano si libra sulla pagina, la penna improvvisamente pesante nella mia presa. Gli occhi dei soci mi trafiggono, speranzosi, impazienti. Vedono una stella nascente, una risorsa preziosa da acquisire.

Ma vedono me? La vera Rachel, sotto la facciata levigata e il curriculum impressionante?

I secondi passano, ognuno un'eternità. L'aria è carica, il silenzio denso di attesa.

Faccio un respiro profondo, l'odore di pelle e profumo di lusso che mi riempie i polmoni. Ci siamo, è il momento della verità. Il bivio in cui decido il corso del mio futuro.

Partnership, o qualcos'altro di completamente diverso? La strada sicura e battuta, o un salto nel buio?

Chiudo gli occhi per un momento, cercando chiarezza tra i dubbi e i desideri vorticosi. E poi, con una rapidità che sorprende anche me, la risposta si cristallizza.

So cosa devo fare.

Apro gli occhi, incontrando lo sguardo speranzoso di Crystal. Le parole si formano sulle mie labbra, una dichiarazione e una scelta allo stesso tempo.

«Mi dispiace,» dico, la voce ferma anche se il mio cuore corre. «Ma non posso accettare questa offerta.»

Un'onda di shock attraversa la stanza, i volti che si trasformano dall'attesa alla confusione. Le sopracciglia perfettamente curate di Crystal si aggrottano, le sue labbra si schiudono incredule.

«Rachel, non capisco. È l'opportunità di una vita. Se l'è guadagnata. Forse non comprende appieno il programma di partecipazione agli utili dei Soci?»

Annuisco, un sorriso che mi increspa gli angoli della bocca nonostante la gravità del momento. «Ha ragione, me lo sono guadagnata. E sono incredibilmente grata per il riconoscimento e la fiducia che tutti voi mi avete dimostrato.»

Mi fermo, raccogliendo i pensieri, scegliendo le parole con cura. «Ma ho anche capito che la mia strada, la mia vera realizzazione, si trova altrove. Questo lavoro, questa vita... Mi ha insegnato tanto. Ma non è l'obiettivo finale. Non più.»

I soci si scambiano sguardi, un misto di delusione e rispetto riluttante nei loro occhi. Sanno, come me, che una volta che ho preso una decisione, non c'è modo di farmela cambiare.

Crystal si appoggia allo schienale della sedia, studiandomi con una nuova intensità. «E qual è il Suo obiettivo finale, Rachel? Com'è la Sua strada?»

Rido sommessamente; il suono mi sorprende per la sua leggerezza. «Onestamente? Non ne sono ancora del tutto sicura. Ma so che comporta più che contratti e campagne. Si tratta di fare una vera differenza, non solo per un bilancio, but per la vita delle persone. Si tratta di trovare un equilibrio tra il lavoro e tutto il resto che conta.»

Mi alzo, lisciandomi la gonna, il tessuto un'armatura familiare di cui non ho più bisogno.

«Grazie, davvero, per tutto. Per le opportunità, per la guida, per le sfide che mi hanno plasmata. Ma ora, è tempo per me di plasmare il mio futuro.»

Tendo la mano, un'ultima stretta, un gesto di gratitudine e di addio.

Crystal la prende, la sua presa ferma, i suoi occhi che scrutano i miei.

«È sicura di questo?» chiede, un ultimo tentativo di farmi cambiare idea. «È sicura di volersi licenziare?»

Annuisco, la mia determinazione incrollabile. «Non sono mai stata più certa di nulla in vita mia.»

E con questo, mi volto, i miei tacchi che ticchettano sul pavimento lucido mentre mi dirigo verso la porta. Verso un nuovo inizio, un nuovo capitolo nella storia di Rachel Holmes.

Il futuro non è scritto, una pagina bianca in attesa di essere riempita. E per la prima volta da molto tempo, sono entusiasta di prendere la penna in mano e iniziare a scrivere.

Spingo la porta a vetri della sala riunioni, uscendo nel familiare ronzio dell'ufficio. Ma ora tutto sembra diverso. Il peso delle aspettative si è sollevato dalle mie spalle, sostituito da un senso vertiginoso di possibilità.

Vado alla mia scrivania, i miei passi più leggeri, il mio sorriso più ampio. Raccolgo le mie cose, i pochi tocchi personali che mi sono concessa nel corso degli anni. Una foto incorniciata di mia sorella e la sua famiglia, un piccolo cactus che è riuscito a sopravvivere alle mie annaffiature irregolari e, naturalmente, la mia tazza da caffè preferita, mia compagna costante durante le notti tarde e le mattine presto.

Mentre mi dirigo verso l'ascensore, sento gli occhi dei miei colleghi su di me, curiosi, interrogativi. Ma non vacillo, la testa alta, il mio sorriso saldo.

Entro nell'ascensore. Le porte si chiudono, avvolgendomi in un momento di solitudine. Mi appoggio alla parete, il metallo freddo in contrasto con il calore che sboccia nel mio petto.

Le porte suonano e si aprono, ed esco nell'atrio, la luce del sole che entra dalle alte finestre, inondando tutto di una luce dorata. Sembra un segno, una benedizione dell'universo, un cenno alla giustezza della mia decisione.

E poi, con un ultimo cenno, mi volto ed esco dall'edificio

per l'ultima volta, nella vivace strada della città, nel futuro che mi attende, sconosciuto e incerto, ma pieno della promessa di qualcosa di straordinario.

Il sole è caldo sul mio viso mentre metto piede sul marciapiede, una brezza leggera che mi gioca tra i capelli. Mi fermo, chiudendo gli occhi, assaporando questo momento di liberazione, di inizi.

Intorno a me, la città pulsa di vita: il clacson delle auto, il chiacchiericcio dei pedoni, il lamento lontano di una sirena. Ma per una volta, mi sento separata dalla frenesia, dalla spinta implacabile che ha definito la mia vita per così tanto tempo.

Apro gli occhi e inizio a camminare, senza una meta precisa in mente, solo il bisogno di muovermi, di sentire il selciato sotto i piedi, di lasciare che i miei pensieri vaghino.

Passo davanti a luoghi familiari: la caffetteria dove ho preso innumerevoli caffellatte al mattino presto, la lavanderia a secco dove ho lasciato i miei tailleur preferiti, la palestra dove ho sudato le mie frustrazioni sul tapis roulant. Sembrano i segni di una vita passata, di una Rachel che mi sto lasciando alle spalle.

Mentre torno verso il mio appartamento, il basso sole di novembre sta già iniziando a tramontare, dipingendo il cielo di strisce arancioni e rosa. Sembra una promessa, un segno della bellezza che attende, appena oltre l'orizzonte.

Tiro fuori le chiavi dalla tasca, sentendone il peso nella mano. Rappresentano la stabilità, la sicurezza, la vita che ho costruito. Ma mentre inserisco la chiave nella toppa, so di essere pronta a lasciar andare, a costruire qualcosa di nuovo.

Entro nel mio appartamento, lo spazio sembra diverso in qualche modo, come se appartenesse a una versione passata di me. Appoggio il mio cactus sul davanzale, un piccolo simbolo di crescita, di nutrire qualcosa al di là di me stessa.

E mentre guardo lo skyline della città, sento un'ondata di gratitudine, di gioia, di speranza pura e genuina.

DICIANNOVE

Riuscii a stare per trentasei ore da sola nel mio appartamento, riorganizzando i mobili, mettendo in ordine alfabetico i libri e dando all'intera casa non solo una pulizia di primavera, ma un trattamento speciale quattro stagioni prima di riemergere finalmente a prendere aria.

Accostai nel vialetto di casa di Claire e Richard. Prima ancora che potessi spegnere il motore, la porta d'ingresso si spalancò e due macchie in formato ridotto sfrecciarono attraverso il prato.

«Zia Rachel!» strillarono all'unisono Lily e Anna, con i visi illuminati dalla gioia. Dietro di loro, mia sorella Claire emerse, con gli occhi sgranati per la sorpresa.

«Rach! Che ci fai qui? Pensavo fossi...» La sua voce si spense mentre le bambine mi assalivano con degli abbracci non appena scesi dall'auto.

«Ehi, piccolette!» risi, prendendole in braccio e facendole girare. «Ho deciso di prendermi una piccola pausa dal lavoro. Sorpresa!»

Claire inarcò un sopracciglio, ma il suo sorriso era caloroso. «Beh, questa è la migliore delle sorprese. Vieni dentro, ho appena preparato un po' di latte al cioccolato.»

Dentro, la casa era come sempre: foto di famiglia ricoprivano le pareti, il debole profumo delle barrette al limone della mamma nell'aria.

Prima che potessi lanciare un saluto, la mamma comparve nel corridoio, asciugandosi le mani su uno strofinaccio, il viso che le si illuminava nel vedermi. «Rachel! Eccoti! Stavo giusto dicendo a Claire che mi era sembrato di sentire la tua macchina. Sei magra. Mangi abbastanza?»

Le rivolsi un gran sorriso. «Ciao, mamma. Sto bene.»

Lei schioccò la lingua, scuotendo la testa come se fossi ancora un'adolescente con cattive abitudini alimentari.

«Impegnata o no, devi mangiare come si deve. Finirai per deperire fino a diventare tutt'ossa. Forza, siediti. Ho un pasticcio di pollo che si sta scaldando in forno e lasagne avanzate da ieri. Oppure posso farti un toast al formaggio? Ti piacevano tanto una volta.»

Scossi la testa, cercando di mantenere un tono leggero. «Non ho davvero fame, mamma.»

Lei strinse gli occhi, scrutandomi come se cercasse di leggere tra le righe della mia espressione. «Sciocchezze. Non rifiuti mai un toast al formaggio. Ne preparo uno e—»

«Mamma.» Le allungai una mano e le strinsi delicatamente il braccio, regalandole un sorriso rassicurante. «Davvero, sto bene. Ho solo bisogno di... non so di cosa ho bisogno.»

Anna, che aveva atteso pazientemente il suo turno per parlare, mi tirò la mano con insistenza.

«Zia Rachel, ho una Barbie nuova! La vuoi vedere?» I suoi occhi verdi danzavano per l'emozione.

«Certo che sì, tesoro. Aprimi la strada!»

Mentre Anna correva via, Lily mi si arrampicò in grembo, con tanto di baffi di latte al cioccolato. «Mi sei mancata, zia Rachel,» disse solennemente.

«Anche tu mi sei mancata, pisellino.» Le baciai la testa, sentendo una fitta. Quand'era stata l'ultima volta che mi ero presa del tempo per loro in questo modo?

Proprio in quel momento, Anna tornò di corsa, con una principessa Disney in mano. «Ti congelo!» ringhiò, facendo marciare la bambola sul tavolo, dritta nel latte al cioccolato di Lily. La tazza si rovesciò, mandando un'onda di liquido marrone proprio sul mio grembo.

«Anna!» ansimò Claire, ma io stavo già ridendo.

«Va tutto bene, nessun danno!» Afferrai uno strofinaccio per asciugare il disastro, sorridendo a mia nipote. «Credo che Elsa volesse solo rinfrescarsi. È un lavoro che mette sete, ricoprire tutto il mondo di ghiaccio.»

Le bambine ridacchiarono e sorpresi Claire a guardarmi, con un'espressione curiosa sul viso. Io mi limitai a sorridere, con una strana sensazione di leggerezza che mi ribolliva nel petto. Forse avevo bisogno di uno schizzo di latte al cioccolato per ricordare cosa conta davvero. E in quel momento, mettermi a terra per un epico picnic da principesse con le bambine era tutto ciò che contava al mondo.

I giochi non durarono a lungo prima che le bambine volessero passare a qualcos'altro. La mamma le convinse a colorare, e si guadagnò qualche grido di gioia quando tirò fuori una confezione nuova di pastelli e un album da colorare sulle fate per ciascuna.

Quando la mamma ebbe sistemato Lily e Anna in cucina, venne a raggiungerci. Si lasciò cadere pesantemente sul divano. Per quanto amasse vedere le sue nipotine, la cosa la sfiniva.

«Sentite, c'è una cosa che devo dirvi,» cominciai, con la voce che tremava leggermente.

Sui volti di Claire e della mamma si dipinse la preoccupazione, e mi affrettai a rassicurarle.

«Non è niente di male, promesso. È solo che... mi sono licenziata dalla Channing Gabriel.»

Ci fu un momento di silenzio sbigottito prima che entrambe ponessero le inevitabili domande: «Cosa?», «Quando?» e «Perché?». Mia madre allungò la mano sul tavolo per afferrare la mia, con la fronte corrugata dalla preoccupazione.

«Licenziata? Così, di punto in bianco? Ma, tesoro, amavi il tuo lavoro. Hai faticato tanto per ottenere quella posizione.»

Annuii, inghiottendo il crescente senso di colpa. «Sì, è vero. E pensavo di amarlo. Ma... non è più la stessa cosa. Mi sentivo bloccata. Infelice, a dire il vero.»

Claire inclinò la testa, studiandomi. «Cos'è successo? Pensavo che la Channing Gabriel fosse il lavoro dei tuoi sogni.»

«Lo era,» dissi, cercando di dare un nome al nodo che avevo nel petto. «Solo... non ce la facevo più. Avevo bisogno di fermarmi.»

La mamma scambiò un'occhiata con Claire prima di prendere la mia mano e stringerla delicatamente. «Sono anni che dico che ti ammazzerai di lavoro. Anche da piccola, ti arrabbiavi tanto se non prendevi il massimo a un compito o se sbagliavi i compiti. Ti ricordi quella volta che hai provato a suonare il pezzo del saggio scolastico e non ti sei alzata dal pianoforte per ore?»

Claire rise dolcemente. «Oh Signore, me lo ricordo. La mamma ha dovuto praticamente trascinarti via. Eri convinta che una nota sbagliata significasse che eri un fallimento.»

Feci un sorriso forzato. «Sì, beh, a quanto pare non è cambiato molto.»

La mamma mi strinse di nuovo la mano, con gli occhi dolci. «Tesoro, so che hai sempre voluto realizzare qualcosa, e non potrei essere più orgogliosa di tutto ciò che hai ottenuto. Ma non devi dimostrare niente a nessuno. Non a noi. Non ai tuoi capi. Nemmeno a te stessa. A volte va bene semplicemente... esistere.»

Sentii il groppo in gola gonfiarsi, il petto stretto dall'emozione. «Non si tratta solo del lavoro. È... tutto. Non so nemmeno più cosa voglio. Pensavo che scalare la gerarchia fosse la risposta. Ma ora che sono in cima, mi sento solo... vuota.»

Claire mi posò una mano sulla spalla. «Va bene sentirsi persi a volte. Forse questa pausa è esattamente ciò di cui hai bisogno. Per capire cosa ti rende di nuovo felice, non solo ciò che fa bella figura sulla carta.»

Annuii, le parole che penetravano in me come un balsamo. «Solo che non so da dove cominciare.»

La mamma mi fece un sorriso rassicurante. «Comincia col concederti un po' di tregua. Hai il diritto di cambiare idea. Hai il diritto di volere cose diverse.»

Mi lasciai sfuggire una risata tremante, asciugandomi una lacrima vagante dalla guancia. «Ho solo paura. E se non ci riuscissi? E se non trovassi mai qualcosa che mi faccia sentire... abbastanza?»

«Ce la farai,» disse Claire con fermezza. «E poi, a chi non piacerebbe poltrire tutto il giorno mentre cerca di capirci qualcosa?»

La pesantezza nel mio petto si allentò solo un po', e annuii, grata per il supporto. Le bambine strillarono di gioia al tavolo, prima che Lily arrivasse di corsa, mostrando con orgoglio il suo capolavoro: una fata rosa neon con le ali verdi.

«Guarda, zia Rachel!» esclamò. «Non è bellissima?»

Sorrisi, questa volta sinceramente. «È stupenda, Lil. Hai un vero talento.»

Claire si avvicinò, abbassando la voce. «Sai, non ti vedevo così rilassata da secoli. Forse è un segno.»

La guardai, considerando l'idea. «Forse. È semplicemente bello essere... qui.»

La porta d'ingresso si aprì con un familiare tonfo metallico, seguito dal rumore sordo di scarponi da lavoro e dal fruscio di una busta della spesa che veniva posata.

«Qui dentro odora di latte al cioccolato e pastelli,» gridò Richard, con la voce calda e scherzosa. «Il che significa che o sono capitato sulla scena di un crimine, o le mie figlie sono a casa.»

«In salotto,» rispose Claire.

Svoltò l'angolo, con il giubbotto ad alta visibilità ancora su una spalla e macchie di polvere sull'avambraccio. Quando mi vide sul divano, una nipote rannicchiata al mio fianco e l'altra spaparanzata sul tappeto con il suo album da colorare, si fermò di colpo e sfoderò un gran sorriso.

«Beh, guarda un po' chi si vede.»

«Ciao, Richard,» dissi con un sorriso, spostando una ciocca di capelli dalla fronte di Lily. «Spero non sia un problema se sono piombata qui senza preavviso.»

«Un problema? Sei una scusa vivente per saltare il bagnetto più tardi. Le bambine saranno entusiaste.» Diede un bacio sulla guancia di Claire, poi mi strinse rapidamente una spalla mentre andava in cucina. «Resti a cena? O devo riaccompagnarti a O'Hare per un'altra emergenza?»

«Mi dispiace davvero per quella volta.»

«Ti sei persa una vacanza fantastica.»

«Lo so. La prossima volta.»

Richard portò la spesa in cucina e poi si lavò le mani. «Claire mi ha scritto che ti sei licenziata? Buon per te.»

Lo guardai sbattendo le palpebre. «Tutto qui? Nessuna ramanzina?»

«Cosa? Pensi che uno che ha passato dodici anni a gestire subappaltatori e a cercare di non cadere dalle impalcature ti giudicherà per aver lasciato un lavoro che ti rendeva infelice?» Aprì il frigo, prese una birra e stappò il tappo con un unico gesto esperto. «No. Sembra la cosa più sana che tu abbia fatto da anni.»

«Beh, detta così...» Scossi la testa, sorridendo. «Grazie.»

Si lasciò cadere sulla poltrona, dando un'occhiata al disegno di Anna. «Queste fate sono già sindacalizzate? Le stai facendo lavorare parecchio.»

«Papà, guarda! Il mio unicorno ha sei zampe.» Anna ridacchiò, mostrando a Richard il suo disegno.

«Anch'io avevo sei zampe,» disse Richard, fingendo di piangere. «Ma la mamma mi ha fatto rinunciare a quelle in più quando ci siamo sposati.»

Anna sbatté le palpebre una, poi due volte, guardando sua madre e poi suo padre, cercando di elaborare questo oltraggio. «Perché?»

«Ha detto che non sarebbe stato giusto per tutti gli altri ragazzi al lavoro. Sarei sempre stato il più veloce a correre.»

Anna ci pensò su e poi scosse la testa con veemenza. «Stai dicendo le bugie.»

«Nient'affatto,» disse Richard. «Sono in soffitta con la tua coda. Vieni, te le faccio vedere.»

Detto questo, prese in braccio una Anna che ridacchiava e la portò fuori dalla stanza.

Lily attraversò il divano a gattoni, avvolgendo le braccia intorno alla mia vita. «Puoi restare a dormire, zia Rachel?»

«Dovresti,» disse la mamma.

«Domani potremmo fare i pancake!»

Dopo aver conosciuto Chloe, i pancake avevano conquistato un nuovo posto nel mio cuore come cibo d'elezione per i grandi momenti, e oggi era certamente all'altezza di essere uno dei miei più grandi. Lily non avrebbe potuto fare una proposta migliore. Alzai lo sguardo verso Claire. «Solo se la cucina è aperta a un caos alimentato a sciroppo.»

Claire inarcò un sopracciglio. «Preparo io l'impasto, se tu li giri.»

«Affare fatto.»

E proprio così, mi sentii riaccolta nel mondo e nella famiglia intorno a cui un tempo orbitavo ma per cui non trovavo mai tempo. Nessuna aspettativa. Nessuna pressione. Solo calore, risate e due bambine con i baffi di cioccolato che pensavano fossi io ad aver appeso la luna in cielo.

La serata si spense in una lenta e sciropposa confusione di

bolle di sapone, pigiami con orsacchiotti e la caccia rituale al calzino mancante di Anna, che era finito chissà come nel tostapane. Anna fu inconsolabile per circa venti minuti quando Richard non riuscì a trovare le sue gambe confiscate, o la coda di Anna, in soffitta, ma innumerevoli promesse di cercare di nuovo per bene la mattina seguente alla fine la placarono.

Seguii le bambine su per le scale, i loro piedini che rimbombavano come una mandria di elefanti sui gradini coperti di moquette.

«Vogliamo che sia tu a leggere la storia,» annunciò Lily quando raggiungemmo il pianerottolo. «Papà salta sempre le pagine.»

«Non è vero,» gridò Richard dal piano di sotto.

Repressi un sorrisetto. «Beh, per vostra fortuna, sono sveglissima.»

Le bambine si infilarono a letto, circondate da un serraglio di animali di pezza. Mi sistemai tra loro con il libro scelto — una storia illustrata a colori vivaci su pony magici e mappe glitterate — e lessi con la mia migliore voce drammatica.

Pendevano da ogni mia parola, ridacchiando quando facevo gli accenti e ansimando ai colpi di scena. Alla fine, la testa di Anna era sulla mia spalla e la mano di Lily era avvolta intorno al mio mignolo come se fosse la sua ancora al mondo dei svegli.

Quando chiusi il libro, nessuna delle due si mosse. Sbattevano le palpebre lentamente, scivolando nel sonno.

«Sarai qui domattina?» chiese Lily, mezza addormentata.

«Sì, pisellino,» sussurrai. «Stanotte dormo qui.»

Anna, già rannicchiata nel suo bozzolo di coperte, sospirò contenta. «E farai i pancake?»

«Se mi lasciate dormire oltre le sei,» risposi, scostandole una ciocca di capelli dalla guancia.

Lily ridacchiò debolmente. «Niente promesse.»

Rimasi ancora un po', a guardare i loro piccoli petti alzarsi e abbassarsi, le loro ciglia che sbattevano dolcemente contro le guance morbide. C'era qualcosa di rassicurante in tutto ciò, in questa quiete, in questa semplicità. Non era solo confortante, era... curativo. Come se una piccola parte di me si stesse ricucendo, solo per il fatto di essere lì.

Alla fine, uscii in punta di piedi, chiudendo la porta con un leggero clic. Al piano di sotto, Claire era rannicchiata con una coperta e Richard faceva zapping tra i canali TV come se fosse uno sport.

«Messa a letto riuscita?» chiese lei.

«Due su due addormentate. Mi aspetto un trofeo.»

Invece mi porse una tazza di tè, e la accettai come se fosse oro.

«La camera degli ospiti è pronta per te,» disse Richard, senza staccare gli occhi dallo schermo.

«Grazie, lo apprezzo molto.»

Mentre mi sedevo accanto a mia sorella e sorseggiavo il mio tè, la tensione che non mi ero nemmeno resa conto di portare ancora addosso cominciò a sciogliersi. Non c'era nessuna riunione urgente domani. Nessun orologio che ticchettava. Solo la famiglia. E, per la prima volta da un po' di tempo, una notte di sonno davanti che avrebbe potuto davvero sembrare riposo.

Più tardi, dopo che sia la mamma che Richard si furono ritirati al piano di sopra e il ronzio della lavastoviglie riempiva lo sfondo, Claire ed io rimanemmo sole sul divano, con le gambe rannicchiate sotto di noi come adolescenti durante un pigiama party. La casa si era quietata, a parte il cigolio occasionale delle assi del pavimento e un colpo di tosse soffocato da una delle bambine.

Claire mi porse una coperta e mi riempì di nuovo la tazza di tè senza chiedere. Era sempre stata così: silenziosamente perspicace, una maestra nel sapere quando insistere e quando semplicemente... sedere.

Sorseggiammo in silenzio per un momento prima che parlasse.

«Allora,» disse a bassa voce, «è una visita-visita o una visita da "potrei trasferirmi in taverna dalla mamma"?»

Ridacchiai, ma fu una risata bassa e stanca. «Una via di mezzo.»

Inarcò un sopracciglio. «Per niente inquietante.»

Sospirai, rannicchiandomi di più sotto la coperta. «Una visita-visita. Avevo solo bisogno di fermarmi. Tutto si è mosso così in fretta per così tanto tempo... e all'improvviso, non ho più voluto inseguirlo.»

Claire si allungò e mi strinse la mano. «Hai il diritto di cambiare idea, Rach. Anche adesso. Soprattutto adesso.»

«Non so nemmeno cosa voglio,» dissi.

«Allora forse questa è la parte in cui lo scopri,» disse dolcemente. «Non con un piano quinquennale o una bacheca di Pinterest. Solo... stando ferma e ascoltando te stessa per una volta.»

Mi si formò un groppo in gola. «È più facile a dirsi che a farsi.»

Fece spallucce. «La maggior parte delle cose buone lo è.»

Per un po' restammo in silenzio, quel tipo di silenzio che solo le sorelle possono condividere. Poi appoggiò la testa contro la mia.

«Ce la farai. Ehi, nel peggiore dei casi, vendi l'appartamento e torna a vivere qui con noi. Farò spazio in garage per la tua collezione di scarpe.»

Risi, con le lacrime che mi pungevano agli angoli degli occhi. «Grazie, Claire.»

Un'ora dopo, la casa si era finalmente quietata. Entrai in punta di piedi nella camera degli ospiti con uno spazzolino preso in prestito e un pigiama spaiato. Le lenzuola erano fresche, la lampada proiettava una luce calda e nell'aria aleggiava il profumo dell'ammorbidente.

Mi sedetti sul bordo del letto, passando una mano sulla trapunta consumata. C'era una foto sul muro: la mamma, Claire e io su una spiaggia ventosa, con i capelli arruffati, le braccia strette l'una all'altra. Non ricordo quando fu scattata, solo che stavamo ridendo.

Il mio telefono vibrò debolmente dalla mia borsa dall'altra parte della stanza. Non lo presi. Qualsiasi cosa fosse, poteva aspettare. Per una volta, tutto poteva aspettare.

Invece, mi sdraiai e chiusi gli occhi, ascoltando i leggeri scricchiolii di una casa che si assopiva. Non c'era un posto dove dovevo essere, nessuno che si aspettava una risposta, nessun compito da spuntare. Solo immobilità. Presenza.

Nel corridoio, sentii il leggero scalpiccio di piedini: una delle bambine alzata per un bicchier d'acqua o per andare in bagno. Un basso mormorio, la voce della mamma, poi di nuovo silenzio. Questa casa, questa vita, non è perfetta. Ma è reale. Respira.

Mi rannicchiai sotto le coperte. Domani, comincerò a capire cosa verrà dopo.

Ma stanotte, mi sono solo concessa di riposare.

VENTI

Sprofondai di nuovo tra i morbidi cuscini del mio divano, circondata da un beato caos di sacchetti di patatine, cartacce di caramelle e lattine di bibite gassate semivuote. Le mie soffici pantofole rosa penzolavano dal bordo mentre mi stiracchiavo, godendomi il fatto che non sapevo nemmeno che ore fossero. E non mi importava.

La TV ronzava in sottofondo, la familiare sigla del mio programma di pasticceria preferito che si diffondeva dagli altoparlanti come un caldo abbraccio. Erano cinque giorni di fila che facevo una maratona, una cosa che pensavo capitasse solo a persone con "hobby" o "tempo libero". A quanto pare, ora la categoria includeva anche me.

Era strano. La settimana prima, a quest'ora, non riuscivo a stare dieci minuti senza controllare Slack o rielaborare mentalmente una proposta. Adesso non riuscivo nemmeno a ricordare l'ultima volta che avevo aperto il portatile. L'assoluta immobilità di quella settimana – niente telefonate, niente riunioni una dopo l'altra, niente incendi da spegnere – avrebbe dovuto sembrarmi innaturale. E invece, eccomi qui, avvolta in una coperta, con i capelli sporchi e le dita unte, a guardare sconosciuti in Gran Bretagna sudare su strati di pan di Spagna e crema pasticcera come se fosse la finale di Wimbledon.

Era paradisiaco. E terrificante.

Una parte di me continuava ad aspettare che il senso di colpa si facesse vivo. Che si insinuasse il terrore di restare indietro, di perdere il mio smalto. Ma non era successo. Non proprio. Invece, avevo iniziato a notare quanto fosse silenzioso il mio cervello quando non era intasato di KPI e percentuali di clic. Non ero sicura che mi piacesse. Ma non lo odiavo nemmeno.

C'era una strana pace nel non essere necessaria. Nessuno chiedeva la mia approvazione. Nessuno mi pingava con "domande veloci" che erano tutto fuorché veloci. Per una volta, ero solo... qui. A esistere. A guardare le meringhe sgonfiarsi e le paste sfoglie lievitare, rendendomi conto di quanto fosse profondamente soddisfacente fare il tifo per qualcuno il cui problema più grande era se la sua genovese fosse troppo secca.

L'odore burroso dei popcorn al microonde si mescolava all'aroma dolce della candela profumata che tremolava sul tavolino. Il mio modesto appartamento di Chicago sembrava un rifugio accogliente, un mondo lontano dal vetro e dall'acciaio lucido degli uffici della CGPR.

Abbassai lo sguardo sulla mia maglietta extralarge con la scritta I 🩶 Bears – originariamente bianca, ora maculata da una costellazione di polvere di patatine al formaggio – e sui pantaloni del pigiama a quadri che forse erano sorretti dalla pura forza di volontà. Una macchia di cioccolato decorava la mia manica sinistra. Non mi dava nemmeno fastidio.

Se qualcuno della CGPR avesse potuto vedermi ora... Rachel Holmes, regina delle presentazioni in PowerPoint, ridotta a una creatura selvatica da divano che sopravviveva con una dieta a base di zucchero e sodio. Non indossavo un reggiseno da cinque giorni. Il mio Fitbit aveva vibrato una volta, presumibilmente per chiedermi se fossi ancora viva. Lo mandai a quel paese e mi girai dall'altra parte.

Questa era la versione di me di cui le Risorse Umane non ti avevano mai avvertito: Edizione Gremlin da Snack. E onestamente? Se la stava cavando alla grande.

Sullo schermo, un concorrente stava tentando di realizzare un'ambiziosa torta a tre piani decorata con delicati fiori di zucchero. Mi chinai in avanti, affascinata, mentre la telecamera zoomava sul suo intricato lavoro di decorazione.

«Forza, ce la puoi fare!» borbottai incoraggiante verso la TV, allungando la mano per un'altra manciata di patatine al formaggio.

Era incredibile quanto mi appassionassi a queste avventure di pasticceria, considerando che le mie abilità culinarie si limitavano a far bollire l'acqua e bruciare i toast. C'era qualcosa di rassicurante nel guardare le persone mettere il cuore nel creare qualcosa di bello e delizioso, anche se non potevo immedesimarmi.

Quando il concorrente si tirò indietro per rivelare il suo capolavoro finito, emisi un fischio di apprezzamento. I giudici erano altrettanto impressionati e sommersero di lodi la creatività e la perizia tecnica del pasticcere.

Sorrisi soddisfatta, sprofondando ancora di più tra i cuscini. Era esattamente ciò di cui avevo bisogno: una settimana a non fare niente, un po' di tempo per ricaricarmi, per ricordare che c'è altro nella vita oltre al lavoro. Anche se quell'"altro" consisteva principalmente nel fare maratone di reality e consumare il mio peso corporeo in cibo spazzatura.

Per ora, ero felice di rimanere proprio lì, nella mia piccola bolla di relax, assaporando ogni beato momento senza responsabilità. Il mondo reale poteva aspettare fino alla settimana successiva, o forse addirittura al mese successivo. Quella settimana era tutta dedicata ad abbracciare l'arte del dolce far niente.

Ciò non significava che non avessi riflettuto seriamente sul futuro, il mio futuro. Fissai il soffitto e provai a immaginare di tornare indietro. Indietro alle chiamate infinite, ai fine settimana persi per presentazioni 'urgenti', agli ego degli amministratori delegati, ai rebranding dell'ultimo minuto, ai sorrisi tirati, alle scadenze ancora più strette.

Amavo quello che facevo. Dio m'aiuti, amavo davvero le PR. Amavo costruire una storia che riuscisse a emergere dal rumore di fondo. Amavo la strategia, la psicologia, la danza che comportava. Ma quello che avevo capito era che non amavo vivere secondo l'agenda di qualcun altro. Non amavo sacrificare ogni minuto libero per sostenere marchi in cui non credevo. Non amavo che mi dicessero di "protendermi in avanti" mentre in silenzio mi premevano addosso fino a farmi spezzare.

Ed ero stanca di fingere di voler scalare la scala di qualcun altro. Volevo costruire la mia dannata casa.

Mi colpì, dolcemente, ma tutto in una volta.

Non volevo un altro lavoro.

Volevo la libertà.

Volevo la flessibilità.

Volevo clienti scelti da me, orari stabiliti da me e quel tipo di equilibrio che non mi richiedesse di programmare la gioia come una riunione del consiglio di amministrazione.

Volevo la mia società di consulenza.

Eccola lì. La verità, chiara come il cristallo.

Era terrificante, certo. Rischioso. Imprevedibile. Ma il pensiero di ciò che sarebbe venuto dopo mi faceva sentire viva invece che semplicemente... responsabile.

Eppure... la verità era che non avevo bisogno di capire tutto oggi.

L'equilibrio tra lavoro e vita privata non sarebbe iniziato quando avessi trovato il mio primo cliente. Iniziava ora. Con la parte della vita.

Così, mi trascinai in cucina per preparare un altro sacchetto di popcorn. C'erano almeno quattro serie TV non viste che mi chiamavano e, francamente, intendevo rispondere a tutte.

Proprio mentre stavo per afferrare il telecomando per preparare l'episodio successivo, un trillo acuto infranse l'atmosfera pacifica. Gemetti, tentata di ignorarlo, ma un fastidioso senso di responsabilità mi spinse ad alzarmi dal divano.

Attraversando la stanza a piedi nudi, individuai il mio telefono sotto un mucchio di cartacce di caramelle scartate. Lo schermo lampeggiò con un numero sconosciuto con un prefisso del Maine, e aggrottai la fronte, indecisa se rispondere.

La curiosità ebbe la meglio. «Pronto?» dissi timidamente, sperando che non fosse un altro operatore di telemarketing che cercava di vendermi una multiproprietà.

«Signorina Holmes? Sono Jonathan Harcourt,» rispose una voce burbera, e i miei occhi si sgranarono per la sorpresa. «Della Harcourt Foods.»

«Oh! Ehm, buongiorno, signor Harcourt,» balbettai, colta alla sprovvista. La mia mente correva, cercando di capire perché mi stesse chiamando direttamente. «Cosa posso fare per Lei?»

Ci fu una breve pausa, e lo sentii schiarirsi la gola. «Speravo che potessimo incontrarci, per discutere di una potenziale opportunità.»

«Opportunità?» ripetei io, con la curiosità stuzzicata. Mi arrotolai distrattamente una ciocca di capelli attorno al dito, cercando di immaginare a che tipo di opportunità si potesse riferire.

«Sì,» confermò lui, con un tono professionale ma non sgarbato. «Ho una proposta che penso potrebbe trovare interessante. È disponibile per incontrarci di persona, diciamo, domani pomeriggio?»

Mi guardai intorno nel mio appartamento, osservando i detriti di snack e il mio abbigliamento non proprio professionale. La vecchia Rachel avrebbe colto l'occasione al volo, senza fare domande. Ma qualcosa in quella chiamata inaspettata mi fece esitare.

Tuttavia, non potei negare il brivido d'attesa che mi attraversò alla prospettiva di una nuova sfida. Forse quello era il modo in cui l'universo mi stava dicendo che era ora di tornare in gioco.

«Assolutamente,» mi sentii dire, con la voce forte e sicura. «Mi dica solo l'ora e il luogo, e io ci sarò.»

Mentre prendevo nota dei dettagli, sentii un rinnovato senso di determinazione scorrermi nelle vene. Qualunque cosa comportasse quell'opportunità, ero pronta ad affrontarla a testa alta.

Sembrava che la mia settimana di pigrizia fosse appena diventata molto più interessante.

Riattaccai il telefono, la mente che vorticava di possibilità. *Il vecchio Harcourt vuole incontrarmi? Perché?*

Improvvisamente, l'accogliente bozzolo del mio appartamento mi sembrò... sbagliato. Per tutta la settimana, mi ero nascosta, convincendomi che l'immobilità fosse la stessa cosa della guarigione. Ma stando lì, con il telefono ancora caldo in mano, sentii una scossa di qualcosa che non provavo da un po': curiosità. Forse anche speranza.

Non sapevo cosa volesse Harcourt, ma qualunque cosa fosse, era *qualcosa*. Una rottura nella monotonia. Una porta che non mi aspettavo di trovare spalancata.

Gettai da parte il telecomando e mi alzai dal divano, con il polso che accelerava.

È ora di darsi una regolata.

Raccolsi le confezioni vuote degli snack e le ficcai nella spazzatura con un sospiro più pesante di quanto mi aspettassi. Non perché la ricreazione fosse finita, ma perché, da qualche parte nel mezzo del guardare altre persone montare a neve ferma gli albumi, avevo dimenticato cosa si provasse a tenere a qualcosa.

Mi guardai intorno nella stanza – cartacce, briciole, il tavolino disseminato del deprimente buffet del mio esaurimento. Non sembrava una donna in vacanza. Sembrava una donna che aveva mollato.

E forse era proprio questo la chiamata di Harcourt: una cima gettata in acque profonde. Un promemoria che non avevo ancora finito. Che non *volevo* aver finito.

Afferrai il Febreze, diedi un'ultima occhiata al trono di snack che avevo costruito, e cominciai a spazzare via tutto.

Mentre sistemavo i cuscini sul divano, colsi un'occhiata del mio riflesso nello schermo della TV. Avevo i capelli in disordine, ed ero abbastanza sicura di avere una macchia di cioccolato sulla guancia.

«Ugh,» gemetti, strofinando il punto. «Sei un disastro, Holmes.»

Ma anche mentre lo dicevo, non potei fare a meno di ridere. Se il vecchio Harcourt avesse potuto vedermi ora, probabilmente si sarebbe chiesto in che guaio si fosse cacciato.

Non appena ebbi prenotato il biglietto, questa volta controllando tre volte che fosse per l'aeroporto giusto, mi diressi verso la camera da letto, spalancando le ante dell'armadio. Frugai tra le grucce, tirando fuori possibili opzioni di abbigliamento per l'incontro di domani. Casual ma elegante? Completo formale da donna in carriera? Tiesi su una camicetta, poi la gettai da parte.

Mentre continuavo a esaminare i miei vestiti, sentii un senso di determinazione impossessarsi di me. Qualunque fosse quell'opportunità, l'avrei sfruttata al massimo.

Ma prima, dovevo trovare l'abito perfetto. E forse fare qualcosa per quella capigliatura da letto.

Alla fine optai per un elegante tailleur pantalone blu navy che non mancava mai di farmi sentire sicura di me. Mentre lo stendevo sul letto, la mia mente correva tra le varie possibilità. Cosa poteva voler discutere il vecchio Harcourt? La suspense mi stava uccidendo.

Guardai il mio telefono, aspettandomi quasi che squillasse di nuovo con maggiori dettagli. Ma rimase silenzioso. Avrei dovuto semplicemente aspettare fino a domani per scoprirlo.

Aggiustai il vestito nello specchio dell'hotel per l'ultima volta, il mio riflesso mi restituì l'ombra di un sorrisetto. I tacchi erano lucidati, i capelli in ordine e l'abito aderente faceva esattamente quello che doveva: trasmettere competenza con un tocco di intimidazione. La mia cartella era infilata sotto il braccio come un'arma.

Certo, c'era un brivido di nervosismo nel mio stomaco. Ma c'era anche qualcos'altro: elettricità. Del tipo che non sentivo da settimane.

Il tragitto in taxi fino al quartier generale della Harcourt fu breve. Scesi, alzai lo sguardo sulla facciata invecchiata ed entrai con passo sicuro nell'atrio per la terza volta.

«Rachel Holmes, per un appuntamento con il signor Harcourt,» annunciai all'addetta alla reception. Lei annuì e mi fece cenno di sedermi.

Minuti dopo, emerse una donna statuaria con una camicetta bianca impeccabile e una gonna a tubino. «Il signor Harcourt La riceverà ora,» disse con un sorriso cortese. «Mi segua.»

Ci facemmo strada attraverso un labirinto di corridoi fino a raggiungere un'imponente serie di doppie porte. La targa d'ottone recitava "J.D. Harcourt, CEO".

All'interno, l'ampio ufficio angolare rivestito in legno sembrava più una biblioteca. Copertine di riviste incorniciate rivestivano una parete, ingiallite dal tempo, ognuna con il volto dagli occhi d'acciaio, e molto più giovane, di J. D. Harcourt in persona.

«Signorina Holmes, un piacere.» La sua voce tuonò mentre si alzava da dietro la massiccia scrivania in mogano. Il vecchio Harcourt era una figura imponente, alto e con le spalle larghe, con una chioma di capelli argentati e penetranti occhi blu. La sua stretta di mano era ferma.

«Il piacere è mio, signor Harcourt. Anche se devo ammettere che la Sua telefonata è stata piuttosto inaspettata.»

Lui ridacchiò, facendomi cenno di sedermi. «Dritta al punto. Mi piace.» Si appoggiò allo schienale della sua poltrona di pelle, unendo le dita a cuspide.

«Mi è stato riferito che alcuni mesi fa Lei ha proposto un cambiamento piuttosto significativo al mio nuovo team di sviluppo prodotti.»

Mi guardai intorno nel suo ufficio – agli schemi di produzione vecchi di decenni dietro a un vetro – e sentii il peso di ciò che gli Harcourt avevano costruito. Tre generazioni a vendere pollo. Non era solo un modello di business; era un'identità di famiglia. Cene della domenica, barbecue in giardino, bambini che si avventavano sui bocconcini di pollo tra una partita di calcio e l'altra. L'idea di convincere il vecchio Harcourt a passare da quello a... be', a delle verdure frullate... non era solo un cambiamento commerciale. Era emotivo. Dovevo giocarmi molto bene le mie carte. C'era un'opportunità qui. Piccola, lo ammetto, ma era stato lui a chiedere un incontro. Potevo rimanere cordiale, passare dieci minuti con lui e, si sperava, lasciargli quel leggero tarlo nella mente di *forse* considerare di ampliare la sua gamma di prodotti... oppure... potevo credere nei dati. Credere nel mercato. Credere in me...

«La maggior parte degli uomini che conosco non durerebbe dieci minuti in un focus group per un cambio di rotta del genere» dico con leggerezza. «Se una cosa non muggisce, non chioccia o non è accompagnata da patatine fritte, viene accolta con sospetto».

Harcourt solleva un sopracciglio, incuriosito.

«Ma» continuo, «anche i carnivori più tradizionalisti stanno iniziando a guardare i loro piatti con occhi diversi. La verità è che uno degli ingredienti di punta che ho proposto deriva da un fungo, il *Fusarium venenatum*, per essere precisi. Si trova in natura. Viene fermentato in un ambiente controllato e produce micoproteine. Ricco di fibre. Ad alto contenuto proteico. Minimo impatto ambientale. E se si azzeccano i condimenti... onestamente? Ha una consistenza migliore del petto di pollo».

Harcourt si appoggia allo schienale, osservandomi attentamente.

«Sembra fantascienza. Lo capisco. Ma è anche scientificamente all'avanguardia. E se lo presentiamo nel modo giusto, non sembrerà un'eresia. Sembrerà un progresso che rispetta il passato».

C'è un attimo di silenzio. Le sue dita tamburellano lentamente sulla cartellina appoggiata alla scrivania. Mi chiedo se non mi sia spinta troppo oltre.

«Sarò franco, signorina Holmes. Ci sono stati un po' di problemi qui alla Harcourt Foods».

«Problemi? Di che tipo?»

Harcourt sospira pesantemente. «A quanto pare, il mio vicepresidente del marketing aveva ambizioni smodate, cercava di farmi fuori per mettersi in condizione di prendere il comando».

«Mi dispiace sentirlo» dico, scuotendo la testa.

«La ringrazio per la sua preoccupazione. Ma non si agiti, ho messo fine alla cosa».

Annuisco, elaborando l'informazione. «Capisco. Beh, sono contenta che sia riuscito a gestire la situazione. Ma questo cosa c'entra con me, se posso chiedere?»

«Mi trovo ad aver bisogno di qualcuno che prenda le redini del nostro rebrandinging. Pensa che quel qualcuno potrebbe essere lei?»

Resto a bocca aperta per lo shock. La Harcourt Foods è un'azienda S&P 500. Ricevere le redini di un progetto di questa portata è un'opportunità che capita una volta nella vita. Nella mia mente si affollano le domande: la tempistica, il budget, la portata del progetto...

Lui mi osserva per un altro istante, poi si sporge in avanti, con i gomiti sulla scrivania.

«Mi dica una cosa, signorina Holmes. Se fosse seduta sulla mia poltrona, quale sarebbe la prima cosa che farebbe per riportare in carreggiata questa azienda?»

È un test. E anche bello tosto. Vuole vedere se vacillo.

«Smetterei di pensare in termini di merce» rispondo senza esitazione. «Lei ha passato cinquant'anni a perfezionare catene di approvvigionamento e margini di guadagno. Ma il futuro è emozione. Le persone non comprano solo cibo: comprano identità. Aspirazione. Appartenenza».

«E pensa che un rebranding possa dar loro tutto questo?»

«Penso che possa farlo un marchio che parla come una persona e si muove come una cultura. E questo significa che, prima di fare qualsiasi cosa, bisogna riflettere quella cultura con i prodotti che si offrono».

Solleva un sopracciglio, chiaramente non aspettandosi quella risposta. «E come si tradurrebbe esattamente? In un balletto su TikTok con una cotoletta di funghi?»

Sorrido. «Non a meno che non sia lei a ballare. Ma immagini una campagna che faccia leva sulla sua tradizione invece di nasconderla. Una storia multi-generazionale. 'Dalle fattorie di famiglia al cibo del futuro.' Ricordiamo alla gente che voi avete sempre dato da mangiare alle famiglie americane. E che adesso nutrite anche i loro valori».

Si appoggia di nuovo allo schienale. «E se al consiglio di amministrazione non piacesse?»

«Cambieranno idea, non appena vedranno la quota di mercato cambiare e i titoli dei giornali addolcirsi».

«Lei è molto sicura di sé».

«Sono sicura del lavoro» dico. «E sono sicura di ciò che vogliono i consumatori, anche se non sanno ancora come esprimerlo».

Un lento sorriso si allarga sul suo viso. «Lei non bluffa, vero?»

«Non a meno che non abbia un full in mano».

Lui ride, un suono basso e compiaciuto. «Sa, pensavo che

lasciare un'eredità significasse costruire qualcosa di troppo grande per fallire».

Faccio una pausa, non sicura se stia parlando con me o con se stesso.

«Ma di questi tempi, mi chiedo se non significhi sapere quando cambiare rotta, prima che la marea ti trascini con sé. La mia generazione ha costruito imperi sulla convenienza e sul prezzo. Ma non è quello che interessa ai miei nipoti. Loro chiedono dove viveva il pollo, cosa mangiava, se era felice».

Si lascia sfuggire una risata secca, scuotendo la testa.

«Prima alzavo gli occhi al cielo. Adesso ascolto».

Annuisco, silenziosamente commossa. Non è una confessione, esattamente. Ma è più di quanto mi aspettassi.

Si raddrizza, l'attimo è svanito, la maschera da amministratore delegato torna al suo posto.

«La Harcourt Foods è a un bivio. Abbiamo bisogno di idee fresche, audaci. Il team di prodotto mi ha mostrato una copia della presentazione che ha fatto, e penso che lei abbia colto esattamente ciò che dobbiamo fare se vogliamo assicurarci che questa azienda non solo sopravviva, ma prosperi negli anni a venire».

«Sono ancora convinta di ciò che ho detto. E i dati supportano...»

«Andiamo al sodo. Il mondo sta cambiando, signorina Holmes. I gusti dei consumatori stanno cambiando. 'Sano' e 'sostenibile' sono parole che la gente come me preferirebbe ignorare, ma la verità è che siamo costretti a competere sul prezzo per mantenere i ricavi. Sono in questo settore da abbastanza tempo da sapere che una cosa del genere può finire solo in un modo. Che ci piaccia o no, le alternative a base vegetale sono il futuro».

Mi sporgo in avanti, incuriosita. «Non potrei essere più d'accordo, signor Harcourt. Abbracciare le alternative a base vegetale è una mossa intelligente per la Harcourt Foods».

Lui ridacchia, scuotendo la testa. «Sarò onesto, non lo

capisco del tutto nemmeno io. Il motivo per cui qualcuno dovrebbe scegliere di mangiare qualcosa che finge di essere pollo quando potrebbe avere quello vero va oltre la mia comprensione. Ma non sono cieco di fronte alle tendenze».

Sorrido, apprezzando la sua schiettezza. «È una mentalità diversa, di sicuro. Ma la domanda è innegabile. Con la giusta strategia, la Harcourt Foods potrebbe posizionarsi come leader in questo settore».

Harcourt annuisce, tamburellando con un dito sulla scrivania. «Ed è qui che entra in gioco lei. Ho bisogno di un piano di rebranding completo, un modo per introdurre questi nuovi prodotti senza alienarci la nostra base di clienti principale. È un equilibrio delicato. Se le offrissi il lavoro per dare una svolta a tutto questo, accetterebbe?»

«Signor Harcourt, prima di procedere, c'è una cosa che dovrebbe sapere. Non lavoro più per la Channing Gabriel».

Le sue sopracciglia si inarcano per la sorpresa. «Ah, no? Cos'è successo?»

Sento un nodo formarsi nello stomaco, preoccupata che questa rivelazione possa compromettere l'opportunità. «È stata una mia decisione. Sentivo che era tempo di cambiare, di cercare nuove sfide».

Harcourt mi studia per un momento, la sua espressione indecifrabile. I secondi passano e io combatto l'impulso di agitarmi sotto il suo esame.

Finalmente, parla. «Signorina Holmes, non l'ho scelta per la sua affiliazione con la Channing Gabriel. L'ho scelta per la visione che ha delineato nella presentazione. Che lei lavori con loro o meno è irrilevante per me. Quindi, le piacerebbe dirigere il nostro rebrand?»

Il mio cuore batte all'impazzata, ma mantengo un'espressione calma.

Ci siamo: il momento che ho inseguito per quasi un decennio. Non una promozione, non una pacca sulla spalla, ma una vera responsabilità. Una tabula rasa. Un marchio storico sull'orlo del baratro, e mi è stato chiesto di prenderlo al volo e trasformare tutta quella dannata cosa in qualcosa di nuovo. Qualcosa di meglio.

Eppure... esito.

Non per paura. Non esattamente. Ma perché so cosa richiede questo tipo di opportunità. Non chiederà solo il mio tempo o il mio cervello, chiederà la mia anima. È quello che mi è costato l'ultima volta. Ho dato tutto quello che avevo alla CGPR, e quando è finita, ero così svuotata che non mi sono nemmeno accorta di aver perso me stessa.

Ma poi penso a Chloe. A Dan. Alle persone che cercano di vivere la loro vita con un senso, con il cuore, con un legame. Penso alla ragazza che ha abbandonato un lavoro sicuro, un ufficio d'angolo e una struttura di commissioni molto generosa, perché finalmente ha capito che doveva esserci di più.

Lo voglio. Non *nonostante* tutto quello che ho imparato, ma *grazie* a esso.

Questo non è solo un passo avanti. È una svolta. Una dichiarazione. Sto costruendo qualcosa di nuovo. Alle mie condizioni.

Raddrizzo le spalle e incontro lo sguardo di Harcourt con uno altrettanto intenso.

«Ci sto».

Lui annuisce, un accenno di sorriso sul suo viso segnato dal tempo. «Bene. Ora, parliamo di strategia. Voglio sentire le sue prime idee su come dovremmo approcciare la cosa».

Mi sporgo in avanti, la mia mente già in fermento per le possibilità. «Beh, signor Harcourt, credo che la chiave sia posizionare la Harcourt Foods come un'azienda lungimirante e adattabile, in sintonia con le mutevoli preferenze dei consumatori. Dobbiamo mostrare il suo impegno a offrire opzioni a base vegetale di alta qualità e sostenibili, pur mantenendo l'integrità dei suoi prodotti tradizionali».

Harcourt annuisce, gli occhi accesi di interesse. «Continui».

«Per farlo in modo efficace» continuo, «avrò bisogno di creare un team di marketing e PR dedicato e di trovare uno spazio per un ufficio adeguato. Questo ci permetterà di creare campagne mirate, di interagire con gli influencer della comunità vegetale e di eseguire una strategia di rebranding completa».

Lui si appoggia allo schienale della sedia, considerando le mie parole. «Non pensa di poter gestire tutto da sola?»

Scuoto la testa, incrociando direttamente il suo sguardo. «Signor Harcourt, sono fiduciosa nelle mie capacità, ma riconosco anche la portata di questa impresa. Per dare alla Harcourt Foods l'attenzione e le risorse che merita, ho bisogno di una squadra di talento che mi supporti. Non si tratta solo di me; si tratta di prepararci per un successo a lungo termine».

Un lento sorriso si allarga sul suo viso e ridacchia dolcemente. «Mi piace come ragiona, signorina Holmes. Non ha paura di chiedere ciò di cui ha bisogno. Molto bene, ha il mio sostegno. Formi la sua squadra, trovi il suo ufficio. Jody, la mia assistente personale, la contatterà per il contratto e il pacchetto di benefit. Mi tenga solo informato sui suoi progressi».

Sento un'ondata di gratitudine e determinazione. «Assolutamente, signor Harcourt. Grazie per questa opportunità e per la sua fiducia. Non la deluderò».

Mentre ci stringiamo la mano, non posso fare a meno di meravigliarmi della piega che hanno preso gli eventi. Non pensavo che sarei rimasta senza lavoro a lungo, ma una settimana? E ora eccomi qui, a imbarcarmi in un nuovo capitolo con uno dei più grandi nomi dell'industria alimentare. È tanto esaltante quanto terrificante.

Esco dal suo ufficio a testa alta, con un passo nuovo ed energico. L'eccitazione è palpabile, mi scorre nelle vene mentre mi dirigo verso l'ascensore. La mia mente corre veloce, pensando ai primi passi da compiere per far decollare questa operazione. Trasferire tutta la mia vita nel Maine, mettere insieme una squadra, trovare uno spazio per l'ufficio, sviluppare una strategia: è una lista scoraggiante, ma mi sento piena di energia e pronta a conquistare tutto.

Mentre entro in ascensore, vedo il mio riflesso nelle porte di metallo lucido. C'è una scintilla nei miei occhi e un accenno di sorriso che mi tira le labbra. È lo sguardo di qualcuno sull'orlo di qualcosa di grande, e riesco a malapena a contenere l'attesa che cresce dentro di me.

L'ascensore inizia la sua discesa, e io mi godo questo momento di trionfo. Non capita tutti i giorni di uscire da una riunione con un'opportunità rivoluzionaria come questa. So che ci saranno sfide da affrontare, ma in questo momento, tutto ciò su cui riesco a concentrarmi è l'euforia di intraprendere questo nuovo viaggio.

Il tragitto di ritorno in hotel è confuso. La mia mente sta già correndo ai passi successivi. Tiro fuori il telefono e inizio a prendere appunti, le dita che volano sullo schermo. C'è così tanto da fare, e non posso permettermi di sprecare un solo istante.

Per prima cosa, devo trovare lo spazio perfetto per l'ufficio. Apro alcuni annunci immobiliari sul telefono, scorrendo le opzioni. Deve essere un posto che rifletta lo spirito innovativo e dinamico dell'agenzia che sto costruendo. Un luogo che ispiri creatività e collaborazione.

Salvo alcuni annunci promettenti e mi appunto mentalmente di fissare delle visite il più rapidamente possibile. Prima riesco a trovare uno spazio, prima potremo partire a pieno ritmo. Con un team di menti brillanti al mio fianco e la spinta a creare qualcosa di veramente eccezionale, non ho dubbi che lasceremo il segno nel settore.

Mi siedo alla scrivania della mia stanza, tiro fuori il portatile e mi tuffo a capofitto nel vortice della pianificazione e della preparazione. Non c'è tempo da perdere: ho un'agenzia da costruire, e sono determinata a renderla un successo strepitoso.

La mattina dopo, mi ritrovo davanti a un affascinante edificio in mattoni nel cuore del quartiere Old Port di Portland. Il sole brilla sulle grandi finestre, e posso già immaginare l'energia febbrile della mia squadra all'interno.

Potrebbe essere questo: la sede perfetta per la mia agenzia nascente.

C'è qualcosa in questa città che mi sembra giusto. È un luogo dove la tradizione incontra l'innovazione, dove il duro lavoro e la creatività vanno di pari passo. Ed è esattamente questo lo spirito che voglio catturare con la mia agenzia.

Eppure, esito.

Questo spazio non è solo una decisione logistica, è una dichiarazione. Una promessa a me stessa e a chiunque si unirà a me che tutto questo è reale. Permanente. E con quella promessa arriva la pressione. E se stessi facendo un errore? E se non fossi pronta?

Entro, i vecchi pavimenti in legno scricchiolano debolmente sotto i miei stivali. L'agente immobiliare mi accoglie con un sorriso caloroso e iniziamo a visitare lo spazio. A ogni passo, cerco di mettere a tacere i dubbi e di concentrarmi su ciò che potrebbe essere. Immagino eleganti postazioni di lavoro moderne, sale riunioni collaborative e un'accogliente area relax dove possiamo rilassarci e fare brainstorming.

Mi fermo vicino alla finestra più grande e lascio che la mia mano sfiori il muro di mattoni. La mia mente riempie gli spazi vuoti: portatili aperti, post-it ovunque, musica in sottofondo, una squadra di persone intelligenti, divertenti e motivate che credono in ciò che stiamo costruendo. Ora è solo un guscio vuoto, ma riesco a vederlo tutto così chiaramente. E in quella chiarezza, la paura inizia a svanire.

Questo non è solo un ufficio. È una seconda occasione. Un nuovo inizio. Un atto di fede.

L'agente immobiliare si volta verso di me, con le sopracciglia alzate. «Cosa ne pensa?»

Mi fermo ancora un momento, lasciando che il peso e la meraviglia di tutto si depositino.

«È perfetto» dico, con un sorriso che mi si allarga sul viso.

«Facciamolo». Mentre firmo il contratto di locazione e stringo la mano all'agente, sento un'ondata di orgoglio e determinazione. Questo è il primo passo ufficiale per dare vita alla mia visione. E so, nel profondo, che questo è solo l'inizio di un viaggio incredibile.

Torno sulle strade acciottolate, con il cuore pieno di speranza e attesa. Il futuro è spalancato, e non vedo l'ora di vedere dove mi condurrà questo percorso. Ma una cosa è certa: con una squadra di talento al mio fianco e la passione per creare qualcosa di straordinario, non c'è limite a ciò che possiamo raggiungere.

VENTUNO

Entro a passo svelto nel Maine Mall, con i tacchi che battono sulle lucide piastrelle del pavimento con aria decisa. I familiari odori di pretzel e campioncini di profumo si diffondono nell'aria mentre attraverso i corridoi affollati. Non avevo previsto di restare qui così a lungo, non avevo previsto di restare qui affatto, a parte l'incontro con Jonathan Harcourt. Ma, d'altra parte, non avevo nemmeno previsto di avviare un'agenzia nel Maine.

Avevo preparato la valigia solo per pochi giorni. Un paio di tacchi decenti. Due camicette che potevano passare per professionali, se non si guardava troppo da vicino. Niente di adatto per le prossime settimane di assunzioni, networking e ricerca del contratto d'affitto per l'ufficio.

Ora, ho bisogno di vestiti. I vestiti giusti. Un tailleur che comunichi leadership, non da profuga esaurita. Un cappotto in grado di affrontare un novembre del Maine. Qualche capo che possa accompagnarmi dalle riunioni con i clienti agli incontri al bar senza farmi sentire come se stessi impersonando un'adulta.

Perché ora è tutto vero. Ho detto di sì. Ho preso in affitto un edificio. Resterò, almeno finché l'agenzia non sarà avviata.

Poi tornerò a Chicago, impacchetterò il resto della mia vita e tornerò per sempre.

Oggi devo procurarmi quello che mi serve per essere all'altezza della situazione. Non solo per gli altri, ma per me stessa. Un'uniforme per il prossimo capitolo. La prova, in tessuto e vestibilità, che non sto più solo reagendo.

Sto costruendo qualcosa.

I miei passi rallentano mentre passo davanti alla boutique dove io e Chloe avevamo trascorso un pomeriggio spensierato a scegliere il suo vestito per il concorso di canto. I manichini indossano ancora i loro sognanti abiti color pastello, immutati, come se il tempo non fosse andato avanti. Tranne per il fatto che, ovviamente, è andato avanti. Quel giorno sembra appartenere a una versione diversa di me stessa. Una che non aveva ancora deluso Chloe.

Mi fermo, fissando la vetrina. Lei si era messa a volteggiare nel camerino, tutta gomiti ed eccitazione, e aveva chiesto a me — proprio a me — se era bella. Le avevo detto di sì, e lo pensavo con tutto il cuore. Poi ero partita prima di poterla vedere indossarlo per davvero.

Una fitta mi colpisce, inaspettata. Non proprio senso di colpa. Più che altro... il dolore di una questione in sospeso. Di voler essere stata qualcuno su cui lei avrebbe potuto contare.

Espiro lentamente e vado avanti. Non posso disfare ciò che è già stato fatto. Ma d'ora in poi posso essere una persona migliore.

Scruto le vetrine in cerca di qualcosa di adatto. Un'opportunità per reinventarmi, per scrollarmi di dosso il peso dei rimpianti passati e forgiare un percorso che lasci spazio sia all'ambizione che a un'autentica connessione umana.

Il vivace chiacchiericcio del centro commerciale mi avvolge, una sinfonia di risate e suonerie di cellulari. Per una volta, mi lascio trascinare da quella corrente energizzante, immaginando un futuro in cui non sarò solo un'osservatrice dei momenti vibranti della vita, ma una partecipante attiva. A ogni passo, sento un barlume di speranza, una timida eccitazione per ciò che mi attende.

Mentre giro l'angolo, un logo familiare cattura la mia attenzione: una tazzina da caffè stilizzata su una vetrina chic. Il ricco aroma dei chicchi appena macinati mi chiama, promettendo un momento di piacere nel mezzo della missione della giornata.

«Perché no?» mi chiedo, un sorriso che mi increspa le labbra. «Un po' di caffeina non ha mai fatto male a nessuno.»

Il campanello sopra la porta del caffè tintinna mentre entro, e il profumo di chicchi tostati e paste calde mi avvolge come un abbraccio. La luce del sole filtra attraverso le ampie vetrate, disegnando motivi dorati sui pavimenti in legno. Un leggero brusio di conversazioni e tintinnio di cucchiaini riempie lo spazio, sottolineato dal sibilo del latte montato da dietro il bancone.

Il barista mi saluta con un sorriso spontaneo, e ordino un cappuccino grande — con extra schiuma — e un cornetto al cioccolato, dicendomi che me li sono guadagnati entrambi. Mentre aspetto, scruto la sala, il mio sguardo che vaga pigramente tra studenti incollati ai loro portatili, genitori che si destreggiano tra passeggini e caffeina, e coppie che si scambiano risate sommesse sedute a tavolini minuscoli.

E poi, come una sferzata di colore in una foto color seppia, la vedo.

Coda di cavallo bionda. Camminata familiare. Quell'inconfondibile elasticità nel passo.

Chloe.

È circondata da amici, nel bel mezzo di una risata, completamente a suo agio... e per un momento, il mondo semplicemente... si ferma. Tutto si restringe in una messa a fuoco morbida, tutto il resto si sfoca ai bordi. C'è una frazione di secondo in cui non so cosa fare. Se chiamarla, o sparire prima che mi veda.

Poi il suo sguardo si alza. E incontra il mio.

Il tempo si sospende. Solo per un istante.

E poi, il suo viso si illumina, un raggio di sole che squarcia le nuvole. Nessuna esitazione. Nessun risentimento. Solo gioia.

Il mio caffè è dimenticato. Mi faccio largo tra la folla, con il cuore che martella, mentre Chloe si stacca dal suo gruppo e corre.

Chloe mi si getta tra le braccia, abbracciandomi così forte da togliermi il fiato. E io la lascio fare. Le lascio strizzare via ogni briciolo di colpa e rimpianto dai miei polmoni, perché è una sensazione così incredibilmente bella.

«Rachel!» dice contro la mia spalla. «Non posso credere che sia davvero tu!»

La stringo con la stessa ferocia, le mie braccia che avvolgono la sua corporatura più esile. Sa ancora di fragole e shampoo. Per un momento, nessuna delle due dice niente. Non ce n'è bisogno. L'abbraccio dice tutto.

Alla fine, si tira indietro, afferrandomi ancora le braccia, gli occhi che scrutano il mio viso con un'intensità che mi sorprende. «Ero così arrabbiata quando te ne sei andata,» dice onestamente. «E poi ero triste. Ma ora sono solo... felice.»

Le lacrime minacciano di uscire. Le ricaccio indietro con un sorriso tremolante. «Anche tu mi sei mancata. Molto più di quanto immaginassi.»

Lei sorride. «Comunque, sei davvero in forma. Chic, ma un po' stropicciata. Molto da redattrice di moda nel suo giorno libero.»

Rido. «Sei troppo gentile. Ho vissuto con la valigia in mano.»

«Comunque,» dice, tirandomi un po' più vicino, «sei qui. È questo che conta.»

Restiamo così per un altro momento, finché Chloe non inizia a saltellare sui talloni per l'eccitazione. «Oh! Ho dimenticato di dirtelo: ho vinto la mia batteria! Sono passata alle finali statali!»

«Cosa?» Rimango a bocca aperta. «Chloe, è incredibile! Sono così orgogliosa di te.»

«È durante le vacanze del Ringraziamento. Tra due settimane. Devi venire. Ti prego.»

Il mio sorriso vacilla per una frazione di secondo. Chicago si profila in fondo alla mia mente — l'appartamento, le mie cose, l'inevitabile logistica del trasloco — ma i suoi occhi speranzosi mi riportano al presente.

«Non me lo perderei per niente al mondo,» dico, e lo penso davvero.

Lei lancia un grido di gioia, volteggiando una volta in mezzo al caffè come se fosse fatta di pura allegria. Poi si ferma di colpo, una nuova idea che le sboccia negli occhi. «In realtà... c'è un'altra cosa.»

«Ah, sì?» Mi preparo.

«Papà domani registra una puntata del suo nuovo show,» rivela, con una scintilla maliziosa negli occhi. «Girano le scene nell'appartamento davanti a un pubblico dal vivo. Dovresti venire! Sarebbe una sorpresa divertentissima per lui.»

La proposta rimane sospesa tra di noi.

È un'idea perfettamente da Chloe: sincera, speranzosa, un po' caotica.

Sono un po' spiazzata alla menzione di Dan, e sento un fremito di nervosismo allo stomaco. Il pensiero di rivederlo è tanto eccitante quanto terrificante.

Esito. Non perché non voglia vedere Dan, anzi, semmai è proprio quello il problema.

«Potrebbe essere imbarazzante,» dico con cautela, la voce più bassa ora. «Non ci siamo lasciati proprio nel migliore dei modi.»

Chloe inclina la testa. «Ma hai detto di sì per le finali.»

«Quello è diverso,» dico in fretta. «Quello riguarda te. È qualcosa che non mi perderei.»

Apre la bocca per ribattere, ma alzo una mano con delicatezza. «Non è che non voglia vederlo. È solo che... non credo che lui voglia vedere me.»

Chloe mi rivolge un sorriso comprensivo, più dolce ora. «Questo non puoi saperlo.»

Faccio una mezza alzata di spalle, non pronta a lasciare che quel pensiero si stabilizzi. «Forse. O forse è solo sollevato di non dover spiegare chi sono ai suoi amici e alla sua famiglia. Sono piombata nella sua vita, ho fatto un casino e me ne sono andata.»

Lei aggrotta la fronte. «Io non la vedo così.»

«Beh, ho annunciato il suo ritorno sulle scene senza dirglielo, ricordi? E ho quasi rischiato di farti ammazzare su una barca.»

«Quasi.» Sorride. «Ma invece, mi hai salvata.»

Sospiro, combattuta. «È solo che... se mi presento, non voglio che sembri che sto cercando di rimettermi in mezzo. O di far girare tutto intorno a me. Non voglio tendergli un'imboscata.»

Chloe si avvicina e mi prende dolcemente il braccio. «Non è un'imboscata. È un posto tra il pubblico. Tutto qui. Non stai prendendo d'assalto il palco.»

Sorrido a quella frase, ma il nervosismo non svanisce del tutto. Ci sono troppe cose che non ho elaborato. Troppe cose non dette tra me e Dan. Ma forse, penso, essere tra il pubblico è un modo per dire qualcosa senza dover dire assolutamente nulla.

«Ti prego, Rachel,» supplica Chloe, con gli occhi spalancati e imploranti. «Significherebbe così tanto per me. E so che anche a papà piacerebbe vederti, anche se non lo ammetterà mai. È stato mogio da quando hai lasciato Biddeford. Credo che gli manchi avere qualcuno con cui battibeccare, sai?»

Sospirò, sentendo la mia determinazione sgretolarsi di fronte alla sincerità di Chloe. «Va bene, va bene. Verrò alla registrazione dal vivo.»

Chloe lancia un grido di gioia, gettandomi le braccia al

collo in un altro abbraccio esuberante. «Grazie, Rachel! Sarà la sorpresa più bella di sempre!»

Chloe si stacca dall'abbraccio, i suoi occhi che brillano di eccitazione.

«Probabilmente dovrei tornare dalle mie amiche,» dice, lanciando un'occhiata alle ragazze che aspettano lì vicino. «Ma scrivimi il tuo numero e ti manderò i dettagli per domani, ok?»

Annuisco, prendendo il suo telefono e aggiungendo il mio numero ai suoi contatti. «D'accordo, Chlo. E ancora congratulazioni per aver vinto la batteria. Sono così fiera di te.»

Chloe sorride, il suo sorriso radioso come il sole. «Grazie, Rachel. E mi dispiace davvero di averti chiesto di uscire in barca con me. Mi hai salvato la vita.» Mi dà un'ultima stretta prima di voltarsi per raggiungere le sue amiche, la coda di cavallo che rimbalza a ogni passo.

La guardo andare, il cuore che si gonfia di un misto agrodolce di emozioni. Probabilmente è un bene che non abbia aspettato una risposta. Sarei probabilmente scoppiata a piangere. Chloe è già a metà strada per tornare dalle sue amiche quando si volta, mi fa un ultimo saluto e mima con le labbra un *Grazie*.

Annuisco, riuscendo a fare un piccolo sorriso.

Torno al caffè e mi siedo di nuovo al mio tavolo, con il caffè ormai tiepido. Mi ritrovo a rivivere le parole di Chloe nella mente. «Credo che gli manchi avere qualcuno con cui battibeccare, sai?»

Il pensiero che a Dan io manchi, che provi lo stesso senso di assenza con cui ho dovuto fare i conti io, è toccante e terrificante allo stesso tempo. *Gli manco? Ha mai pensato a me da quando me ne sono andata?*

Ma poi ricordo il modo in cui mi guardava nella rimessa delle barche, l'intensità del suo sguardo, le parole non dette sospese nell'aria tra di noi. La voglia. Il desiderio. Il modo in cui il mio cuore batteva all'impazzata e la mia pelle formicolava, come una corrente elettrica che mi percorreva le vene.

Quei sogni a occhi aperti vengono presto messi a tacere quando ricordo quanto fosse furioso per il fatto che avessimo preso la barca. Che io avessi messo a rischio la vita di sua figlia e tutto questo entro quarantotto ore dall'annuncio del suo ritorno sulle scene senza nemmeno disturbarmi a chiedere prima il suo permesso... No, certo che non ha pensato a me da allora. Se l'ha fatto, non è stato con nostalgia o rimpianto... È stato con sollievo per il fatto che non sono più nei paraggi.

Come posso dire di no a Chloe con delicatezza? La povera ragazza non capisce perché andare domani sia un'idea terribile. Come potrebbe?

Bevo un lungo sorso di caffè, facendomi forza. Andrò alla registrazione. Per lei. Per essere presente, come avrei dovuto fare la prima volta. Mi siederò in silenzio, starò in disparte e applaudirò quando sarà il momento.

Nessuna aspettativa. Nessun dramma.

VENTIDUE

Il tragitto verso lo studio è un vortice di nervosismo e attesa. Tamburello con le dita sul sedile posteriore, cercando di concentrarmi sul primo ciclo di colloqui che ho programmato per domani, ma la mia mente continua a tornare ai pensieri su Dan. Sarà felice di vedermi? Capirà che sono venuta su richiesta di Chloe e che non voglio perdere l'occasione di vederlo esibirsi?

Mentre l'auto svolta nel parcheggio, la facciata imponente del teatro di posa si profila alla vista e sento il polso accelerare. Premo una mano sul petto, come se potessi calmare il batticuore. Non dovrei essere così nervosa, è stata un'idea di Chloe. Sono qui solo per sostenerla. Tutto qui. Eppure, il pensiero di entrare nel mondo di Dan, senza invito, senza preavviso... mi fa sentire come se stessi violando una proprietà privata.

Vedo Chloe che aspetta vicino all'ingresso, saltellando sulle punte dei piedi per l'emozione. Mi saluta con entusiasmo, con un sorriso ampio e contagioso.

«Rachel! Ce l'hai fatta!» esclama, stringendomi in un forte abbraccio mentre mi avvicino.

Rido, ricambiando l'abbraccio con lo stesso fervore. «Certo che ce l'ho fatta. Non me lo sarei perso per niente al mondo».

Entriamo, alla reception ci danno i pass per il pubblico e ci dicono di proseguire verso il teatro di posa. È evidente che Chloe è già stata qui e si muove con disinvoltura nei corridoi affollati dello studio.

Sembra di girare in tondo, circondate dall'attesa degli altri membri del pubblico e dall'eco di istruzioni urlate che ci avvolge come un ronzio statico. È un altro mondo, un mondo costruito su performance, precisione ed emozioni perfettamente sincronizzate. Mi chiedo, per un attimo, come debba essere vivere a tempo pieno in questo mondo. Chloe sembra fluttuare attraverso di esso come se vi appartenesse. Forse è così.

Arrivate al Teatro di Posa #1, ci fanno accomodare sulle gradinate. I posti non sono assegnati, e Chloe mi prende la mano e mi guida verso due sedili ancora vuoti in prima fila. Io avrei preferito un posto più in alto, nascosto. Solo quando arriviamo ai posti, vedo un piccolo adesivo su ognuno con la scritta *Chloe Rhodes +1*. Certo, un vantaggio per il cast e la troupe per permettere ad amici e parenti di vedere i propri cari al lavoro. Ma poi mi colpisce il pensiero di essere io l'accompagnatrice. Non la collega, non l'esperta di PR, non l'attenta stratega. Semplicemente... Rachel. Una persona che lei ha scelto. E forse è questo che voglio essere ora: una persona che gli altri scelgono, non una che si impone per entrare nella stanza.

Il posto si riempie in fretta; l'aria vibra di energia, il chiacchiericcio del pubblico e il ronzio delle attrezzature riempiono lo spazio.

«Papà sarà così sorpreso di vederti» dice Chloe, con gli occhi che brillano di malizia. «Non ha idea che saresti venuta».

Il cuore mi perde un battito al pensiero, un misto di nervosismo ed eccitazione mi pervade.

«Non sono sicura che sia un grande fan delle mie sorprese» dico, cercando di mantenere un tono leggero.

Chloe mi lancia uno sguardo d'intesa, il suo sorriso si addolcisce. «Fidati, questa gli piacerà».

Mentre ci sistemiamo ai nostri posti, mi ritrovo a scrutare il palco, in cerca di un qualsiasi segno di Dan. I minuti sembrano allungarsi all'infinito, ogni secondo pare un'eternità.

Non ho ancora visto un episodio completo della serie, ma ieri sera ho trovato alcuni trailer e spezzoni online. È una serie divertente, definita una commedia drammatica. Per una volta, è proprio vero: il dialogo è acuto e molto arguto, ma poi i personaggi si trovano coinvolti in drammi ad alta tensione che mettono davvero alla prova le loro relazioni. L'episodio pilota ha un solido 7,8 su IMDb, che è davvero un ottimo risultato. Oggi stanno girando le scene dell'appartamento del terzo episodio, che andrà in onda la prossima settimana.

Chloe mi stringe la mano, con gli occhi che scintillano di attesa. «Sarà fichissimo» dice raggiante. «Papà è bravissimo».

Sorrido al suo entusiasmo, il cuore che mi batte all'impazzata per un misto di nervosismo ed eccitazione. Continuo a ripetermi che sono qui solo per accompagnare Chloe. Ed è vero. Ma sono qui anche per le mie ragioni: voglio davvero rivedere Dan, anche se da lontano.

Le luci di sala si abbassano e il pubblico riduce rispettosamente il volume del chiacchiericcio. Chiunque abbia bisogno di tossire, o pensi di poter aver bisogno di tossire, cerca di farlo tutto nello stesso momento.

I tre operatori di macchina ruotano le loro telecamere e, in rapida successione, fanno un pollice in su a un produttore che non vedo.

La voce del regista gracchia attraverso l'interfono. «Tutti ai vostri posti! Scena quattro. Ciak uno. E... azione!»

Il set prende vita, improvvisamente inondato da una luce calda e invitante. Riconosco l'accogliente soggiorno degli spezzoni che ho guardato ieri sera: divani imbottiti, foto di famiglia sulla mensola del camino, persino un pigro golden retriever spaparanzato sul tappeto.

Ed eccolo lì, che entra in scena con due dei suoi colleghi del cast, Dan. Mi si mozza il respiro. Sta bene. Davvero bene.

L'accenno di grigio alle tempie non fa che aumentare il suo fascino, e quel suo sorriso sbilenco mi fa ancora perdere un battito. Non che lo ammetterei mai.

Dan si lancia nel suo monologo di apertura, il suo ricco baritono riempie lo studio. Ma poi, a metà frase, i suoi occhi ci trovano in prima fila. Quegli occhi blu penetranti si incatenano ai miei e, per un momento, il resto del mondo svanisce. Vengo trasportata di nuovo alla nostra—alla sua—festa di inaugurazione della casa, alla promessa di qualcosa contro il muro della darsena...

Ma poi Chloe mi stringe la mano, riportandomi bruscamente alla realtà. «Sta andando alla grande» dice, la voce piena d'orgoglio.

Annuisco, deglutendo a fatica. «Sì, è vero».

Guardo Dan ritrovare il suo ritmo, rientrando senza sforzo nel personaggio. Eppure, non riesco a scrollarmi di dosso la sensazione che qualcosa sia cambiato in quel momento. Come una scintilla che si riaccende... ma che sia di rabbia o di qualcos'altro, non ne sono del tutto sicura.

I colleghi di Dan si scambiano sguardi preoccupati mentre lui vacilla, ma da veri professionisti, si adattano senza problemi. La scena prosegue, eppure una corrente sotterranea di tensione serpeggia sotto la superficie. La vedo nella postura delle spalle di Dan, nel guizzo dei suoi occhi verso di noi.

Chloe si sporge in avanti, pendendo dalle labbra di suo padre. Sono combattuta tra l'assaporare la performance e lo studiare Dan stesso, in cerca di indizi nel sottotesto. È solo recitazione, o c'è qualcosa di più che cova sotto le battute del copione?

Come in risposta, Dan esce dal copione. Fa una pausa, scruta il pubblico e, quando parla di nuovo, non è nei panni del suo personaggio. È sé stesso, crudo e senza filtri. Sussurri si diffondono tra la troupe. I cameraman si girano sulle loro sedie, cercando di incrociare lo sguardo di un produttore. I colleghi di Dan si scambiano sguardi rapidi e confusi, ma seguono il suo esempio. Chloe si irrigidisce accanto a me, la sua mano un'ancora di salvezza nella mia. So, senza ombra di dubbio, che questa non è più recitazione.

«A volte» dice, il suo sguardo che trafigge il mio, «la vita ci dà delle seconde possibilità. Opportunità per rimediare agli errori, per dire le cose che prima avevamo troppa paura di dire».

Il polso mi martella nelle orecchie. *Lo sta facendo davvero? Qui, ora, davanti a telecamere e a un pubblico in studio?*

La voce di Dan si alza, cruda e senza filtri. «Negli ultimi mesi ho pensato molto a ciò che conta nella vita. Alle occasioni che perdiamo, alle persone che ci lasciamo sfuggire». I suoi occhi brillano di lacrime trattenute.

Sono inchiodata al mio posto, incapace di muovermi. Incapace di respirare.

«Ho fatto degli errori» continua Dan, la voce rotta dall'emozione. «Ho lasciato che l'orgoglio e la testardaggine mi trattenessero. Pensavo fosse il lutto, ma era paura. Paura dell'ignoto, paura della possibilità di trovare la felicità con qualcun altro. Ma stando qui, guardando le due persone più importanti della mia vita, mi rendo conto... » Deglutisce a fatica. «Mi rendo conto che è ora di smettere di fuggire dalla verità».

Sta parlando di... me? Di noi?

La voce di Dan si incrina, ma lui va avanti, determinato. «Non possiamo lasciare che la paura ci freni. Non possiamo permettere che l'orgoglio o la testardaggine ci tengano lontani dalle persone che amiamo. Perché alla fine, è tutto ciò che conta davvero. I legami che creiamo, l'amore che condividiamo».

Ogni parola ferisce e guarisce in egual misura. Ricordo i muri che avevo costruito; le volte in cui ero fuggita per prima. Ricordo l'abbraccio di Chloe nel centro commerciale. Ricordo la darsena. Il quasi. Il mai stato. Il forse potrebbe ancora essere.

Le lacrime mi rigano il viso ora, ma non faccio alcun gesto

per asciugarle. Accanto a me, Chloe piange apertamente, il suo piccolo corpo scosso dai singhiozzi.

La voce di Dan si addolcisce, ma non ha meno impatto. «È quello che intendo fare. Tenermi strette le persone che amo, custodire ogni momento che abbiamo insieme. Perché alla fine, è questo che rende la vita degna di essere vissuta».

Mentre le sue parole svaniscono, lo studio è assolutamente silenzioso per un battito di cuore. Poi, come un'unica entità, il pubblico si alza in piedi, e un applauso fragoroso rimbomba nello spazio.

Ma io a malapena lo sento. Tutto ciò che riesco a vedere è Dan, il petto che si alza e si abbassa, i suoi occhi fissi nei miei. In quel momento, il resto del mondo svanisce, e ci siamo solo noi.

Noi, e l'amore che è sempre stato lì, in attesa che fossimo abbastanza coraggiosi da accoglierlo.

Chloe mi sta stringendo la mano così forte che fa male, ma me ne accorgo a malapena. Tutto ciò che riesco a vedere è Dan, che mette a nudo il suo cuore perché tutto il mondo lo veda.

Perché io lo veda.

«Ti amo» dice semplicemente, i suoi occhi che brillano di lacrime trattenute. «Amo entrambe. E se mi vorrete, prometto di passare ogni giorno a dimostrarvelo».

Sono paralizzata, con il cuore in gola. Sento gli occhi del pubblico in studio che mi trafiggono la nuca. Sono seduta così immobile che mi chiedo se il mio cuore si sia fermato. Mi sento come se fossi sull'orlo di qualcosa, con il cuore in gola, terrorizzata all'idea di cadere.

Ma non ho già saltato? Ho lasciato il mio lavoro. Ho iniziato qualcosa di nuovo. Ho scelto le persone al potere, la vulnerabilità alla certezza. E forse è questo. Un altro salto. Ma per una volta, non sembra avventato. Sembra reale.

So che dovrei fare qualcosa. Reagire. Ma sono bloccata sul

posto. Voglio muovermi. Davvero. Ma non ci riesco. *E se fosse solo una performance? Una bella bugia creata in un momento di emozione?*

Le dita di Chloe si stringono sulle mie. Si china, sussurrando: «Lo dice sul serio».

E questo è tutto ciò di cui ho bisogno.

Lentamente, Chloe si alza, tirandomi su con lei. Mi lancia un'occhiata, una domanda silenziosa nei suoi occhi. Annuisco. Non del tutto sicura di cosa sto per fare.

Insieme, facciamo un passo avanti, verso la luce.

Mano nella mano, Chloe ed io saliamo sul set, ignorando i mormorii sorpresi del pubblico e i movimenti frenetici della troupe. Il cuore mi batte all'impazzata mentre ci avviciniamo a Dan, i suoi occhi spalancati per un misto di speranza e trepidazione.

Ci fermiamo a un passo da lui, a portata di braccio. Per un momento, ci limitiamo a fissarci, con mille parole non dette sospese nell'aria.

Dan rimane in piedi al centro del set, le sue ampie spalle che si alzano e si abbassano, il suo viso segnato da mille emozioni. Sorpresa, speranza, paura, amore... Balenano tutte sui suoi lineamenti in rapida successione.

«Dicevi sul serio?» chiedo a bassa voce, tremante. «Ogni singola parola?»

Dan annuisce, una lacrima gli sfugge lungo la guancia. «Ogni singola sillaba» dice. «Sono stato uno sciocco, Rachel. Pensavo di poter sfuggire ai miei sentimenti, seppellirli sotto critiche e scuse. Ma la verità è...»

Fa un respiro profondo, lo sguardo incrollabile.

«La verità è che sono innamorato di te dal momento in cui ci siamo incontrati. E sono stanco di fingere il contrario».

Un singhiozzo mi si blocca in gola, anni di emozioni represse minacciano di sopraffarmi. Accanto a me, Chloe è raggiante, il suo viso risplende di gioia.

«Era ora, papà» dice, con un tono scherzoso ma con gli occhi che brillano d'affetto. «Stavamo aspettando che ti mettessi in pari».

Dan ride, un suono di pura e sfrenata felicità. Apre le braccia, e Chloe ed io ci gettiamo dentro, tutti e tre stretti l'uno all'altro mentre il pubblico esplode in urla e applausi di gioia.

Sento l'applauso come se fossi sott'acqua, un boato lontano che a malapena registro. Le luci sopra di noi sono calde, dorate, e improvvisamente questo posto non sembra più la storia di qualcun altro. Sembra un palcoscenico che ci siamo presi per noi. Per qualcosa di non scritto. Qualcosa di vero.

Noi tre restiamo lì, stretti l'uno all'altro, mentre il pubblico in studio si alza in piedi per una standing ovation. Non c'è un occhio asciutto in sala. L'aria è carica di un'elettricità che non ha nulla a che fare con le intense luci di scena.

In quel momento, tutto il resto svanisce. Le telecamere, la troupe, gli sguardi curiosi: niente di tutto ciò ha importanza. Esistiamo solo noi tre, finalmente, beatamente, uniti.

«Ti amo» dico contro il petto di Dan, le mie lacrime che bagnano la sua camicia. «Ti amo così tanto».

Lui mi bacia la sommità della testa, le sue braccia si stringono attorno a noi. «Anch'io ti amo» dice. «Amo entrambe. Per sempre».

E lì, nel calore del nostro abbraccio, sento un pezzo del mio cuore andare al suo posto. Un pezzo di cui non mi ero nemmeno accorta che mancasse.

So che abbiamo una lunga strada davanti a noi. Delle ferite e incomprensioni da analizzare, piaghe da guarire e ponti da ricostruire.

Ma per ora, in questo momento perfetto e splendente, niente di tutto ciò ha importanza. L'unica cosa che conta è che siamo insieme.

Il regista alza le mani al cielo per la frustrazione, il viso una maschera di incredulità. Lo intravedo gesticolare selvaggiamente verso la troupe, ma i cameraman si limitano a sorridere e continuano a riprendere, i loro obiettivi puntati su di noi come se fossimo la cosa più affascinante che abbiano mai visto.

E forse lo siamo.

Forse questo momento, questa cruda e non scritta manifestazione di amore e perdono, è la cosa più reale che abbia mai calcato questo palcoscenico.

Per anni, ho creduto che il successo significasse sacrificio. Che si potesse costruire qualcosa o provare qualcosa, ma mai entrambe le cose. Ma forse il vero lavoro è scegliere le persone, scegliere l'amore, anche quando è terrificante. Forse non devo scegliere tra essere completa ed essere ambiziosa. Forse la persona che sto diventando può essere entrambe le cose.

Vedo la nostra immagine proiettata sui monitor dello studio. Trasmetteranno questo ai telespettatori di tutto il paese? La PR di successo della grande città, avvolta tra le braccia di un padre single di provincia e della sua preziosa figlia.

Non è la storia che avrei scritto per me stessa.

Ma mentre l'applauso del pubblico continua, mentre Dan e Chloe si scostano leggermente per sorridermi raggianti con identici sorrisi umidi di lacrime, mi rendo conto che è una storia migliore di quanto avrei mai potuto immaginare.

Restiamo lì insieme, crogiolandoci nel calore del momento. Lo studio svanisce, il pubblico, le telecamere, tutto quanto.

In questo istante, ci siamo solo noi.

La voce del regista si alza sopra il trambusto, chiamando lo stop. L'incantesimo si spezza, la realtà irrompe di nuovo, ma il bagliore del momento persiste.

Schiudo le palpebre, osservando il mare di volti, l'applauso che ancora riverbera nello studio. Centinaia di occhi sono fissi su di noi, alcuni umidi di commozione, altri spalancati per lo stupore.

«Beh, gente» ridacchia l'aiuto regista, salendo sul palco,

«questo non era nel copione, ma quasi vorrei che ci fosse stato».

Una risata si diffonde tra il pubblico, calda e bonaria. Sento le labbra incurvarsi in un sorriso, una bolla di gioia che si espande nel mio petto.

«Ora, se non vi dispiace, abbiamo un episodio da girare».

VENTITRÉ

L'atmosfera all'interno dell'Ogunquit Playhouse è elettrizzante, mentre Dan e io varchiamo le porte. Folle di genitori e ragazzi entusiasti riempiono l'atrio, chiacchierando e ridendo.

«Wow, che pienone!» esclama Dan, con gli occhi sgranati mentre osserva la scena. «Chloe sarà felicissima di averci qui a fare il tifo per lei».

Annuisco, sorridendo al pensiero. «Ha lavorato così duramente per questo».

Mentre ci facciamo largo tra la ressa per trovare i nostri posti, sento il telefono vibrare nella borsa. Tirandolo fuori, vedo il nome di Jonathan Harcourt lampeggiare sullo schermo. Lo stomaco mi si stringe in una morsa. Cosa poteva mai volere adesso, proprio mentre sto per assistere al grande momento di Chloe?

Esito, con il pollice sospeso sul tasto di risposta. Dan se ne accorge e solleva un sopracciglio interrogativo. «Tutto bene?».

Rifiuto la chiamata e rimetto il telefono in borsa. «Niente che non possa aspettare. Stasera c'è solo Chloe».

Ma anche mentre lo dico, sento il fantasma dei miei vecchi istinti farsi sentire. La parte di me che non lasciava mai una chiamata senza risposta. Che misurava il proprio valore in base alla rapidità di risposta e ai tempi di risoluzione. Per anni, ho lasciato che il lavoro si infiltrasse in ogni angolo della mia vita come una lenta perdita, fino a erodere tutto ciò che di personale avrei potuto costruire.

Non stasera.

Stasera, non sono una specialista di marketing, né una stratega o un guru di brand. Non sono la donna in cerca di conferme nelle sale riunioni e nei rebranding. Sono solo Rachel. Qualcuno che ha avuto la fortuna di essere qui, in questa serata, su questa poltrona, in procinto di guardare una ragazza che ho imparato ad amare fare qualcosa di straordinario.

È strana, questa sensazione di completezza. Sconosciuta, ma gradita. Come scivolare in una versione di me stessa di cui non sapevo di sentire la mancanza. Una versione che sceglie la presenza alla performance. Una che capisce che, a volte, l'accordo più importante che tu possa mai concludere... è semplicemente esserci.

E io ci sono con tutta me stessa.

Mentre ci accomodiamo ai nostri posti, mi guardo intorno, osservando i volti di tutti gli altri genitori, nonni e fratelli orgogliosi. L'amore e il sostegno in questa sala sono palpabili.

Le luci si abbassano e un silenzio reverenziale cala sul pubblico. Il sipario di velluto si apre e un unico faro illumina il palco. Lì, al centro, c'è Chloe. Sembra così calma e sicura di sé, con il suo abito blu notte che scintilla sotto le luci.

Mentre le prime note della sua canzone riempiono il teatro, sento la mano di Dan trovare la mia, le nostre dita si intrecciano. La voce di Chloe risuona pura e potente, la melodia ci avvolge come un caldo abbraccio.

«È incredibile,» dice Dan, con la voce rotta dall'emozione.

Annuisco, incapace di parlare. Le lacrime mi pungono agli angoli degli occhi mentre guardo Chloe riversare il suo cuore in ogni parola, e tutto il resto svanisce. Lo stress di creare una nuova agenzia da zero, la pressione di fornire il mio miglior lavoro per la Harcourt Foods, il ronzio costante del mio telefono, il peso delle aspettative. Tutto ciò che conta è la bellissima e coraggiosa ragazza su quel palco e l'uomo al mio fianco.

Quando Chloe tocca l'ultima, potentissima nota, Dan e io scattiamo in piedi, le nostre acclamazioni si mescolano agli applausi scroscianti che erompono dalla folla.

L'orgoglio mi invade, così forte e travolgente da sembrare fisico. Lancio un'occhiata a Dan. I suoi occhi sono fissi su Chloe, stupore e orgoglio impressi su ogni lineamento del suo viso. Non è lo stesso uomo che era piombato per sbaglio nella mia camera di motel. Ora c'è una dolcezza in lui, una pace. E mi chiedo se anche lui veda il cambiamento in me. Mi chiedo se lo senta: quel cambiamento sottile ma epocale nel mio modo di vedere il mondo.

Un tempo, avrei guardato l'esibizione di Chloe attraverso la lente dei parametri di performance: quanto bene proiettava la voce, come la sua presenza scenica sarebbe apparsa in video, come i giudici l'avrebbero potuta percepire. Ora, tutto ciò che vedo è il suo coraggio. Il modo in cui si erge di fronte a centinaia di sconosciuti e osa mostrarsi.

Sento qualcosa aprirsi dentro di me, un sentimento ampio e tenero. Perché forse l'amore è proprio questo: non un gesto grandioso o una dichiarazione fatta davanti a un pubblico televisivo. Forse è questo. Sedere accanto a qualcuno che ti aiuta a vedere ciò che conta davvero. Fare il tifo per una ragazza che si è fidata abbastanza da farti entrare nella sua vita.

E così, d'un tratto, lo so: non sono qui solo per assistere a una performance. Sono qui per assistere a una trasformazione. La sua. La mia. La nostra.

«Vai, Chloe!» urla Dan, il volto spaccato da un sorriso che rivaleggia con i riflettori.

Chloe fa un inchino, i suoi occhi scrutano il pubblico finché non si posano su di noi. Il suo sorriso è radioso, colmo della gioia pura e sfrenata di un sogno che si realizza. In quel sorriso, vedo un riflesso della donna che diventerà: forte, resiliente, capace di inseguire le sue passioni con un abbandono spericolato.

Mi appoggio al fianco di Dan, e il suo braccio mi avvolge le spalle. «Allora, hai cambiato idea sul vestito?» chiedo.

«Sì,» concorda lui, premendomi un bacio sulla tempia. «Avevi ragione. Non è più una bambina. È stupenda».

«E questo non ti rende nervoso?»

«Scherzi? Sono terrorizzato».

Mi volto completamente verso Dan, la mano che sale a posarsi sul suo petto. Il suo cuore batte con un ritmo costante sotto il mio palmo, costante e sicuro come l'uomo stesso. I suoi occhi, così spesso guardinghi, a volte persino tormentati, ora sono aperti e caldi, e riflettono le luci del palco come stelle.

«Grazie,» dico, con la voce appena udibile sopra gli applausi continui. «Per avermi invitata nella tua vita, nella vita di Chloe. Non sapevo quanto avessi bisogno di entrambi fino ad ora».

La mano di Dan copre la mia, il suo pollice mi accarezza le nocche. «Grazie a te per essere qui, per averci visti. Per averci scelti».

Dan apre la bocca, come se volesse dire qualcosa di più, ma invece mi attira a sé. Quel gesto dice tutto. Sicurezza. Stabilità. Presenza.

Per un momento, mi permetto di sentirlo davvero: il peso di essere stata scelta, e di aver scelto a mia volta. È facile dare per scontato che l'amore sia caotico, come quello di cui ci parlano nei film e nei romanzi. Ma questo, questa presenza silenziosa e costante, è il tipo di amore che costruisce una vita. Che ti tiene salda quando tutto il resto gira.

Premo la guancia contro la sua spalla e chiudo gli occhi, permettendomi di credere nella semplice bellezza di questa notte. Le luci del palco, la musica che ancora echeggia nel mio petto, il trionfo di Chloe che ancora riverbera tra la folla come un tuono.

Se avessi risposto alla chiamata di Harcourt, probabilmente sarei immersa fino al collo nei dettagli, a parlare di scadenze e consegne. Ma non l'ho fatto. Sono qui. E la versione di me che sta imparando a essere presente, ad amare pienamente, è più che capace di guidare un'agenzia *e* di essere presente per le persone che ama.

Non sto rinunciando a chi ero. Sto solo facendo spazio a chi sono diventata.

Mentre gli applausi finalmente iniziano a scemare, Dan e io torniamo a sedere, le mani ancora intrecciate. Sul palco, il presentatore si avvicina al microfono, pronto ad annunciare il prossimo concorrente. Ma la mia attenzione è tutta per l'uomo al mio fianco, per il futuro che si estende davanti a noi, luminoso e senza confini.

Qualunque cosa accada, qualunque sfida ci attenda, so che l'affronteremo insieme. Una famiglia, in ogni senso della parola.

«A cosa stai pensando?» chiede Dan, avvicinandosi per farsi sentire al di sopra della musica.

Scuoto la testa, lasciandomi sfuggire una risata sommessa. «Sono solo felice».

Appoggio la testa sulla sua spalla, inspirando il profumo del suo dopobarba, il calore della sua presenza. Sul palco, un altro partecipante tocca una nota alta, la sua voce si libra sul pubblico. E mentre la folla esplode di nuovo in un applauso, mi unisco a loro, con il cuore che scoppia di gioia.

Quando gli applausi si placano, il presentatore torna sul palco, la sua voce che rimbomba dagli altoparlanti. «Non è stato incredibile, gente? Il talento che abbiamo visto stasera è davvero eccezionale!»

Annuisco in segno di assenso, lo sguardo ancora fisso sul palco. Accanto a me, Dan si sporge in avanti, i gomiti appoggiati sulle ginocchia mentre osserva con la massima attenzione.

Mentre l'ultimo concorrente esce di scena e gli applausi si smorzano in un mormorio di conversazioni, nel teatro si diffonde un brusio quasi reverenziale. La gente si muove sulle poltrone, i programmi frusciano, qualcuno dietro di noi emette un sospiro ansioso. Mi guardo intorno nell'auditorium, notando l'energia nervosa che vibra nell'aria, un misto di attesa, speranza e orgoglio. Questo non è solo un evento scolastico. Per questi ragazzi, è un'occasione per essere visti, per brillare.

Dan si avvicina un po', la sua voce bassa. «Pensi che sia nervosa in questo momento?».

Sorrido. «Forse un po'. Ma è preparata. Ha quella determinazione silenziosa, quella che ti sorprende e poi ti lascia a bocca aperta».

Lui ridacchia. «Chissà da chi ha preso».

Alzo gli occhi al cielo, ma non riesco a nascondere il sorriso.

«E ora, il momento che tutti stavamo aspettando,» continua il presentatore, con un lampo malizioso negli occhi. «È ora di annunciare i nostri vincitori!»

La tensione nell'aria è palpabile, un respiro collettivo trattenuto mentre tutti aspettano il verdetto. Mi ritrovo a stringere più forte la mano di Dan, il cuore che mi batte all'impazzata. Qualunque cosa accada, Chloe è arrivata alle finali statali. Un risultato enorme di cui spero sia orgogliosa. Detto questo, penso che la sua performance sia stata così bella da meritare di più.

«Al terzo posto, abbiamo... Mia Johnson della Lewiston High School!»

Una ragazza minuta con i capelli intrecciati balza sul palco, il viso spaccato da un sorriso mentre accetta il suo trofeo. La folla applaude, un'ondata di sostegno e ammirazione si riversa sul teatro.

«E al secondo posto... Liam Nguyen della Oakridge High School di Bangor!»

Un ragazzo con un papillon rosso sale sul palco, i suoi passi misurati e sicuri. Stringe la mano del presentatore, tenendo alto il suo trofeo mentre il pubblico applaude.

«E ora, il momento della verità. Il nostro vincitore del primo posto, che andrà alla competizione nazionale e rappresenterà il grande Stato del Maine a New York City è...»

La pausa sembra durare un'eternità, l'attesa cresce a ogni secondo che passa. La mia gamba trema per l'eccitazione nervosa, la mano libera stretta al bracciolo.

«Chloe Rhodes della Ellesbec High School di Portland!»

Il mondo esplode in un turbine di suoni e movimento. Sono in piedi, tifo fino a sentirmi la gola secca, con lacrime di gioia che mi rigano il viso. Sul palco, Chloe sta dritta e orgogliosa, gli occhi che brillano mentre accetta il trofeo e un gigantesco mazzo di fiori.

Dan mi stringe in un forte abbraccio, anche le sue guance sono umide per l'emozione. «Ce l'ha fatta, Rachel. Ce l'ha fatta davvero».

Annuisco contro la sua spalla, troppo commossa per parlare. In questo momento, tutto sembra giusto, tutto sembra perfetto. Il futuro si estende davanti a noi, luminoso e pieno di promesse.

Le luci di sala si accendono e il teatro si anima di chiacchiere eccitate mentre le persone iniziano a uscire.

Mi volto verso Dan, il cuore che ancora batte per l'adrenalina. «Andiamo a congratularci con la nostra superstar!».

Lui sorride, le rughette agli angoli degli occhi che si accentuano. «Fai strada».

Ci facciamo largo tra la folla, scambiandoci sorrisi e battendo il cinque con gli altri genitori e sostenitori orgogliosi. Dietro le quinte, c'è un trambusto di attività, con i concorrenti che si affrettano a cambiarsi e a raccogliere le loro cose.

E poi, eccola lì. Chloe, il viso arrossato dal trionfo, il trofeo stretto al petto. Ci vede ed emette un grido di gioia, correndo a gettare le braccia al collo di Dan.

«Papà! Rachel! Avete visto? Ho vinto!»

Dan la solleva da terra, facendola girare. «Abbiamo visto, tesoro. Sei stata incredibile lassù. Sono così, così orgoglioso di te».

Li stringo entrambi in un abbraccio, la voce rotta dall'emozione. «Lo siamo entrambi, Chloe. Stasera brillavi come una stella».

Lei ci sorride raggiante, gli occhi scintillanti. «Non ce l'avrei fatta senza di voi. Senza entrambi».

Mentre usciamo nell'aria fresca della notte, con Chloe che chiacchiera eccitata delle imminenti nazionali, faccio scivolare la mia mano in quella di Dan. Lui la stringe dolcemente, e sento il calore diffondersi in me, non solo attraverso le dita, ma più in profondità, nelle parti silenziose di me stessa che un tempo si sentivano così incerte, così incomplete.

Adesso non ci sono fanfare. Nessun pubblico che guarda. Solo noi tre sotto un cielo del Maine costellato di stelle, il nostro respiro visibile nell'aria frizzante, l'odore di sale e pino portato dal vento. Chloe cammina qualche passo più avanti, il trofeo che le dondola a fianco, già canticchiando quella che potrebbe essere la sua prossima canzone. Il braccio di Dan mi cinge la vita, e ci mettiamo a camminare all'unisono senza bisogno di dire nulla.

E so, con assoluta certezza, di essere a casa. Non per il luogo in cui mi trovo, ma per le persone con cui sono. L'amore non è arrivato come mi aspettavo: non in modo rumoroso, non in modo drammatico, ma silenziosamente, insistentemente, finché non è diventato le fondamenta sotto i miei piedi.

Non abbiamo bisogno di inseguire gli applausi. Abbiamo qualcosa di meglio. Abbiamo l'un l'altro.

Il domani arriverà, pieno di scadenze, di questioni logistiche e di liste di cose da fare. Ma stasera, sotto queste stelle, ho tutto ciò di cui ho bisogno.

Incontro a Mezzanotte

Al pronto soccorso salvano vite.
Fuori orario...
potrebbero salvare anche se stessi.

alia smith

UNO

LILY

«La pressione sta crollando, dottoressa Harper» afferma Patty con la stessa urgenza di chi recita la lista della spesa.

Il mio polso è l'unica cosa in questa stanza a non essere piatto. Il sangue si accumula sul tavolo. I monitor stridono come se si stessero prendendo gioco di noi. L'unica cosa più forte è il ronzio che ho nel cranio.

«Allora smettiamola di perdere tempo» rispondo, con voce ferma. Una pinza attende nella mia mano tesa. C'è uno schizzo scarlatto, un tremito e uno specializzando di chirurgia pronto a sbriciolarsi come un biscotto secco. «Se esita di nuovo, è fuori. Si concentri.» Se lo ripeto abbastanza, forse uno di noi lo farà davvero.

Lo specializzando vacilla. Il mio istinto prende il sopravvento prima che abbia la possibilità di combinare altri guai. Afferro lo strumento e prendo il controllo. Metodica. Spietata.

«Aspiratore» sbotto, spostando la mia attenzione al passo successivo. Le ore si confondono nella mia mente. I minuti si trasformano in secondi intrisi di sangue. Il torace del paziente è spalancato, fisso la ferita e mi chiedo cosa mi ucciderà prima, la pressione o la privazione del sonno.

«Pinza, pinza, pinza» ripeto. La mia vista si restringe mentre ignoro il caos che mi circonda. I monitor, il sangue, il fallimento, tutto svanisce in secondo piano. Individuo la fonte dell'emorragia, ne identifico il punto debole. Mani ferme. Mente affilata. Altri cinque secondi ed è finita.

I parametri vitali del paziente crollano ancora.

«Questo andava fatto dieci minuti fa.» Di nuovo Patty, come se non ne fossi consapevole.

Come se non fossi stata iperconsapevole fin da quando sono entrata in questa stanza. Il ronzio nella mia testa è diventato una motosega, che soffoca tutto tranne il mio battito. Nessuna anestesia necessaria; mi sono completamente intorpidita da sola.

«Lo stiamo perdendo.» Una voce, un tremore, un dubbio sulla mia abilità.

No.

«Non lo stiamo perdendo!»

ConCENTRATI. PINZA. ConCENTRATI. PINZA.

Le mie mani si muovono veloci tra una dozzina di strumenti. Bisturi. Forcipe. Sutura. Non mi fermo a capire quale. Non c'è tempo per una trasfusione. Non c'è tempo per le loro esitazioni. Non posso perdere un altro paziente questa settimana. Non così. Non per colpa di uno specializzando che non riesce a tenere il passo. Sento la stanchezza che mi schernisce, che mi sfida a fallire, e la metto a tacere con la precisione.

«La pressione sta tornando» dice Patty, stavolta più dolcemente.

Suturo la ferita, conto tre respiri regolari, aspetto che il torace si sollevi da solo. Lo fa.

«Bel lavoro, dottoressa.»

Il silenzio dovrebbe essere confortante, ma è un promemoria di quanto fossero rumorosi i miei fallimenti un minuto fa. Esamino il campo di battaglia insanguinato intorno a me, notando la carneficina sul tavolo operatorio e soprattutto sul pavimento.

«È stato fortunato a non morire dissanguato» aggiunge Patty, passandomi la cartella, dicendo le cose come stanno. «È stato un gran casino.»

«L'abbiamo controllato» rispondo. I suoi occhi dicono che entrambe sappiamo cos'è "il casino". La parola aleggia tra noi come una domanda.

Una crisi superata, altre cento in arrivo. Mi sfilo i guanti e li getto nel cestino. «Non succederà di nuovo.»

«Stanno arrivando altri pazienti dello stesso incidente. Sarà una lunga giornata» mi avverte Patty. «Hai intenzione di fare una pausa o continuerai a lavorare come se avessi manie suicide?»

Ignoro il commento, la preoccupazione, le ultime venti ore. «Se vedi una sala operatoria libera, fammelo sapere.» Incrocio lo sguardo dello specializzando. Gli faccio capire con un solo sguardo che è sulla mia lista nera. «Non esiti più» gli ricordo mentre ci laviamo.

Il corridoio è freddo e luminoso, il che rende più facile fingere di essere sveglia. Non ricordo l'ultima volta che ho dormito. I miei piedi mi portano in due direzioni, verso la sala d'attesa dei familiari e verso un altro turno di dodici ore.

La famiglia è seduta in un ammasso di panico, semi accasciata su sedie con fazzoletti fradici e volti rigati di lacrime. Conosco il tipo. Gli isterici. Quelli che ringraziano all'eccesso. Quelli che prendono e prendono e prendono finché non resta altro che privazione del sonno e rimpianto. La moglie del paziente stringe il braccio della figlia, usandolo come un fazzoletto. I suoi singhiozzi riempiono l'intera stanza. Il suo respiro è affannoso.

«Starà bene, mamma» dice la figlia. Sembra avere sedici anni e non è per niente convinta delle sue stesse parole. «Ce la faranno. Vero?»

Sono a un metro e mezzo di distanza e stanno già elemosinando speranza.

«Signora Martin?» domando, guardando la cartella come se non l'avessi memorizzata ore fa. Come se non avessi ogni dettaglio tatuato dietro agli occhi.

La donna alza la testa, gonfia e irritata, con gli occhi che trapelano sollievo. «Oh, Dio» dice, stringendo più forte la figlia, cercando nel mio viso delle risposte. Più che risposte. Rassicurazione e cose che non ho. «Sta bene?»

«L'intervento è andato bene» dico invece, lasciandomi cadere su una sedia di fronte a loro. La signora Martin si avvicina, ignorando il mio tentativo di mantenere un tono clinico. «Abbiamo trovato la fonte dell'emorragia e lo abbiamo stabilizzato.» La mia voce è calma. «È stabile in terapia intensiva.»

Nuove lacrime si formano, accumulandosi agli angoli degli occhi della moglie come il sangue sul mio tavolo operatorio. «Grazie. Grazie, grazie, grazie.» Ogni parola suona come un singhiozzo. Come se fosse abituata alla delusione. Come se si aspettasse che io fallissi.

Le lacrime iniziano a scendere a fiotti, una diga che si rompe, un fiume di sollievo. La donna mi si getta addosso con la disperazione sconsiderata di un paziente in fibrillazione ventricolare.

Sono rapida a suturare. Sono lenta a reagire.

I miei arti si irrigidiscono. Il respiro si fa affannoso. Resto impalata come un'idiota mentre le sue braccia mi stringono.

Il mio cuore sa esattamente a quanti battiti al minuto ammonta questo disagio. Non mi muovo. Non respiro. Non do peso alla stretta al petto. Mi tiene come se le stessi salvando la vita, ma tutto ciò che sento è il fallimento che mi serpeggia lungo la schiena.

Questa è la peggior figura che faccio dall'incidente dell'appendice del 2018. Non avrei mai potuto prevedere quanto sarebbe stato duro il colpo.

Deglutisco a fatica, scorro una checklist emotiva e non

trovo nulla. Devo dire qualcosa. Qualsiasi cosa. Una frase intera. Ma tutto ciò che esce è: «È il mio lavoro.»

Sono l'essere umano meno umano che abbiano mai visto.

La signora Martin mi lascia andare e crolla tra le braccia della figlia, dove la gratitudine sembra un po' più meritata. Io invece mi ritiro, strofinandomi il collo dove sento ancora il contatto. Il calore. Il fallimento.

«È sicuro che stia bene?» Stavolta è la figlia, speranzosa e triste e a due secondi dallo scoprire che non ho nulla da dare se non aggiornamenti medici.

«Abbiamo controllato l'emorragia» ripeto, passando al tono clinico in automatico. «Potete chiedere in terapia intensiva.» Le parole riempiono il silenzio.

«È stabile» le rassicuro. Il sottotesto: io non lo sono.

La signora Martin piange tra i capelli della figlia. È una scena tenera e silenziosa che mi fa rivoltare lo stomaco come se avessi ingoiato un virus. È il tipo di connessione che non riesco a elaborare, quindi la disseziono. La scompongo in parti minuscole e gestibili. So quanto sono stata vicina a deluderle. Loro no.

«Grazie» dice la figlia. «Tante grazie.»

Mi alzo e indietreggio, rigida, consapevole del casino che mi sono lasciata alle spalle. La mia spina dorsale ha più rigor di un cadavere. La famiglia è una macchia indistinta mentre me ne vado. Il loro sollievo è troppo rumoroso. Mi mette a disagio. Mi fa provare qualcosa.

Fingo di non sentire.

Mi fermo nella tromba delle scale e lascio che il muro freddo mi morda la spina dorsale, che mi ricordi che sono un chirurgo, non un fallimento. C'è una vocina nella mia testa che assomiglia sospettosamente a quella di mio padre, che mi dice che il confine tra le due cose è sottilissimo. La zittisco, zittisco tutto. Gli echi delle ultime ventiquattro ore rimbalzano sulle pareti, mi si avvolgono intorno al collo. L'incertezza di tutto, tranne la mia stanchezza.

Il mio corpo duole come un muscolo sovraccarico. La mia mente sta peggio, ribolle di rumore bianco e perdita di sangue. L'adrenalina è svanita e sento ogni singolo secondo dell'ultimo turno, venti ore accumulate una sull'altra. Mi lascio scivolare lungo il muro, fin dove il mio orgoglio me lo permette, finché non mi ritrovo seduta sulle scale con la testa tra le mani e la stanchezza mi raggiunge.

Le risate echeggiano nella tromba delle scale, sommesse e distanti e destinate a persone con una vita fuori da queste mura. È una conversazione di cui non farò mai parte, voci da un altro mondo. La mia mente è pesante, ma non si spegne mai. Ronza e mormora e mi dice che il riposo è per le persone che non hanno nulla da dimostrare.

Se i miei genitori potessero vedermi ora, accasciata sulle scale, direbbero che sono una delusione. Direbbero che non ho la grinta o la determinazione. E avrebbero ragione. Non le ho. Non oggi. Non così.

Il freddo del pavimento di cemento si insinua attraverso il camice e nelle mie ossa. Chiudo gli occhi, ma è un errore, perché tutto ciò che vedo sono le immagini che ho cercato di seppellire in profondità: l'incidente d'auto, il sangue, il ragazzo che ha quasi perso suo padre perché io avevo esitato.

Non succederà di nuovo.

Spalanco gli occhi. Le pareti bianche e sterili si stringono intorno a me. Il mio polso martella nelle orecchie.

La moglie. L'abbraccio. Le parole goffe e soffocate che mi hanno fatto sentire più impotente di una procedura fallita. Perché la gente deve rendere le cose così dannatamente complicate? Il petto mi si stringe e vorrei fuggire, ma la fatica ha altri piani.

Ecco perché non mi permetto di pensare.

Quando ti tieni insieme con i punti di sutura, inizi a sfilacciarti nel momento in cui smetti di muoverti.

La porta delle scale si apre con un cigolio e lascia entrare due specializzandi, allegri e ridenti come se l'ultimo turno fosse stato una passeggiata. Forse per loro lo è stato. Forse lo sarà sempre. Mi passano accanto senza notare che sono lì. Dovrei esserne grata. Se mi vedessero accasciata sulle scale, saprebbero quanto sono stata vicina a crollare.

Appoggio la testa all'indietro e fisso il soffitto, ignorando il dolore pulsante nel cranio e quella piccola, insistente parte di me che dice che tutto questo non è sostenibile.

«Pancakes e waffles?» dice uno di loro, come se non potesse credere che esistano cose del genere.

«La colazione dei campioni» risponde l'altro. «Ci sto.»

Cerco di non essere acida. Cerco di convincermi che non voglio quel tipo di libertà, quel tipo di distacco. Che ho scelto questo, e lo sceglierei di nuovo.

«Viene anche lei, dottoressa Harper?» Uno degli specializzandi si ferma e mi guarda dall'alto. Non deve conoscermi molto bene. Non deve sapere che sono un fantasma, che infesto questo posto senza nemmeno sapere più perché.

Sono tentata di rispondergli male. Sono tentata di dire qualcosa di crudele, tipo: «Se ha tempo per la colazione, non è un vero dottore.»

Ma mi sorprendo. L'esitazione è una sensazione estranea, una fitta insolita nel petto.

«Magari la prossima volta» dico. Per un momento non sono sicura di chi sono.

Gli specializzandi se ne vanno e io ascolto i loro passi svanire, ascolto le loro risate disinvolte mentre spingono la porta delle scale a un piano inferiore e scompaiono nel mondo. La loro felicità è un'eco, un suono vuoto che mi rimbomba nelle orecchie e mi rende più stanca che mai.

Riprendo fiato, il polso, la compostezza. Raddrizzo le spalle, mi rimetto in piedi e scaccio via la fatica. È così che deve essere. Questo è ciò che serve.

Non è bello, ma è stabile.

Spingo la porta e la lascio chiudere con un colpo secco e deciso.

DUE

NOAH

Il sangue scorreva a fiumi come in un film dell'orrore di serie B, una fontana di violenza esagerata. Contai sei battiti cardiaci sul monitor — ognuno più lento del precedente — prima che per quel tizio fosse finita, e non avevo intenzione di sprecarne nemmeno uno. Non oggi.

«Noah, lo stiamo perdendo» gridò l'infermiera Patty. Era tutta grinta e amore burbero, il che spiegava perché mi piacesse così tanto.

Lanciai un'occhiata al novellino, che era a circa cinque secondi dal rovinarsi la divisa.

«Non dovremmo aspettare il dottor Patel?» chiese lui, con la voce che gli si spezzava, ma io mi stavo già infilando i guanti. «Se aspettiamo, è morto». Non sono il tipo che aspetta.

L'arteria di quel tizio era recisa e il suo sangue formava piccole pozze rosse intorno alle ruote della barella. Non vedevamo un'emorragia simile dalla notte di Capodanno: la ferita che ti fai con le bottiglie di whiskey e le stecche da biliardo, non le solite pugnalate più comuni.

L'infermiera Patty afferrò un pacchetto di garze nuove e mi

lanciò un'occhiata che sembrava dire sia 'sei pazzo' che 'sbrigati'.

«Sta collassando, Noah!» urlò, abbaiando ordini e dando una gomitata allo specializzando perché aspirasse.

I monitor mi dicevano che non avevo margine di errore. Nessun margine per nient'altro che un polso instabile e una pressione in calo. Una frequenza cardiaca memorabile solo perché stava crollando a picco. Ecco perché non ci pensai due volte alla toracotomia o a quanti guai mi avrebbe procurato. Istinti come i miei non si possono insegnare, ma puoi essere fatto a pezzi per averli usati. Affondai la lama con un taglio netto nel suo petto e sentii un leggero fremito quando la mia mano colpì la cassa toracica. Il pivello impallidì ancora di più.

«Lo stiamo facendo davvero?» domandò, più a se stesso, mentre Patty aveva già le mani sulla ferita, mantenendola stabile, tenendo la situazione sotto controllo.

Sapevo che era meglio non rispondere. Mi concentrai. I polmoni del tizio erano d'intralcio, i suoi tessuti e i suoi muscoli resistenti, carnosi e reattivi. Era come un manuale di anatomia che prendeva vita in una versione molto vietata ai minori, e il ragazzino sembrava sul punto di vomitare. Divaricai le costole. La mia mano guantata frugò all'interno come se stesse cercando il premio peggiore del mondo in una pignatta.

Erano passati alcuni secondi. Fin troppi.

«Novanta su quaranta» annunciò Patty.

Lo specializzando stava ancora trattenendo il respiro, e stavo per tirargli un pugno per fargli uscire l'aria se non si fosse ripreso presto. «E adesso, dottore?» lo spronò Patty, senza paura, solo acciaio.

«Ci penso io» insistetti. Lo speravo.

L'organo era una massa violacea e flaccida, e io premetti con il pollice sull'arteria, sentendo dove era annodata e lacerata e sul punto di cedere.

Ma non sono il tipo che si arrende.

Poi: la vita.

Svolazzò sotto le mie dita come un uccellino appena nato. Un battito. Due. Poi il ritmo pieno, e giurai che fosse il suono più dolce che avessi mai sentito. Meglio del vinile. Meglio delle vecchie chitarre. Un *lub-dub* costante dall'ECG che spazzò via la scena dell'orrore, e per un momento non ci fu nient'altro che questo. La vittoria.

«Polso a centodieci. La pressione sta risalendo». Il monitor si rianimò con un bip. Le labbra di Patty si piegarono in quello che poteva passare per un sorriso, e la sua soddisfazione era quasi meglio di un biglietto di ringraziamento. «Non male, dottore. Per uno che lavora da solo».

Mi asciugai la fronte con un polso insanguinato, sentendo la tensione e l'adrenalina in ogni molecola del mio corpo. «Mi conosci, sono un fan dei lieti fine».

Patty sbuffò. «Sei un fan di qualcosa».

Lo specializzando riacquistò un po' di colore. Era ancora più spaventato che meravigliato, ma si sarebbe ripreso. Il resto del team espirò. La stanza passò dal panico al sollievo, la paura collettiva si staccò come una vecchia pelle. Solo l'aspiratore ansimava ancora, il rumore umido del sangue sotto i piedi come pioggia. L'avevano visto tutti. Avevano visto tutti cosa succedeva quando mi spingevo troppo oltre e troppo in fretta e riuscivo davvero a cavarmela.

«È stabile. Portiamolo in sala operatoria». Patty prese il comando, spingendo la barella fuori dalla porta mentre il resto dello staff rimaneva lì, come se avessimo appena assistito agli ultimi dieci secondi del Super Bowl. La maggior parte di loro non sapeva ancora cosa dire quando Noah Carter si impossessava di un trauma, ed era proprio come piaceva a me.

Per ora, comunque.

Perché i miei festeggiamenti durarono giusto il tempo che il dottor Patel impiegò a entrare con disinvoltura, a dare un'occhiata generale alla carneficina e a fissare lo sguardo su di me. Era impeccabile. Calmo. Ricostruì l'intera situazione prima ancora che io avessi la possibilità di godermi il mio momento.

«Dottor Carter» disse. «Due parole».

L'aria condizionata nell'ufficio del dottor Ajay Patel era così bassa che potevo sentire il sangue gelarsi nelle vene. Se il mio colloquio con lui fosse durato più di cinque minuti, gli avrei fatto causa per congelamento. La scrivania era una landa desolata, e le espressioni di Patel non erano da meno. Non si prese la briga di salutare o di invitarmi a sedere, andò dritto al punto.

«Dottor Carter» esordì, senza preamboli, «lei non prende quella decisione senza la presenza di un primario».

Lui era il re del rispetto delle regole, e potevo quasi sentire il manuale di protocollo scagliarmisi contro la testa.

«Sarebbe morto» ribattei, ma non abbastanza forte da sembrare che avessi una valida ragione.

«Non è una decisione che spetta a lei» insistette Patel, con la voce tagliente e sterile come il resto del suo maledetto ufficio. Si appoggiò allo schienale, con le braccia incrociate in un modo che mi fece incrociare anche le mie, puramente per dispetto. «Lei è uno specializzando, non un eroe».

La mia mascella si contrasse. Sperai che non si notasse troppo. «Con rispetto, ho fatto quello che ritenevo necessario».

I suoi occhi mi scrutarono, implacabili, come una TAC particolarmente estenuante. Stavo ancora cercando di scongelarmi dall'accoglienza glaciale quando sferrò il colpo successivo.

«Questa è l'ultima volta che avremo questa conversazione» affermò.

Il non detto — *o altrimenti* — aleggiava tra noi come un iceberg, e sapevo di essere sul punto di colpire qualcosa di duro. Mi ci volle ogni briciolo di autocontrollo per non roteare gli occhi o scoppiare a ridere. Non perché non gli credessi, ma perché gli credevo. Patel non era tipo da bluffare. Anzi, probabilmente si sentiva offeso dal fatto che non lo prendessi più sul serio.

«Capito» dissi, con parole più brevi e affilate che potei.

Patel non rispose. Il suo silenzio parlava da solo, e la maggior parte dei volumi si intitolava *Sei su un terreno fottutamente scivoloso*. Fui fuori dalla porta e nel corridoio prima che le pareti cominciassero a stringersi. Il mio polso correva ancora, ancora elettrizzato dall'emozione di essermi tuffato a capofitto e di averla quasi fatta franca. L'unica cosa che odiavo più di essere ripreso era essere ripreso quando sapevo di avere ragione, e la cosa mi stava divorando vivo.

«Patel sembra incazzato» disse una voce dalla guardiola. Marcus Young. Il mio complice, solo che lui non si faceva mai beccare e non sudava mai. Era appoggiato al bancone, con aria disinvolta, sorridendo in quel modo che mi diceva che stavo per essere preso in giro. «Quanto è stata brutta?»

Mi affiancai a lui, cercando di imitare la sua aria spensierata, cercando di dimenticare la crepa nella mia facciata che Patel doveva aver visto.

«Poteva andare peggio».

Scosse la testa con finto sconcerto. «Poteva andare meglio. Quindi siamo, cosa, al tuo terzo avvertimento?»

«Quarto» lo corressi, come se fosse un motivo di orgoglio. «Ma chi li conta?»

Marcus rise, ed era un suono solido e rassicurante, come una coperta calda su tutta questa merda fredda e clinica. Mi porse una cartella da esaminare e mi diede una pacca sulla spalla.

«Tu» disse. «O almeno, dovresti».

Sbuffai, fingendo che non mi importasse, ma importandomene più di quanto avrei mai ammesso. Era la stessa discussione ogni volta, e Marcus me ne aveva viste superare abbastanza da avere il copione a memoria.

«Patel non vuole una ripetizione dell'anno scorso, amico. Non sei più a New York. Tieni solo la testa bassa per un po', okay?»

«Che divertimento c'è?» replicai, scorrendo la cartella, scrutando il suo viso. Era l'unico che osava sempre dirmi la verità in faccia, anche se sapeva che non l'avrei ascoltato. Soprattutto se sapeva che non l'avrei ascoltato.

Eravamo nell'occhio del ciclone, con infermieri che correvano in ogni direzione, cartelle cliniche che volavano, casi che si accumulavano come bollette scadute, ma io e Marcus stavamo fermi nel caos, ancorati.

Scrollai le spalle, o almeno ci provai. «Finché i pazienti vivono, ha davvero importanza?»

Gli occhi di Marcus erano comprensivi, ma inflessibili. Aveva perfezionato l'arte del migliore amico perspicace.

«Forse non per te» rispose, «ma questo posto non è la Città di Smeraldo e tu non sei il Mago. Qui giocano secondo regole diverse».

«Regole, *schmegole*» ribattei, fingendo spavalderia, ignorando il nodo stretto nel petto, quello che non riuscivo mai a sciogliere del tutto quando qualcuno mi faceva notare le mie cazzate. Quello che Marcus poteva vedere chiaramente. «Andrà tutto bene».

Inarcò un sopracciglio. «È sempre così, finché non lo è più».

So che lo diceva a fin di bene, ma era più di quanto potessi gestire in quel momento. Troppa verità, troppo realismo. Sorrisi, una maschera che avevo perfezionato nel corso degli anni.

«Hai ragione, papà. Cercherò di non mettere in imbarazzo il nome della famiglia».

Marcus rise di nuovo, questa volta più forte. «Troppo tardi».

E forse lo era. Forse era decisamente troppo tardi. Ma almeno ne stavamo ancora ridendo.

Lo skater sedicenne successivo sulla lista aveva l'espressione mesta di un ragazzo a cui erano state spezzate sia le ossa che l'orgoglio. Avrei scommesso che l'orgoglio fosse il più doloroso dei due.

«Amico, credo di essermelo rotto» gemette, indicando il pallone gonfio che una volta chiamava mano.

Ero ancora fresco del mio primo rimprovero della settimana, ma non avevo perso il mio tocco con i pazienti né il sarcasmo.

«Cosa te lo ha fatto capire?» chiesi, studiando la sua cartella. «Il dolore lancinante o il fatto che il tuo polso sembra un pretzel?»

Mi fulminò con lo sguardo, quello che ogni adolescente riserva agli adulti che non riconoscono immediatamente quanto sia tragica la loro situazione. «Ah, sei divertente».

«La maggior parte della gente la pensa così» ribattei, con un sorriso che si fece strada nonostante i lividi lasciati dalla ramanzina di Patel. Gli sfiorai delicatamente il braccio per controllare il raggio di movimento e il ragazzo trasalì in modo plateale.

«La perderò?» chiese, metà preoccupato, metà aspettandosi che gli dicessi che non avrebbe mai più giocato alla Xbox.

«Sopravviverai» lo rassicurai, infilandomi un paio di guanti. «Ma la prossima volta, magari limitati a Tony Hawk?»

Non rise, ma vidi gli angoli della sua bocca contrarsi. Un altro duro era stato piegato, per gentile concessione del dottor Carter. La stanza era un caos diverso da prima, ancora affollata ma con un ronzio costante. Questo tipo di caos potevo gestirlo a occhi chiusi. Palpai di nuovo delicatamente il polso martoriato, poi lo guardai dritto negli occhi.

«Pronto?» dissi, assicurandomi che sapesse cosa stava per succedere.

L'adolescente annuì, un atto di coraggio che durò appena un secondo prima che chiudesse gli occhi con forza.

«Ci siamo» gli dissi, con le mani ferme sulla frattura. «Tre, due—»

Un movimento rapido e preciso. Il crack rimise tutto a posto con un soddisfacente clic.

«Aspetta, hai—?»

«Fatto» confermai, sorridendo al suo sollievo confuso. «Farà un male cane per un po', ma ti ci abituerai».

Mi sfilai i guanti e lui mi osservò, un misto strano di stupore e incredulità. Avevo visto quello sguardo un milione di volte, ma non mi stancava mai. Non c'era niente come fare colpo su un ragazzo adolescente, che non era mai stato impressionato da nulla.

«L'hai fatto in, tipo, cinque secondi» disse, chiedendosi chiaramente se fossi dopato.

Mi appoggiai al bancone, incrociando le braccia e godendomi il raro momento di essere il buono, quello a cui nessuno stava urlando contro. «Meglio che passare dieci settimane con un gesso, eh?»

I suoi occhi incontrarono i miei, ancora pieni di sospetto e ammirazione e di un po' di quell'occhiataccia residua. Gli misi una stecca provvisoria e lo mandai a fare i raggi X.

«Fategli fare un controllo e mandatelo via» dissi all'infermiera, porgendole la cartella. «Questo ragazzo ha una storia da raccontare, e non sembrerà credibile se lo teniamo qui tutto il giorno».

L'infermiera annuì e il ragazzo mi lanciò un'ultima occhiata mentre lo portavano via su una sedia a rotelle.

«Grazie, dottore» mormorò, imbarazzato e sollevato, come la maggior parte dei miei pazienti. Come la maggior parte delle persone nella mia vita.

«Nessun problema» gli gridai dietro, anche se era già fuori portata. Non mi aspettavo una parata in mio onore, ma mi sarei accontentato di una tazza di caffè tranquilla, solo io, il caos e il sordo ruggito di un pronto soccorso che non smette mai di essere rumoroso.

La scrivania era piena di altri casi. Un'anziana con dolore all'anca, un uomo di mezza età con oppressione toracica, un bambino con un Lego dove i Lego non dovrebbero mai essere. Routine. Rassicurante.

È una linea sottile, quella che percorriamo qui. Camminare in equilibrio tra urgenza e tranquillità, crisi e calma. Un minuto prima, sto letteralmente tenendo il cuore di qualcuno tra le mani, stringendolo come se volessi riavviare il mondo, e il minuto dopo sto sistemando ossa e facendo battute e fingendo che niente mi scalfisca. Non il lavoro. Non gli avvertimenti. Non il modo in cui corro da uno all'altro, sperando che questo posto riesca a tenere il mio passo, sperando di riuscire a tenere il passo con me stesso.

«Dottor Carter, abbiamo bisogno di lei nel box quattro» chiamò l'infermiera, e la tregua svanì, una nuvola di fumo. Una bella illusione.

«Arrivo» dissi, afferrando la cartella successiva e preparandomi a tuffarmi di nuovo.

Quando arrivai in sala relax, la mia intera giornata era stata a corto di caffeina, dipendente dal sarcasmo, e disperatamente bisognosa di cinque minuti di quiete. Aprii una bibita e trovai la dottoressa Lily Harper, un'incredibile chirurga e regnante regina di ghiaccio di Emerald Bay, in piedi accanto alla caffettiera come se questa avesse appena insultato tutta la sua famiglia.

«Certo» borbottò, in quel modo che mi fece capire che mi sarei divertito molto più di lei in questo incontro.

«Sembri sorpresa» dissi, appoggiandomi con nonchalance al bancone. «Il caffè del turno di notte è una scommessa, nella migliore delle ipotesi».

I lineamenti affilati di Lily erano contratti da un'irritazione concentrata, del tipo che di solito riservava agli specializzandi poco collaborativi. «Eppure, in qualche modo, perdo sempre».

C'era un ronzio di aria condizionata rotta in sottofondo. Sorseggiai la mia bibita, lasciandole pensare che mi stesse ignorando, che era esattamente l'opposto di quello che stava facendo.

«Notte difficile?» chiesi, con la voce più innocente che potei.

Finalmente mi guardò, i suoi occhi marroni che brillavano con l'intensità di mille piani andati a monte. «Ho passato le ultime cinque ore a ricucire organi. E ora, l'unica cosa che mi teneva in piedi è sparita».

«Il lavoro o la caffeina?» scherzai, sapendo benissimo cosa intendesse.

«La caffeina» dichiarò seccamente, senza perdere un colpo. Dovevo ammirare la sua dedizione. E la sua testardaggine. Era quasi forte quanto la mia.

«Povera Lily» dissi, la finta compassione che gocciolava dalle mie parole mentre sollevavo la mia bevanda energetica mezza vuota. «Ne vuoi metà?»

«Preferirei morire» replicò, così veloce e impassibile che quasi mi fece cadere.

Dovetti ridere, perché era esattamente quello che mi aspettavo da lei. Qualsiasi cosa io dicessi, lei aveva una risposta pronta, due volte più rapida, due volte più sprezzante.

«Va bene, dottoressa» dichiarai, godendomi il gioco, godendomi quanto la infastidisse il fatto di stare al gioco. «Facciamo un patto. Io riempio la caraffa se tu ammetti che sono il tuo medico del pronto soccorso preferito».

Mi fissò, per niente impressionata. «Questa è un'ipotesi audace».

«Mi piacciono le mie probabilità». Sorrisi, e fu il suo turno di ignorarmi, tranne che entrambi sapevamo che non poteva. Osservai, divertito, mentre finalmente afferrava il contenitore del caffè e si metteva al lavoro.

Lily Harper non sapeva perdere, nemmeno in questo. Non sapeva come tirarsi indietro. Non quando la mettevo alle strette così, e forse era per questo che lo facevo. Per vedere le crepe nella sua armatura, i lampi di vera, umana irritazione.

Stavo ancora sorridendo mentre mi voltava le spalle, il segnale universale per *ho chiuso con te*, il che significava che era solo questione di tempo prima che venisse trascinata di nuovo nel gioco.

La caffettiera gorgogliò tornando in vita, e lei le dedicò più attenzione di quanta ne meritasse, come se ignorandomi abbastanza me ne sarei andato, come se non sapesse che sarei rimasto finché non avesse ceduto per prima.

«Tutto qui?» la incalzai, amando la testardaggine delle sue spalle. Amando la sfida.

«Sono abbastanza sicura che sei in ritardo per un altro salvataggio eroico» controbatté, senza guardare, senza perdere la presunzione nel tono.

Risi, alzando la mia bibita in un finto saluto. «Ci vediamo, Lily».

L'uso del suo nome mi valse un'occhiataccia, ma ne valeva la pena. Ogni volta. Uscii dalla stanza, con la bevanda energetica ancora in mano, e già mi chiedevo cosa avrebbe detto dopo. Già contavo i minuti fino a quando avrei potuto provocarla di nuovo, vedere quello sguardo che riservava solo a me.

Quella donna era esasperante. Quella donna era brillante. Quella donna non avrebbe mai, mai ammesso che ero il suo preferito. Ma un giorno, forse l'avrebbe fatto. E forse l'avrebbe anche pensato davvero.

NOTA DELL'AUTRICE

Ciao a tutti,

Grazie di cuore per aver letto *Amore nel Maine*!

Scriverlo è stato un vero spasso e spero davvero che la lettura vi abbia regalato qualche sorriso.

Se il libro vi è piaciuto, vi sarei infinitamente grata se voleste lasciare una recensione.

Le recensioni aiutano moltissimo gli autori per vari motivi: forniscono un riscontro su ciò che apprezzano i lettori e migliorano la visibilità del libro sui siti di vendita online.

Grazie in anticipo — non vedo l'ora di leggere i vostri commenti.

Alia xx

CHI È L'AUTRICE

Alia Smith scrive commedie romantiche che scaldano il cuore,
piene di umorismo, fascino e la giusta dose di caos.

Quando non scrive storie d'amore, la si trova di solito
accoccolata con un libro, immersa nella realtà televisiva o
intenta a impedire a Galaxy — la sua gatta e musa principale
— di sedersi sulla tastiera.

Vive in una casetta accogliente nell'Oxfordshire, dove è
fermamente convinta che ogni grande storia d'amore cominci
con una buona tazza di tè.

www.aliasmithbooks.com

SUBSCRIBE TO ALIA'S MAILING LIST
&
RECEIVE YOUR FREE NOVELLA

www.aliasmithbooks.com

BINGE THE SERIES

BALKON media